Llévame a casa

LA TRAMA

LLÉVAME A CASA

Sebastian Fitzek

Traducción de Marta Mabres Vicens

Primera edición: septiembre de 2023

Título original: *Der Heimweg*

© 2020, Verlagsgruppe Droemer Knaur GmbH & Co. KG, Múnich, Alemania
www.sebastianfitzek.de
Publicado por acuerdo con AVA International GmbH, Alemania. www.ava-international.de
Representado en España por Bookbank, S. L., Agencia Literaria
© 2023, Penguin Random House Grupo Editorial, S. A. U.
Travessera de Gràcia, 47-49. 08021 Barcelona
© 2023, Marta Mabres Vicens, por la traducción

Printed in Spain – Impreso en España

ISBN: 978-84-666-7431-7
Depósito legal: B-12.131-2023

Compuesto en Llibresimes

Impreso en Black Print CPI Ibérica
Sant Andreu de la Barca (Barcelona)

BS 7 4 3 1 7

Una de cada cuatro mujeres ha sufrido violencia física o sexual por parte de su pareja al menos una vez en su vida.

Esto afecta a las mujeres de todas las clases sociales.

Informe de contexto emitido por el Ministerio Federal de Familia, Tercera Edad, Mujeres y Juventud el 02.02.2020

Un estudio del Ministerio Federal de Familia constató que, en particular, las mujeres que en su infancia habían presenciado situaciones de violencia doméstica entre sus padres tenían más del doble de probabilidades de ser víctimas.

Las mujeres que habían sido víctimas de violencia por parte de sus padres tenían, como adultas, un triple más de probabilidades de serlo también en sus relaciones de pareja.

Astrid-Maria Bock, *Bild*, 27.06.2017

¿Veis la luna en lo alto?
Solo se ve una cara,
aunque una esfera es.
Así son muchas cosas,
que tomamos a broma,
porque los ojos no las ven.

Matthias Claudius (1740-1815)

Nota del autor

Todos los hechos de esta novela de suspense son solo, por supuesto (y por fortuna), producto de mi imaginación. Sin embargo, sí existe el servicio telefónico de acompañamiento para personas que de noche se sienten incómodas yendo a casa. La idea surgió en Estocolmo, donde este servicio está gestionado directamente por la policía; en Alemania, en cambio, según parece, no hay dinero para esto y está a cargo de personas voluntarias. Por este motivo también, lamentablemente, esta importante organización a menudo tiene que luchar por su supervivencia. Encontrará más información (en alemán) al respecto en: www.heim wegtelefon.net.

*Dedicado a todos aquellos para quienes el miedo
es un compañero permanente*

Prólogo

Tras tantas heridas infligidas en las partes más sensibles de su cuerpo magullado; tras los golpes —en la cara, en la espalda, en los riñones y en el abdomen— que hicieron que durante días su orina fuera del color de la remolacha; tras todos los suplicios que él le había infligido —con la manguera de jardín, con la plancha—, nunca se habría creído capaz de volver a sentir algo así.

«El sexo ha sido una locura», se dijo en la penumbra, tumbada sobre la cama de la que el hombre del que estaba perdidamente enamorada se acababa de levantar para ir al baño.

No tenía mucho con qué comparar. Antes de su marido solo había tenido dos amantes, y eso quedaba muy atrás. Hacía tiempo que las experiencias negativas del presente habían desplazado las positivas del pasado.

Hacía años que para ella todo lo que ocurría en el dormitorio estaba ligado al dolor y la humillación.

«Y ahora me encuentro aquí tumbada. Respirando y percibiendo el perfume de un nuevo hombre en mi vida y deseando que esta noche de amor empezara de nuevo».

Estaba asombrada consigo misma por la rapidez con la que había confiado en él, hablándole acerca de la violencia que sufría en su matrimonio. Desde el primer momento se había sentido atraída por él, al oír su voz grave y verse reflejada en esos ojos oscuros de mirada cálida, que la contemplaban como nunca antes lo había hecho su esposo. Una mirada franca, sincera, cariñosa.

Incluso había estado a punto de contarle lo del vídeo. El de aquella noche que su marido la había obligado a salir.

Con esos hombres.

Con muchos hombres. Hombres que abusaron de ella, que la humillaron. «Es increíble que me haya entregado voluntariamente de nuevo a un representante del sexo "fuerte"», pensó mientras escuchaba el chorro de agua del baño donde había desaparecido el hombre de sus sueños.

Normalmente, solía ser ella la que, después de ser «usada» por su marido, se pasaba horas restregándose el cuerpo en un intento de librarse de esa repugnancia; esta vez, en cambio, disfrutó del olor acre de una aventura en su piel y deseó poder retenerlo para siempre.

El chorro de agua cesó.

—¿Te apetece hacer alguna otra cosa? —le oyó decir desde el baño con tono alegre, seguramente tras salir de la ducha.

—Muchísimo —respondió, aunque no tenía ni la menor idea de cómo explicarle a su marido que aún tardaría un rato en regresar.

A fin de cuentas, eran…

Volvió la vista hacia su reloj, pero estaba demasiado oscuro para ver bien la esfera. Excepto por el rayo de luz que penetraba en el dormitorio por el resquicio de la puerta entreabierta del baño, la estancia solo estaba iluminada por la luz delicada que alumbraba una obra de arte: una daga de samurái ligeramente curvada, con empuñadura de nácar de color verdoso y brillante, colgada de la pared de la habitación e iluminada por dos focos LED de luz tenue que creaban un ambiente nocturno.

Estiró el brazo para buscar el móvil y su mirada reparó en una regleta de interruptores integrada en la mesilla de noche.

—¿Tal vez un cóctel?

Pulsó el botón situado en el extremo más alejado de la regleta; no pudo sino sonreír, ya que era evidente que su función no tenía que ver con la iluminación. La sábana se había deslizado a un lado y había dejado a la vista el colchón, que entonces se iluminó en un tono azulado, como si ella estuviera en medio de una piscina, tumbada en una colchoneta.

Se sentó con las piernas cruzadas; el interior del colchón brillaba con la intensidad y el fulgor de una barra fluorescente. Y, además, iba cambiando de color. Del azul celeste, pasó a un tono amarillo fosforito; luego, a un blanco deslumbrante, y después a un...

—¿Qué es esto? —preguntó.

Lo hizo en silencio. En realidad, para sí misma, porque en un primer momento quedó completamente atónita. Se inclinó hacia delante para observar a través del rombo que formaban sus muslos y su entrepierna.

«¡Dios mío!».

Horrorizada, se cubrió la boca con la mano y clavó la vista en el colchón donde apenas unos minutos antes había estado haciendo el amor con un hombre.

«Tengo alucinaciones. Lo que veo no puede ser, ¿cómo...?».

—Así que lo has descubierto —dijo una voz extraña a su izquierda. Y, como si el desconocido que acababa de asomar por la puerta del baño tuviera un mando a distancia capaz de controlar el horror, el colchón de debajo de ella se iluminó con el color rojo de la sangre. La visión que se le ofreció entonces fue tan espeluznante que con gusto se habría arrancado los ojos. Sí, lo había descubierto, pero era absurdo. Su mente se negaba a aceptar aquel horror porque, simplemente, lo que veía iba más allá de los límites de la imaginación.

—¿Dónde está? ¿Qué le has hecho? —le gritó al desconocido con más fuerza que nunca. Entretanto, ese monstruo con forma humana se aproximó a la cama con una jeringuilla y le dijo con una sonrisa de suficiencia:

—Vamos, olvida de una vez a tu amante. Creo que ha llegado el momento de que me conozcas a mí.

1

Jules Tannberg

Jules estaba sentado junto al escritorio pensando en cómo el siseo en sus oídos combinaba a la perfección con la sangre de la pared.

De hecho, si alguien se lo hubiera preguntado, no habría sabido explicar a qué venía esa asociación morbosa de ideas. Tal vez porque ese murmullo en los auriculares le hacía pensar en un líquido abriéndose paso por un sitio estrecho.

«Como la sangre al salir con fuerza de las venas de un moribundo».

Sangre con la que untar las paredes de un dormitorio y enviar un mensaje al mundo.

Jules apartó la mirada del televisor, que mostraba en primer plano unas cifras grandes, de tamaño grotesco, pintadas de rojo en la pared, sobre la cama, en el dormitorio de la víctima asesinada. La caligrafía del Asesino del Calendario. Un saludo del tipo: «He estado aquí. Alégrate de que no nos hayamos encontrado».

«Porque, de lo contrario, tú también yacerías en esta cama. Con expresión de estupor en la cara y la garganta degollada».

Se giró unos noventa grados sobre la silla de despacho y el

televisor desapareció de su campo de visión; eso le ayudó a concentrarse en la llamada.

—¡Hola! ¿Hay alguien?

Era la tercera vez que preguntaba, pero quienquiera que estuviera al otro lado de esa línea llena de interferencias seguía sin decir palabra.

En su lugar, Jules oyó a su espalda la voz de un hombre, un tono que le era familiar, aunque nunca en su vida lo había conocido en persona.

«Por el momento son tres las mujeres halladas asesinadas en sus domicilios», decía ese extraño de cara conocida que, en intervalos fijos de tiempo, se dedicaba a mostrar a la gente en sus casas los crímenes más atroces de Alemania.

Aktenzeichen XY... ungelöst. El programa de crímenes reales más antiguo de Alemania.

Jules se exasperó al no dar con el mando a distancia para apagar el televisor, que seguramente debía de seguir mostrando la última escena del crimen del Asesino del Calendario.

A esa hora emitían la reposición de las ocho y cuarto de la noche, complementada con las pistas más recientes recabadas entre la audiencia desde la primera emisión en horario de máxima audiencia.

El despacho en ese piso de un edificio antiguo de Charlottenburg era una estancia de tránsito entre el salón y el comedor; como el resto de la vivienda, tenía unas paredes impresionantemente altas y el techo estucado del que, posiblemente, cien años atrás, los primeros habitantes del piso habían colgado unas pesadas lámparas de araña. Jules, en cambio, prefería la luz indirecta; de hecho, incluso el resplandor del televisor le resultaba demasiado estridente.

Los cascos inalámbricos, con los pequeños auriculares conectados entre sí por el armazón de la nuca y la pinza del micrófono ante la boca, le permitían rebuscar el mando por el escritorio, que tenía repleto de revistas y papeles.

Recordaba haberlo tenido en la mano hacía apenas un instante; debía de haber quedado enterrado entre los papeles.

Y en todas las escenas del crimen, la misma imagen atroz. La fecha del día de la muerte en la pared, escrita con la sangre de la víctima.

30.11
08.03
01.07

El modus operandi al que debe su nombre el Asesino del Calendario.

El primer crimen, del cual en pocas horas se cumpliría un año, había acaparado en su momento la atención de todos los medios de comunicación.

Jules interrumpió la búsqueda del mando a distancia y contempló por un instante la calle a través de la gran ventana de cuarterones, de forma ligeramente curvada, que tenía que hacer frente a intensos remolinos de nieve. Como siempre, se asombró al darse cuenta de la poca memoria que tenía en cuestiones de meteorología. Era capaz de recordar cosas de lo más extrañas, cosas que solo había oído una vez, como ese bulo de que Hitchcock no tenía ombligo, o que el kétchup se vendía como medicina en la década de los 1830. En cambio, era incapaz de recordar cómo había sido el invierno pasado.

¿El primer fin de semana de Adviento del año anterior había nevado igual que entonces lo hacía en gran parte de Alemania? El verano récord, con temperaturas tropicales de casi cuarenta grados, había dado paso, sin más, a un tiempo de perros. No hacía mucho frío, al menos en comparación con Groenlandia o Moscú, pero ese cambio a nieve y lluvia, agitadas además por un riguroso viento del este, empujaba a la gente a tomar el camino más corto para ir a casa después del trabajo. O a los consultorios de los otorrinos. En cualquier caso, la visión de la calle tenía algo tranquilizador, y no solo por su contraste respecto a los garabatos en la pared del Asesino del Calendario.

Desde las ventanas elevadas, parecía como si un equipo de rodaje hubiera disparado un cañón de confeti ante las farolas de Charlottenburg para ofrecer un pase previo del espectáculo de Navidad a los residentes de esos codiciados pisos estilo *Gründerzeit*, situados en torno al lago Lietzensee. Innumerables copos de nieve danzaban como un enjambre de luciérnagas bajo el cálido haz de luz para salir luego disparados desde allí, por encima de la superficie helada del lago, en dirección a la torre de radio.

—¿Acaso alguien le impide hablar conmigo? —preguntó Jules a la supuesta persona al otro lado del teléfono—. Si es así, por favor, tosa una vez.

Jules no estaba seguro, pero le pareció oír un leve jadeo, como el de un corredor ahogándose con su propio aliento.

«¿Acaso eso es tos?».

Subió el volumen del portátil, a través de cuyo software tenía lugar la conversación. Aun así, seguía oyendo la voz del presentador de *XY*. Si no daba pronto con el mando a distancia, no le quedaría más remedio que desenchufar el televisor.

Hemos debatido mucho sobre la conveniencia de volver a mostrarles con esta nitidez las imágenes originales de la escena del crimen. Sin embargo, esta es, hasta la fecha, la única pista que tienen los investigadores sobre el llamado Asesino del Calendario. Como verán…

Por el rabillo del ojo, Jules notó que la perspectiva de la cámara cambiaba y pasaba a ampliar la imagen de la caligrafía ensangrentada de la pared. El estuco grueso parecía ahora un paisaje lunar del que un asesino en serie se hubiera servido a modo de lienzo.

... el 1 presenta una forma sinuosa en la parte superior, lo que hace que el número que el autor escribió en la pared en su primer asesinato recuerde, con un poco de imaginación, a un caballito de mar. Por ello, les preguntamos: ¿reconocen esa caligrafía? ¿La han visto alguna vez antes en algún contexto? Si disponen de información relevante...

Jules se sobresaltó. Ahora sí, sin duda. Había oído algo en la línea.

Un carraspeo. Respiración. De pronto, el crujido se interrumpió.

El ambiente que transmitían los auriculares había cambiado, como si la persona al otro lado de la línea hubiera salido de un conducto de aire y hubiera entrado en un lugar resguardado.

—No le he entendido, así que voy a suponer que usted está en peligro —dijo Jules.

En ese momento dio con el mando a distancia; estaba sobre el escritorio, debajo del folleto de una clínica de rehabilitación.

«Berger Hof. Salud en armonía con la naturaleza».

—Pase lo que pase, no se retire de la línea. No cuelgue. Bajo ningún concepto.

Apagó el televisor y vio su imagen reflejada en el negro repentino de la pantalla plana, convertida ahora en un lúgubre espejo. Jules sacudió la cabeza, descontento con su aspecto; en todo caso, debía admitir que su apariencia era, con diferencia, mucho mejor que cómo se sentía. Más cerca de los veinte que de los treinta. Más sano que enfermo.

Esta había sido siempre su condena. Incluso con gripe intestinal y el corazón hecho trizas por un desengaño amoroso, a ojos de quienes le rodeaban Jules parecía estar como una rosa. Tan solo Dajana había aprendido a «leerlo» mientras duró su relación. Ella había sido periodista independiente mucho tiempo y, gracias a su tremenda sensibilidad, había logrado arrancar algún que otro secreto bien guardado a más de un entrevistado.

Por supuesto, lo que lograba con desconocidos también lo conseguía con las personas de su círculo más íntimo.

Ella sabía captar en Jules los indicios de colapso inminente por agotamiento cuando, después de un turno doble en el centro de llamadas de urgencias, los ojos castaños le brillaban con un tono algo más oscuro, o cuando sus labios estaban un poco más secos de lo habitual por no haber sabido orientar bien por teléfono a una madre para que reanimara a su hijo. Entonces, Dajana lo abrazaba sin decir nada, masajeándole el hombro tenso. Ella percibía sus dolores de estómago, su agotamiento y su melancolía, a menudo profunda, cuando se tumbaban en el sofá y ella hundía la cara en su pelo espeso e indomable. Puede que incluso lo hubiera observado mientras dormía, sus tics nerviosos, sus balbuceos en sueños; e incluso, quizá, si él se hubiera echado a gritar, lo habría tranquilizado con un ligero apretón en el brazo. Tal vez. Había olvidado preguntárselo, y nunca más volvería a tener la ocasión.

«¡Ahí!».

Seguro. La persona al otro lado de la línea había gemido. Imposible saber si era hombre o mujer, solo era evidente que sufría algún dolor y que intentaba contenerlo.

—¿Quién...? ¿Quién está ahí?

Por fin. La primera frase completa. No parecía que nadie estuviera apuntando a la cabeza de esa mujer, aunque eso era algo que nunca se podía afirmar con certeza.

—Me llamo Jules Tannberg —respondió, se concentró y entonces empezó la conversación más intensa y trascendental de toda su vida con estas palabras—: Ha llamado usted al servicio telefónico de acompañamiento. ¿En qué puedo ayudarle?

La respuesta casi le desgarró los tímpanos.

Fue un grito único y espantosamente desesperado.

2

—¿Oiga? ¿Quién hay ahí? ¡Por favor! ¡Dígame qué puedo hacer por usted!

El grito cesó.

Casi sin darse cuenta, Jules agarró un bolígrafo y un cuaderno para anotar la hora de la llamada.

22.09 h.

—¿Sigue usted ahí?

—¿Qué? ¿Cómo...? Ah, no, no...

La respiración era dificultosa, agitada. Desesperada.

—Lo siento, yo...

Voz de mujer. Sin duda.

Los hombres que llamaban eran una excepción. El servicio telefónico de acompañamiento lo solían utilizar sobre todo mujeres que, para ir a casa de noche, tenían que cruzar aparcamientos, calles desiertas o, incluso, el bosque. Ya fuera porque habían trabajado hasta altas horas de la noche, porque se habían escabullido de una cita insufrible en algún sitio o, simplemente, porque no les apetecía seguir en la fiesta en la que sus amigas se habían quedado.

Abandonadas de pronto a su suerte, a una hora en la que a nadie le gusta llamar a un familiar ni sacarlo de la cama, a veces sentían miedo de la oscuridad al atravesar aparcamientos vacíos, pasos subterráneos mal iluminados o atajos por zonas solitarias escogidos sin pensar. En esos casos, agradecían un compañero de viaje que las guiara con seguridad por la noche. Un compañero que, en el peor de los casos, conocería su paradero exacto y podría pedir ayuda de inmediato; una circunstancia que se había producido muy pocas veces en la historia de la línea de acompañamiento.

—Tengo que... colgar... —dijo ella.

Jules temió que su voz grave la hubiera intimidado; debía intervenir con rapidez si no quería perderla.

—¿Preferiría usted hablar con una compañera mujer? —preguntó. Era consciente de que decir *compañera* y añadir *mujer* era una redundancia inútil, pero intuyó que a la persona que llamaba (anotó: *30 años aprox.*) le costaba concentrarse, así que intentó expresarse del modo más simple e inequívoco posible.

—Entiendo que en su situación le pueda incomodar hablar con un hombre.

A menudo, los temores de las personas que recurrían al servicio telefónico de acompañamiento eran infundados, como solían serlo casi todos los miedos. Sin embargo, tanto si el motivo estaba justificado (como la insinuación estúpida de un borracho en el andén del metro) como si era pura fantasía, por lo general, guardaba relación con un hombre. Por eso, Jules entendía perfectamente que una mujer no quisiera hablar con un representante del mismo sexo que le había provocado ese temor, por irracional que fuera.

—¿Quiere que transfiera su llamada? —insistió, y por fin obtuvo una respuesta, aunque resultó confusa.

—No, no, no es eso. Yo... No me he fijado.

Parecía asustada, pero no presa del pánico. Daba la impresión de ser una mujer que había pasado por miedos mucho peores.

—¿No se ha fijado en qué?

—En que les he llamado. Debió de ser mientras escalaba.

«¿Escalaba?».

El ruido en la línea, que, sin duda, se debía al viento, había ido de nuevo en aumento, pero por suerte no era tan intenso como al principio. La mujer se encontraba al aire libre.

El cuaderno de Jules se llenó de preguntas:

¿Qué mujer asustada se dedica a escalar de noche? ¿Y con ventisca?

—¿Cómo se llama usted? —preguntó.

—Klara —respondió.

Pareció asustarse de sí misma, como si el nombre se le hubiera escapado sin querer.

—Vale, Klara. Entonces ¿dice usted que nos ha llamado por error?

Dijo «nos» porque la idea de tener un equipo detrás daba confianza a quienes llamaban; y, de hecho, en la línea de acompañamiento trabajaban varios voluntarios. Tan solo ese día, un sábado, en la hora punta de la línea, había en Berlín cuatro voluntarios que, de diez de la noche a cuatro de la madrugada, aguardaban junto a sus portátiles llamadas al número de alcance nacional. La única diferencia era que físicamente no se encontraban en una oficina diáfana como sí ocurría con el centro de llamadas de emergencia del cuerpo de bomberos, el antiguo puesto de trabajo de Jules.

Gracias al software de la línea de acompañamiento, que dirigía cada una de las llamadas entrantes a un colaborador que no tuviera la línea ocupada, podían atender a quienes los contactaban, angustiados, solitarios y, a veces, confusos, desde la comodidad de sus hogares. Desde que las redes sociales habían propagado como un virus la información sobre este novedoso servicio de ayuda, sostenido con donativos de particulares, el número de llamadas entrantes había aumentado sin cesar, pero eso no quería decir que el teléfono sonara continuamente.

Cuando no había llamadas, los voluntarios se podían dedicar a asuntos personales, como ver Netflix, escuchar música o leer. Y, gracias a los auriculares inalámbricos, podían desplazarse cómodamente por su casa mientras atendían las llamadas. Muchos se tumbaban en la cama, algunos incluso en la bañera; probablemente eran pocos los que, como Jules, permanecían sentados junto al escritorio, pero aquel era un hábito que él aún conservaba de su ocupación anterior. Aunque mientras hablaba por teléfono prefería deambular de un lado a otro, al iniciar el contacto necesitaba una estructura.

De hecho, hubiera preferido introducir todos los datos que le iba proporcionando la persona que llamaba en la ventana de un programa, pero era inútil. A diferencia de antes, cuando estaba en el 112, ahora no tenía que dotar al vehículo de emergencias con el equipo necesario para cada caso. Ni tampoco podía ver desde su monitor un mapa digital de la ciudad con la ubicación aproximada de la persona necesitada. Aun así, Jules se sentía más organizado si permanecía sentado en un escritorio. Aquello le ayudaba cuando hablaba con las comunicantes.

—Sí. Debo de haber desbloqueado las teclas sin darme cuenta —dijo Klara—. Mi móvil se ha activado solo. Disculpe las molestias, no pretendía llamarle.

«Número de teléfono guardado», se dijo Jules. Esa no era la primera vez que Klara sentía miedo. Ni la segunda ni la tercera vez. Debía de sentir miedo tan a menudo que incluso en su teléfono tenía memorizado entre sus números favoritos el de la línea de acompañamiento.

—Discúlpeme, se lo ruego, me he equivocado de número. Voy a…

Saltaba a la vista que Klara quería poner fin a la conversación. Pero Jules no podía permitirlo.

Se levantó del escritorio. El viejo parqué, desgastado por las suelas, los muebles que se habían deslizado sobre él y los múltiples objetos volcados encima, crujió cansado bajo sus zapatillas deportivas.

—Discúlpeme, pero por el modo de hablar parece que usted necesita ayuda.

—No —respondió Klara demasiado rápido—. Es demasiado tarde para eso.

—¿Qué quiere decir?

Él oyó un gemido que atravesó la línea con tanta nitidez que, por un instante, creyó que venía del pasillo.

—¿Para qué es demasiado tarde?

—Ya tengo acompañante. No necesito otro.

—¿No anda sola por ahí?

El viento al otro extremo de la línea había vuelto a arreciar, pero la voz de Klara se impuso.

—En las últimas semanas no he estado sola ni un segundo.

—¿Quién ha estado con usted?

A Klara le costaba respirar. Luego dijo:

—Usted no lo conoce. A lo sumo, conoce la sensación que produce. —Se le quebró la voz—. El miedo a morir.

«¿Está llorando?».

—¡Oh, Dios! ¡Cuánto lo siento! —dijo ella intentando mantener la calma. Antes de que Jules le pudiera preguntar qué quería decir con eso, añadió rápidamente—: Tenemos que colgar. No creerá que ha sido un simple error. Que me he equivocado de número. Maldita sea, si descubre que le he llamado, también irá a por usted.

—¿Para qué?

—Para matarle también a usted —dijo Klara, provocando con ese presagio malsano un *déjà vu* en Jules.

3

Cuatro horas antes

—Si la cagas, estás muerto —bromeó Caesar.

Su risita se apagó; al ver la expresión incómoda de Jules se dio cuenta de que había ido demasiado lejos con aquel comentario tan desconsiderado.

—Lo siento, perdón, eso ha sido de mal gusto.

Magnus Kaiser, a quien sus amigos llamaban cariñosamente Caesar, levantó la vista con expresión culpable hacia quien era su mejor amigo desde hacía años. Jules, de pie junto a él en su escritorio, negó con la cabeza y sacudió la mano con un gesto de rechazo.

—¿Cuántas veces te he dicho que no me lleves en palmitas? No me hace sentir mejor que andes siempre con pies de plomo conmigo.

—De todos modos, en tu presencia yo no debería usar tan a la ligera palabras como «muerte», «morir» y «asesinato». —Caesar suspiró y señaló el portátil con el software de la línea de acompañamiento que le había traído a Jules—. Oye, tal vez esto sea una idea de mierda después de todo. Tal vez sería mejor que no te relacionaras durante el fin de semana con gente mentalmente inestable.

—A ti lo que te pasa es que tienes remordimientos porque

no se lo has contado a nadie. Pero no te preocupes, nadie se enterará. Me encargaré de la línea de acompañamiento por ti, no le des más vueltas.

Caesar no parecía convencido. De hecho, era un poco arriesgado que Jules le sustituyera sin más; a fin de cuentas, el portátil con el software de la línea de acompañamiento era propiedad de la asociación y solo podía cederse a un grupo concreto de personas. Que Caesar incorporara a un amigo sin consultarlo no era muy correcto.

—Ya buscaré otra solución, alguien que me haga el turno… —empezó a decir, pero Jules zanjó sus protestas alborotando la larga melena rubia de su amigo, que aún llevaba en estilo surfero. Aunque hacía una eternidad que Caesar no veía el mar. Y nunca más en su vida volvería a cabalgar sobre las olas en sus queridas tablas.

—¿Cuántas veces vamos a tener que hablar de esto? Dime, ¿cuántas citas has tenido en los últimos meses?

Caesar le sacó el dedo corazón, aquel en el que, estando en primero de Derecho, se había tatuado el signo clásico del párrafo. Ahora lamentaba mucho aquello, pues los grandes bufetes lo habían rechazado como abogado y estaba a expensas de la clientela de paso de un bufete cutre.

—Eso es, tu primera cita —aclaró Jules—. Y, en una escala del uno al diez, ¿cómo de buena está esa buscapleitos?

—Se llama Ksenia. Y, sin duda, es un doce. No soy el único colgado por ella en nuestro grupo de ayuda.

Caesar miró nervioso su reloj de pulsera, un Rolex Submariner con el que nunca se había sumergido y probablemente nunca lo haría. Hacía más de un año que había quedado atrás la época en que Caesar, haciendo honor a su apodo, destacaba como rival en todos los deportes. En la actualidad, incluso el afeitado parecía ser un desafío para él. Su barba no había visto la cuchilla desde hacía, por lo menos, una semana, dándole la apariencia de tener más de treinta y seis años.

—Pero, bueno, ¿a qué estás esperando? —le insistió Jules—. ¡Largo de aquí! ¡Y échale un buen polvo a la chica de tus sueños!

Jules se levantó y empujó la silla de ruedas de Caesar por las empuñaduras; este, sin embargo, accionó el freno, impidiendo que su amigo lo pudiera apartar sin más del escritorio.

—De verdad, tengo un mal presentimiento —musitó y luego levantó la cabeza. Al hacerlo, clavó sus ojos azules más allá de Jules, como si este no estuviera ahí. Aquella mirada perdida resultaba inquietante para quien no conociera a Caesar, pues la usaba varias veces al día, a menudo sin motivo aparente. Aunque parecía absolutamente ajeno a todo, Jules sabía que durante esos segundos su amigo experimentaba momentos muy vívidos. Luego, de pronto, Caesar se daba cuenta de nuevo de que no volvería a andar nunca, porque era imposible meter en una máquina del tiempo al borracho que lo atropelló en el aparcamiento del McDonald's frente al autocine y evitar que condujera estando ebrio.

—Tranqui, tío. Durante años he gestionado llamadas de lo más extrañas en el 112; creo que podré tranquilizar a cuatro miedicas.

—No me refiero a eso.

—¿Entonces?

—Eres tú, Jules. Después de todo lo que has pasado. Tú más que nadie deberías mantenerte lejos de gente que se encuentra en situaciones delicadas.

—¿Quieres decir de gente como tú?

Jules se arrodilló frente a la silla de ruedas para mirar a los ojos a su mejor amigo.

—¿Qué quieres decir?

—¿De verdad tienes una cita?

A Caesar se le llenaron los ojos de lágrimas ante aquel giro de la conversación.

—¿Eres mi mejor amigo? —le preguntó a Jules, tomándole de la mano.

—Desde primaria.

Solo había habido una fase en la que se habían evitado, en undécimo curso, cuando ambos se enamoraron de la misma chica. E incluso habían logrado superar esa crisis. Al final, Caesar y Dajana habían llegado a ser muy buenos amigos, a pesar de que la guapa de la escuela había preferido a Jules.

—Si fuera gay, me casaría contigo —bromeó Jules.

—Bien, pues entonces no preguntes más, ¿vale?

Jules se incorporó y alzó las manos, como en señal de estar desarmado.

—No irás a hacer ninguna tontería, ¿verdad? —le preguntó a Caesar, que había hecho girar su silla de ruedas y se dirigía hacia el pasillo.

«Un día no lo soportará más —le había vaticinado Dajana a Jules—. Cuando era jugador de baloncesto, no tuvo fuerza de voluntad ni para dejar de fumar. ¿Cómo se supone que ahora va a hacer frente a su paraplejía?».

—¿Piensas decirme qué intenciones tienes para esta noche? —exclamó en dirección hacia Caesar.

En respuesta, su mejor amigo le soltó la cita de Tom Cruise en *Top Gun*, con la que bromeaban desde sus tiempos en la escuela:

—Jules, podría decírtelo, pero después tendría que matarte.

4

«¿Matarme?», pensó Jules cuatro horas después, mientras se repetía mentalmente las últimas frases que Klara había dicho en el servicio telefónico de acompañamiento: «Tenemos que colgar. No creerá que ha sido un simple error. Que me he equivocado de número. Maldita sea, si descubre que le he llamado, también irá a por usted».

«¿Para matarme?».

Aunque no creía que estuviera en peligro de verdad, Jules sintió una inquietud desagradable y amenazadora. Un poco como esa pesadilla suya del examen, en la que él se presentaba una y otra vez ante el tribunal examinador para un examen oral que no se había preparado.

—¿Qué quiere decir con eso? —le preguntó a Klara, recolocándose los auriculares—. ¿Por qué alguien querría venir a matarme?

«¿Y de quién estamos hablando?».

—Siento haber dicho eso, pero es así. En cuanto él sepa que hemos estado en contacto, le buscará y también querrá acabar con usted.

«¿Él?».

Jules tenía que moverse. Atravesó el despacho y el salón, y se dirigió al pasillo sin darse cuenta.

—Ha hecho muy bien llamando al servicio de acompañamiento —dijo para generar confianza y tranquilizarla. Como era habitual en los pisos de estilo *Gründerzeit* junto al Lietzensee, el pasillo, una especie de tubo estrecho, unía la cocina, situada en un extremo, con los dormitorios, situados en el otro. Ese tramo intermedio y estrecho —que pasaba junto a las puertas del dormitorio infantil, del de los padres y del de los invitados, así como las puertas de la despensa y el lavadero— era tan largo que daban ganas de tener a mano una bicicleta o, por lo menos, un monopatín.

Jules sabía que, si quería mantener el contacto con esa desconocida, debía medir muy bien sus palabras y evitar cualquier expresión negativa. Pero, por otra parte, a esas alturas no estaba tan seguro de que aquella fuera una estrategia prudente. A fin de cuentas, Klara acababa de hacerle saber que su vida corría peligro. Aquello, ciertamente, resultaba absurdo, pero a la vez —y eso era lo inquietante— tampoco era tan descabellado.

Un colaborador con menos experiencia tal vez creería que Klara no estaba en sus cabales; que era una enferma con delirios y que, de algún modo, había logrado llamar desde el teléfono del centro donde estaba ingresada, algo que, en sí, tampoco sería muy raro.

Sin embargo, en su voz no se advertía ninguna señal de estar sometida a medicación, y su modo de expresarse, incluso su entonación, no parecían moldeados por decenas de sesiones de terapia.

Jules intuía que el miedo de Klara obedecía a un motivo racional. Quería averiguar de qué se trataba.

—¿Dónde está usted ahora mismo? —preguntó tras pensarlo un momento.

La pregunta más importante de todas, la que siempre había hecho primero a las miles de personas que llamaban cuando trabajaba en la sala de control de emergencias del cuerpo de bomberos de Berlín, en Spandau. Veinticuatro puestos, cada uno equipado con cinco monitores; cuatro mil llamadas diarias, la mitad de las cuales daban lugar a una intervención urgente. Un gran incendio en Marzahn, un derrame cerebral en Mitte, un parto prematuro en Lichtenrade. Era imposible auxiliar a alguien si antes él no averiguaba adónde enviar el equipo de emergencia. Si la llamada era desde un móvil, se podía acotar la zona al radio de la torre de telecomunicaciones más cercana, pero en los distritos periféricos aquello podría ser varios kilómetros.

—¿Por qué quiere saber dónde estoy?

—Para ayudarla.

—¿Es que no me ha oído? Yo ya estoy perdida. Cuelgue para, al menos, salvarse usted.

Entrecerró los ojos, un gesto inconsciente que hacía cuando se concentraba.

—Entonces, alguien la está amenazando. Un hombre, imagino. ¿Está cerca de usted ahora mismo?

Klara soltó una risa triste.

—Está siempre conmigo. Incluso cuando no lo veo.

El piso estaba en silencio. El único sonido era el zumbido del viejo frigorífico, pero, tras haber recorrido el largo pasillo, su intensidad había disminuido y Jules se pudo hacer una idea clara del entorno de la mujer gracias a los sonidos de fondo. Los zapatos le crujían sobre suelo de grava y se oía el murmullo de las hojas de los árboles; debía de estar, por lo tanto, en un camino boscoso. De lejos, se oyó un solo coche. La zona era solitaria, pero no desierta.

—Debo colgar.

—Por favor, dígame cómo puedo ayudarla.

—No me ha escuchado. En mi caso, no hay nada que hacer. Ahora usted tiene que pensar en sí mismo.

Klara ahora hablaba con un tono más enérgico, casi como si le regañara.

—¿Está bromeando? —preguntó Jules—. ¿Acaso intenta asustarme?

—Por el amor de Dios, no. Nada más lejos de mi intención.

—Entonces dígame qué ocurre.

Silencio.

Tan rotundo que Jules oyó el ligero pitido en su oído derecho. Un ruido que lo acompañaba de manera constante y que a veces olvidaba durante semanas hasta que algo le alteraba o excitaba. Era como si ese zumbido, parecido al de un mosquito, se desencadenara con las emociones negativas y aumentara en intensidad.

—¿Ha sentido alguna vez tanto miedo que la angustia se ha apoderado de todas y cada una de las células de su cuerpo? —le preguntó.

En su oído, el zumbido volvió a quedar en segundo plano mientras intentaba dar con una respuesta a la pregunta.

Cerró los ojos, obstruyendo así la luz tenue de la lamparita del pasillo, pero la oscuridad bajo sus párpados dio paso, casi al instante, a un recuerdo demasiado alegre y colorido.

Era verano de nuevo y la temperatura era de treinta y dos grados. En la gran ciudad el aire olía a tormenta inminente. Jules tragó saliva, no quería volver a pensar en ello, pero ya había pasado más de una hora desde la última vez que lo hizo, lo cual no era propio de él. Como media, el momento en que lo perdió todo volvía a su mente cada minuto en que permanecía desocupado.

—¿Quiere decir si alguna vez he sentido tanto miedo que me habría arrancado la piel por temor a quemarme por dentro?

—Sí —dijo Klara.

Entonces Jules supo que ella no colgaría. No mientras él le contara la experiencia más atroz que había vivido. Aquella que aún entonces le hacía desear no seguir con vida.

5

Tres meses y medio antes

Se decía que bastaba con pasar una hora en ese lugar para no conducir nunca más de forma despreocupada por las calles de Berlín. El rostro de la ciudad se veía alterado para siempre, ya fuera con una mueca enfermiza y desagradable o con una expresión lastimera. Sin embargo, en sí, el lugar parecía bastante tranquilo: una sala del tamaño de un almacén que hacía pensar en el centro de control de una base de lanzamiento de misiles, con dos docenas de mesas de ordenador detrás de las cuales había agentes uniformados del cuerpo de bomberos que, como Jules, tenían la vista clavada en el monitor que mostraba el mapa de Berlín a la vez que procesaban el cuestionario referido a la emergencia correspondiente. Jules, sin embargo, en ese momento, no tenía tiempo de seguir ninguna lista de comprobación con la persona aterrorizada que tenía al teléfono. De forma instintiva, repasó todos los puntos aprendidos durante las sesiones de formación para este tipo de situaciones.

Una de las más terribles a las que se podía enfrentar durante una jornada en el centro de control.

Paciente: varón.

Edad: 4-7 años.

Estado: crítico.

—¿Puede aún hablar con el chico?

—No, ya no dice nada. ¿Cuánto queda?

Por su voz, parecía como si aquella persona, identificada como Michael Damelow, estuviera subiendo una escalera empinada. En cambio, según había narrado él mismo, se encontraba en el pasillo de un piso de obra nueva en la calle Brandenburgische, con la vista clavada en la puerta cerrada de un dormitorio.

«Número 17, cuarta planta, a la izquierda. Hay un incendio. ¡Daos prisa!».

—El equipo de rescate está en camino —informó Jules al hombre, que estaba aterrorizado.

Volvió la mirada hacia la enorme pantalla que prácticamente ocupaba toda la pared principal de la sala. El mapa digital presentaba los puntos críticos actuales en Berlín. En ese momento, dejando de lado la locura habitual de la hora punta de la tarde de los viernes, no había ningún incidente especial.

Excepto por un accidente en la circunvalación de la ciudad.

Jules miró un instante el monitor de la izquierda. Según la señal del GPS, aún faltaban más de tres minutos para que los bomberos llegaran al lugar.

—Vale, pues yo me largo.

—No, aguarde —le pidió Jules al cartero. De hecho, aquel pobre hombre solo había ido a entregar un paquete (Familia Haubach, calle Brandenburgische 17, 4.º) y, primero, le había llamado la atención el hedor a humo. Luego, el pie desnudo de una mujer, que había visto al asomarse al pasillo y mirar a través de la puerta principal, que curiosamente estaba abierta. Y, finalmente, la sangre.

—Oye, tío, me da miedo que esto vaya a estallar por los aires.

—¿Aún sale humo por debajo de la puerta?

—Sí, sí.

Jules tamborileó los dedos en el borde del teclado. Según el manual, debería darle la razón a Damelow e incluso ordenarle que abandonara el lugar. Ningún tercero debía abrir la puerta del dormitorio infantil en llamas y poner en riesgo su vida.

Pero Jules tampoco podía ignorar al pequeño encerrado.

—¡Mierda, está arañando la puerta! —gimió el cartero. Su voz sonaba nasal y amortiguada porque tenía la boca y la nariz tapadas con una toalla húmeda. La había cogido del cuarto de baño, tal y como le había aconsejado Jules. Había sido un error hacerle ir allí. Al parecer, las baldosas del suelo estaban como si un animal degollado se hubiera escapado de una bañera repleta de sangre. Todo indicaba que la mujer había intentado quitarse la vida y que luego se había arrastrado por el pasillo ya con las venas cortadas.

—¿Cómo dice? —preguntó Jules.

—Que el niño está rascando la puerta. Por dentro.

Jules cerró los ojos y vio a un niño moribundo hundiendo las uñas en la madera de la puerta cerrada, en un vano intento de liberarse.

—¿Está usted seguro de que no se puede abrir?

—No, claro, si es que yo no me entero. —Damelow tenía la voz rota—. A lo mejor es que la puerta está abierta de par en par. Y la muerta del pasillo, sobre la que he tenido que pasar, tampoco es un cadáver, es una muñeca. Y quizá…

—Vale, vale. ¡Tranquilícese!

El cartero tosió y gritó al mismo tiempo:

—¡Qué fácil es para usted decir eso! Pero no está aquí, en medio de un charco de sangre ni delante de la habitación de un niño repleta de humo.

—Mire las otras puertas. ¿Tienen llaves?

—¿Cómo? ¿Qué?

—Que si las otras puertas tienen llaves. A menudo todas las llaves de un piso son iguales.

—Espere. No, aquí... Sí, ajá.

Jules oyó unos pasos. Un chirrido de unos zapatos sobre el suelo de linóleo o laminado.

—¿Ajá?

—Tengo una.

—Pruébelo.

—Vale, espere.

De nuevo, otra tos, más fuerte.

Si en el pasillo al cartero ya le costaba respirar, la habitación del pequeño tenía que ser como una chimenea.

—Ha dejado de arañar la puerta —dijo Damelow.

—Vale, pero ¿la llave encaja?

—¿Cómo? Sí. Pero no me atrevo. Si abro, ¿el fuego no se reavivará con el oxígeno?

—No —mintió Jules.

—Mire, no sé. No me atrevo. Mejor me voy...

La mirada de Jules se volvió hacia la izquierda, de vuelta al monitor que señalaba la ubicación del vehículo de rescate que había solicitado.

—Aguarde un momento —ordenó al cartero y llamó al jefe del equipo de rescate.

Este lo cogió al instante.

—¿Sí?

—¿Dónde estáis?

—Hemos llegado —dijo el jefe de operaciones con tono irritado—. Pero aquí no hay nada.

El mosquito del oído de Jules, el de su acúfeno, zumbaba a todo volumen.

—¿Cómo que no hay nada?

—Sea lo que sea, no es una emergencia. Dejando de lado el susto que les hemos dado, los Haubach están bien.

Por el rabillo del ojo vio que, debajo de la pared de monitores, su jefe de equipo hablaba con su adjunto. Seguro que hacía rato que se habían unido a la conversación y que estaban escuchando.

—¿Hablaste con la familia? —preguntó Jules al oficial de campo.

—Padre, madre, hija. Todos bien.

«¿Hija?».

—Un momento...

«¿Ese gilipollas me ha tomado el pelo?».

Muy irritado, Jules retomó la llamada con el presunto cartero. No le habría sorprendido que hubiera colgado ya, pero Michael Damelow seguía al teléfono.

—¿Dónde está usted? —preguntó Jules.

—Ya se lo he dicho. En la calle Brandenburgische...

—No, no es verdad.

Jules le explicó lo que su compañero le acababa de decir.

—Pero, no, no es posible... ¡Oh, Dios mío!... ¡Lo siento!

Damelow empezó a farfullar.

—¿Qué?

—Con los nervios, yo, bueno..., le he...

—Calma. Respire hondo. ¿Qué pasa?

Jules puso los ojos en blanco.

«Una mujer muerta. Una habitación en llamas. Un niño arañando la puerta y pidiendo ayuda. Y ahora, un testigo presa del pánico...».

—... le he dado la dirección anterior.

—¿La dirección de la entrega anterior?

—Sí. Estoy en la siguiente.

—¿Dónde... está... usted... exactamente?

Jules tuvo que hacer acopio de un gran autocontrol para no echarse a gritar. El hombre necesitó un rato para darle, por fin, la respuesta correcta.

—Prinzregentenstraße, 24, tercer piso, 10715 Berlín.

Jules le hizo repetir la dirección tres veces.

La primera vez se quedó sin respiración; la segunda, el corazón le dejó de latir; la tercera vez, murió.

Muerto por dentro, convertido en un zombi que seguía moviéndose y hablando, saltó de su asiento arrancándose los auriculares de la cabeza y mirando como un loco las caras de sus compañeros que lo contemplaban atónito.

Pero él ya no estaba vivo.

No como la gente a su alrededor.

—¡Jules! —oyó que le gritaba su jefe de equipo corriendo hacia él, pero no pudo detenerse. Se desembarazó de sus compañeros, hizo a un lado a su superior, salió corriendo, bajó las escaleras. Ciego de pánico, sordo de miedo, saltó a su coche en el aparcamiento frente al centro de operaciones y partió a toda velocidad.

Prinzregentenstraße, 24.

Tercer piso.

10715, Berlín.

Su casa.

6

Klara

En la actualidad

—¿Ha sentido alguna vez tanto miedo que la angustia se ha apoderado de todas y cada una de las células de su cuerpo?

—¿Quiere decir si alguna vez he sentido tanto miedo que me habría arrancado la piel por temor a quemarme por dentro?

—Sí.

Tras ese diálogo, su acompañante telefónico se quedó en silencio durante un rato inquietantemente prolongado; por un momento, Klara no supo si Jules había colgado.

Pero entonces dijo:

—Perdone, acabo de rememorar un suceso muy traumático para mí. Todavía es bastante reciente.

Klara detuvo la marcha y se inclinó apretándose el costado izquierdo con la mano para aliviar el pinchazo que sentía en la zona del bazo, a pesar de que no estaba andando muy rápido.

Aunque tenía unos kilos de más en las caderas —algo que Martin no se cansaba de señalar («Por lo menos esos ojos tuyos de gacela no han ganado grasa, es lo único bonito que te queda»)—, el esfuerzo físico no le afectaba tanto como la experiencia cercana a la muerte que acababa de experimentar poco antes de que el teléfono de su bolsillo cobrara vida propia y marcara el número de la línea de acompañamiento. La conversación con ese desconocido tan empático y sensato le estaba agotando las fuerzas que le quedaban y que, de hecho, necesitaba para cosas mucho más importantes. No se explicaba por qué seguía hablando con él.

—Conozco bien la situación que describe —dijo Jules tras otra pausa durante la cual ella se había dado cuenta, casi de forma física, de que había algo que le inquietaba. Algo que lo abrumaba tanto que jamás lograría desprenderse de ello. Las palabras de Jules encontraban eco en su alma, algo que ella había creído silenciado, roto, para siempre.

Jules —si es que ese era su nombre auténtico (él lo pronunciaba «yuls»)— parecía muy sincero. No se le ocurría una palabra que lo describiera mejor, aunque tampoco tenía la certeza de que sus sentidos no le estuvieran jugando una mala pasada en la oscuridad. Tal vez solo fuera un actor utilizando su voz tranquila como una máscara, para que uno se creyera todo cuanto decía, por improbable que fuera. «Nadie me entiende». Klara se enderezó de nuevo y aflojó la goma con la que se había recogido en una cola su espesa cabellera rizada y castaña, consciente de que la presión que sentía en la cabeza no era por llevar el pelo demasiado sujeto.

Aspiró el aire fresco y húmedo del bosque. Las ramas de los abetos, tan juntas entre sí, formaban un dosel natural que la resguardaba de la nieve. De pronto, el viento se había serenado y no hacía tanto frío; aun así, ella no paraba de tiritar. El impermeable que se había puesto a toda prisa sobre el jersey noruego antes de salir y sus vaqueros, ahora empapados y rotos, no servían de mucho frente al frío. No era una ropa adecuada ni siquiera para un paseo otoñal.

«Paseos», pensó con un toque de melancolía, algo que ella no podía permitirse. «En los treinta y cuatro años de mi vida he dado demasiado pocos. Me parecía una pérdida de tiempo ponerme a andar sin más, sin una necesidad concreta, sin un destino donde tuviera algo que hacer. Y, ahora, aquí estoy, desangrándome y con menos esperanzas que un condenado a muerte atado a la silla eléctrica, echando de menos todos los paseos por el bosque que nunca quise dar».

—Mi miedo no cabe en ninguna categoría. Así que, por favor, no insulte mi inteligencia intentando decirme que me entiende cuando nosotros no nos conocemos de nada.

Se palpó la frente, contenta de que la sangre se hubiera secado; sin embargo, el cráneo le retumbaba como una campana de iglesia golpeada con una maza. El castigo por escalar de noche un peñasco de cuya existencia pocos berlineses sabían. Un lugar secreto, sin dirección; unas torres artificiales de ocho, nueve y diez metros de altura, de hormigón, por cuyos bordes, salientes y recovecos, realmente, solo podían trepar los miembros del Club Alpino Alemán.

«Pero ¿quién controla de noche, en plena ventisca, si alguien tiene el carné del Club Alpino?».

—No sé cómo se siente, pero sí cómo se comporta, y es más propio de una niña testaruda que de una mujer adulta.

Jules había vuelto a dar la respuesta adecuada. «Maldita sea». ¿Acaso le había tocado el miembro mejor formado de todo el servicio telefónico de acompañamiento, o es que en los últimos tiempos todos habían recibido un cursillo formativo? La última vez que había llamado la había atendido una chica simpática, pero demasiado joven, que iniciaba todas sus frases con la muletilla «Como hemos dicho», aunque no hubiera dicho nada antes.

Seguro que a estas alturas todos los acompañantes telefónicos tenían que someterse a cursos de forma regular y asistir a seminarios de formación con títulos tan creativos como «Intervención en crisis: acompañando a las personas no acompañadas», en los que se analizaban fragmentos de llamadas telefónicas como esa.

Klara abandonó la protección frente al viento y la nevada que le daban los abetos y se abrió paso por la nieve para descender por el estrecho sendero que serpenteaba por el bosque desde Teufelsberg hasta Teufelsseechaussee. La contaminación lumínica de la gran ciudad, en cuyas afueras se encontraba, bastaba para proporcionar algo así como una luz crepuscular entre las nubes de confeti de nieve que se arremolinaban.

Arrastraba la pierna; con suerte el tobillo ni siquiera se habría roto, aunque, de hecho, eso daba igual. En el fondo, el dolor le hacía bien. Era tan intenso que tenía los ojos anegados de lágrimas y eso la mantenía despierta en esos últimos metros.

—¿Qué la ha apartado de su camino? —preguntó Jules.

Klara cerró los ojos por un instante. La oscuridad que la rodeaba en ese momento casaba con el frío que lo envolvía todo.

«Maldita sea, ¿por qué no cuelgo?».

Si él se hubiera limitado a preguntarle «¿Qué ha pasado?» o se lo hubiera exigido con un «¡Cuéntemelo!», ella habría puesto fin a la conversación. Pero esa pregunta demostraba que él la había sabido juzgar. Que hubo un tiempo en el que ella había sido una mujer con un destino. Que había emprendido un largo viaje con la esperanza de sentirse satisfecha y, tal vez, incluso, de alcanzar el amor, para luego tener que aprender que esa ruta era un campo de minas que solo podían esquivarse con mucha suerte. Y la suerte, bueno, esa había sido la primera amistad en alejarse y hacer añicos el billete de vuelta, y de eso hacía muchísimo tiempo.

—¿Conoce usted Le Zen, en Tauentzien? —preguntó.

—¿El hotel de lujo?

—Sí, ese.

—Incluso el café de allí está fuera de mi alcance; pero sí, he oído hablar de él.

—¿Y del ascensor *speakeasy* también?

—El ascensor ¿qué?

—Entonces, no. —Klara apartó una ramita que le impedía

seguir andando—. Los ascensores se ven perfectamente desde el vestíbulo. Lo mejor es sentarse en el sofá estrecho tipo futón, el que está justo al lado de los jarrones con las orquídeas de color morado. A primera vista, se ven tres puertas de ascensor cromadas, bellamente decoradas con caracteres asiáticos; todo el hotel está decorado en plan «japo».

—¿Pero?

—Pero si se sienta en ese sofá exactamente a las once de la noche del último sábado de cada mes y mira entre las orquídeas hacia una puerta estrecha situada justo al lado del grupo de ascensores, descubrirá que la puerta tapizada en papel de seda no es ninguna entrada o salida a una dependencia del servicio ni nada parecido.

—También es un ascensor.

Estuvo a punto de sonreír. En circunstancias normales, le habría gustado charlar con Jules de cosas cotidianas. De política, arte, viajes o de los distintos modos de crianza, si es que tenía hijos. Su voz parecía la de un padre cariñoso y firme al mismo tiempo. ¿Cuántas veces daba una con hombres atentos, que incluso terminaban las frases de forma adecuada porque eran capaces de sacar conclusiones correctas a lo que se les contaba?

—Exacto. Es el cuarto ascensor.

—¿Y eso de *speakeasy*? —preguntó él.

—En tiempos de la ley seca, en los bares el alcohol solo se podía tomar en los cuartos traseros de los establecimientos. Y las puertas secretas ocultas que daban a estos cuartos solo se abrían si se le susurraba en voz baja una contraseña al camarero; de ahí lo de *speak easy*, que en inglés viene a ser hablar en voz baja.

—¿Qué contraseña abre el ascensor?

Bien. Había dejado para luego la pregunta de verdad, esto es: ¿adónde lleva el ascensor?

Él sabía que ella se cerraría en banda si la urgía para llegar al meollo de la cuestión. Que, de hacerlo, ella entonces se sentiría vulgar y utilizada, como una jovencita que se dejara toquetear con demasiada rapidez por su cita mientras se besaban.

—Hoy en día, en el ambiente, *speakeasy* es un término para designar cualquier establecimiento clandestino.

—¿A qué ambiente nos referimos?

Ella oyó un crujido a su lado, tal vez un zorro o un jabalí buscando comida en la nieve.

—A uno en el que se venera el dolor.

—¿Y usted se ha montado en ese ascensor?

Jules iba avanzando a tientas con sus preguntas, mientras que Klara, con un dolor punzante en el bazo y en el tobillo, bajaba trabajosamente por el camino, situado a escasos metros de la calle Teufelsseechaussee, por donde afortunadamente no circulaba ningún coche. Solo un gilipollas completamente asocial no se detendría al verla con ese tiempo. ¿Qué se suponía que tendría que decir? «No pasa nada, estoy bien. Me encanta pasear con ventisca desangrándome y con una torcedura de tobillo».

—Sí. —Ella respondió a la última pregunta de Jules.

«Subí».

—Tal y como Martin me dijo, a las 23.23 h la puerta se abrió. Sin hacer ningún ruido.

—¿Quién es Martin?

—Espere, pronto lo conocerá —dijo Klara y empezó a contarle a Jules la historia con la que no empezó todo. Una que, posiblemente, ni siquiera había anunciado el principio del fin. Pero que, sin duda, había marcado un punto de inflexión a partir del cual ya no había habido vuelta atrás. Cuando ella cruzó el umbral del mal, entró en ese ascensor oscuro que la catapultó a un mundo que era incluso peor de lo que ella había imaginado en sus peores pesadillas.

7

Klara

Meses antes

—Ponte ropa de mujer de negocios —le había dicho Martin a Klara—. Ese conjunto de falda y chaqueta azul oscuro, con la falda tubo y la blusa blanca bajo la americana. Los zapatos de Prada, nada de zapatos con punta abierta, ni tacones altos. Tiene que parecer que acabas de salir de una reunión del bufete de abogados.

Ella sabía que a él le avergonzaba que su mujer «solo» fuera una auxiliar técnica sanitaria en una consulta psiquiátrica, y no una asesora empresarial o una abogada.

—Así pues, ponte también joyas discretas: el reloj Chopard que te compré en Estambul, un collar de perlas, pendientes a juego.

Había obedecido a Martin, como siempre. En los siete años que llevaban de relación, tres de ellos legitimados por un certificado de matrimonio, había aprendido a no hacer demasiadas preguntas. Y vestirse de «mujer de negocios» era inofensivo comparado con muchas de sus otras exigencias; en el fondo, resultaba incluso agradable. La última vez había tenido que llevar botas por encima de la rodilla y una falda de látex para encontrarse con él en un cine porno en Adenauerplatz. Comparado con eso, un hotel de lujo como Le Zen era el paraíso en la tierra.

Eso pensaba Klara. A sabiendas de que la puerta al infierno también la podía abrir un botones vestido de gala y con una sonrisa encantadora, el cual la acompañó por el vestíbulo de suelo de mármol chino hasta los ascensores. Allí, entró en uno de ellos. En el cuarto, el *speakeasy*, el clandestino, cuya iluminación era tan tenue que le llevó unos instantes acostumbrarse a la penumbra.

«Vieja», se dijo Klara cuando el contorno de su cara en el espejo del ascensor se volvió más nítido.

«Arrugada y deforme».

Martin se lo decía a diario. Desde que había nacido Amelie, él no se cansaba de hacerle notar las secuelas del embarazo e insultar su debilidad de carácter por no ponerles remedio.

Se abrió la puerta de la planta 19.

Klara salió con las rodillas temblorosas al pasillo del hotel, que olía a ambientador de pachuli y no parecía en absoluto un pasillo de hotel. En realidad, tuvo la impresión de haber sido trasladada en ascensor directamente al hueco de la escalera de un ático de lujo de varias plantas. Una escalera de madera preciosa, medio curvada y absurdamente ancha, giraba frente a un óleo inmenso de un chino de pelo blanco y sin dientes. A ambos lados del primer rellano, la escalera estaba flanqueada por unos jarrones cilíndricos del tamaño de una persona que contenían los girasoles más grandes que Klara había visto en su vida.

En medio, como si acabara de subir los peldaños de una escalera en un espectáculo, había un hada sonriente, o, por lo menos, esa fue la impresión que le dio a Klara la aparición de aquella criatura, con una talla dolorosamente ideal y vestida por completo de negro.

—Hola, bienvenida a V. P., me llamo Lousanne.

Sonrió. Pronunció las letras en inglés; sonaba un poco como «VIP».

—¡Qué bien que haya venido! ¿Había estado antes por aquí?

Klara negó con la cabeza, intimidada por la belleza de esa recepcionista. Jovencísima, con unos ojos grandes y oscuros de Disney, que despertaban el instinto protector en todos los hombres y dejaban claro a cualquier mujer que, si Lousanne se empeñaba en seducir a su pareja, no tendría nada que hacer.

Klara sintió una punzada, porque eso le recordó a su vida cuando, mientras estudiaba, al salir de la escuela de oficios, trabajaba por las tardes como auxiliar en la recepción de un bufete de abogados en Ku'damm. Cuando recibía a todos los clientes con una sonrisa similar, les ofrecía café y les pedía que tomaran asiento en la sala de espera mientras el abogado, o el notario, estaban aún con otra visita. Fue así como conoció a Martin. En esa época aún se sentía segura de sí misma y libre, como Lousanne, cuya actitud irradiaba orgullo, pero también una declaración discreta con la que daba a entender a todos los clientes que sus días en la recepción no eran más que un paso intermedio y que, en realidad, estaba destinada a algo mucho mejor.

«Cuanto más arriba se llega, más dura es la caída», se dijo Klara y, acto seguido, la intrigante petición de Lousanne la pilló por sorpresa:

—Si es la primera vez que nos honra con su presencia, le ruego que rellene nuestro formulario de membresía.

Lousanne se giró y Klara contempló fascinada el profundo escote de espalda de su vestido.

—Si tiene la amabilidad de acompañarme, por favor.

Caminó junto a Klara hasta una columna de mármol que le llegaba a la altura del pecho y que estaba situada junto a uno de los jarrones con girasoles. Encima había un estuche de cuero, que abrió con gesto dinámico. Lousanne sacó de ahí un sobre acolchado y se lo entregó a Klara junto con una estilográfica Montblanc de porcelana blanca.

—Y bien, ¿ha decidido ya el nivel?

«¿Nivel?».

Se encogió de hombros.

—No importa, puede cambiar el color en cualquier momento.

«¿Color?».

Klara temblaba al intentar abrir el sobre, cuando alguien se lo arrancó de las manos.

—No hace falta, cariño. Ya me he ocupado de las formalidades por ti.

Se dio la vuelta, alarmada. Martin había entrado súbitamente en la sala como por una puerta secreta y, de repente, había aparecido a su lado. Ahora él sostenía el sobre (¿con una solicitud de membresía? ¿Para qué? ¿Qué tipo de club era ese?) en la mano y sonreía con picardía. Recién afeitado, recién duchado, el pelo gris y rizado fijado con cera, olía igual de bien que cuando se conocieron por casualidad en el bufete de abogados.

—¿Puedo hablar contigo un momento? —preguntó Klara, intentando, con un fracaso estrepitoso, dibujar una sonrisa y señalando la puerta de la que suponía que acababa de salir Martin. En apariencia, los lavabos estaban junto al ascensor; seguramente nadie los molestaría en el pasillo que conducía hasta ellos.

Martin negó con la cabeza.

—Luego; entonces tendremos más cosas que decirnos.

La tomó de la mano. Con un poco más de fuerza de la necesaria.

Saludó a Lousanne con la cabeza y acompañó a Klara hacia el piso superior.

—¿Qué está pasando aquí? —susurró Klara, con aprensión.

Martin asintió como si ella hubiera hecho una pregunta inteligente, pero, en lugar de responder, le apretó una mano contra la escápula y la empujó suavemente hacia lo alto de la escalera.

—Hablo en serio, Martin. ¿Qué estás tramando esta vez?

—No seas aguafiestas —le oyó decir con una sonrisa, un paso detrás de ella.

Al final de la escalera, la galería desembocaba en un pasillo enmoquetado de color gris que terminaba ante una gran puerta negra de doble batiente. En ella, pintada en rojo, había una letra «Pi».

Martin abrió la puerta con una tarjeta electrónica.

—Por favor… —empezó a decir Klara, y pensó entonces en su hija, Amelie, de seis años, que, con suerte, estaba durmiendo tranquila y ajena a todo en su camita, a cargo del canguro. Siguió a Martin hacia el interior de aquella habitación del hotel, a pesar de que todos sus sentidos le advertían que no lo hiciera.

Con la mirada al suelo, por temor a lo que le esperaba.

—Tengo que ir al baño —dijo casi sin voz.

—Eso puede esperar —decidió Martin; entonces algo se movió en la estancia y Klara no pudo seguir apartando la mirada por más tiempo.

Ella contaba con encontrarse en una suite, con una cama y, tal vez, unas butacas dispuestas ante la ventana con vistas a la Gedächtniskirche y al Zoo Palast, y, en efecto, todo eso estaba ahí. Lo único era que la cama era redonda y que estaba en medio del dormitorio, que debía de ser tres veces mayor que su piso en Prenzlauer Berg, donde había vivido hasta que se había mudado a la casa de Martin.

—¿Qué es todo esto? —susurró de manera casi ininteligible, porque, sin darse cuenta, se había tapado la boca con la mano.

Clavó la vista en media docena de caras idénticas. Todos esos hombres llevaban la misma máscara. Un emoticono que soltaba lágrimas de risa.

Ella, por su parte, sintió ganas de echarse a llorar.

—¿Qué le estáis haciendo? —preguntó con voz apagada. El horror la paralizó. Klara deseó que la joven tumbada en la cama, en torno a la cual estaban los hombres de esmoquin sin rostro, solo fuera la obra de una maquilladora.

Pero la sangre que le rezumaba de la boca sobre los pechos desnudos era de verdad.

8

La atormentada estaba agachada, a cuatro patas, como un perro, sobre el colchón. Apoyada solo sobre una mano, el brazo izquierdo le colgaba como un ala rota en su cuerpo escuálido.

«Por favor», suplicó en silencio cuando su mirada se encontró con la de Klara. Le faltaban al menos dos incisivos.

—Dile hola a Shaniqua. —Martin soltó una risotada—. Claro que solo es su nombre artístico, pero ¿no te parece que es como la típica belleza india?

«Más bien como una moribunda en un poste de tortura», pensó Klara. La muchacha, que no debía tener más de dieciocho años, tenía el pelo y la piel oscuros y una figura delicada. Con cada resuello, las costillas, como dedos de viejo, se le hundían en la piel del tórax, que presentaba moratones y heridas abiertas.

Apenas podía respirar de lo mucho que le apretaba el collar de perro, cuya correa sujetaba un tipo fornido vestido con un traje de noche arrugado. En la otra mano sostenía un soldador, con el que era evidente que le había provocado heridas en la espalda y el trasero. «Estoy en el infierno».

Klara quiso socorrer a la muchacha, pero Martin la retuvo por detrás, tiró de ella hacia sí y la abrazó como si fueran una pareja de enamorados de pie en un balcón y disfrutando de una hermosa vista.

—El V. P. solo es un juego, cariño —le susurró Martin al oído. Para entonces, él llevaba también una máscara con el emoticono que arañó la mejilla de Klara. Se estremeció cuando él le tradujo la abreviatura—: *Violence Play*.

Juego de violencia. Dos palabras en inglés tan horriblemente opuestas entre sí que no deberían vincularse de ningún modo y en ninguna circunstancia.

¿Violencia? ¿Juego?

«¡Dios santo!».

Klara había albergado la esperanza de que, en cuanto Martin fuera padre, sus «ocurrencias» y «juegos de rol» cambiarían a mejor. Sin embargo, había ocurrido lo contrario: con la niña, ahora tenía un modo de coaccionarla.

«Si no participas, todos sabrán lo que ha hecho mamá. Verán las fotografías y los vídeos en internet y oirán lo mal que está esta dulce mamita, y eso es exactamente lo que cuchichearán en el patio del colegio y en las reuniones de padres. Y, entonces, te quitaré a la niña, y sin Amelie a ti solo te quedará la vista de un patio trasero en Marzahn, la que tendrás desde tu asiento junto a la ventana en ese edificio tuyo prefabricado».

—¡Cerdos asquerosos! ¡Soltadla de inmediato! —exigió Klara aprovechando la oportunidad para que Martin la dejara ir. Dio un paso en dirección hacia la muchacha, que se estremeció aterrada. Al hacerlo se desequilibró, se apoyó sobre el brazo roto y aulló de dolor.

—¡Cállate! —voceó el hombre de la correa de perro tirando de ella.

Klara se acercó a él con dos pasos y le gritó:

—¡Déjala en paz ahora mismo, cerdo pervertido!

Recorrió con la mirada la suite buscando un teléfono para pedir ayuda. Siguiendo las instrucciones de Martin, había dejado el móvil en el coche.

—Ya la habéis oído —dijo entonces su marido al grupo—. Mi mujer no lleva máscara ni brazalete. Eso significa que hoy será la Reina.

Todos los presentes asintieron. Klara tenía la sensación de estar asistiendo a la votación de una logia secreta cuyas leyes no comprendía.

—¿Reina?

—Sí, querida —dijo Martin—. Hoy tienes derecho a la gracia final.

El hombre de la correa de perro levantó la mano con el soldador. Tenía el cable enchufado en un alargador y el aparato se iluminó.

—¿Qué gracia final? —preguntó Klara sin querer, realmente, conocer la respuesta. Lo único que quería era huir. Lejos de ahí. Fuera de esa habitación. Fuera de ese hotel. De su vida.

—Le hemos comprado este juguete —¡Sí, Martin dijo «juguete»!— a su propietario para disponer libremente de él. Eso significa que podemos hacer de todo con ella.

Klara sabía que debajo de su máscara él sonreía de forma diabólica.

—Y con «de todo» quiero decir «de todo».

Se frotó las manos.

—Hoy queremos cegarla o pasarle el cepillo.

—No vais a hacerle nada más, cabrones asquer...

—En efecto —la interrumpió Martin—, nosotros, no. Tú. Tú eliges. ¿Por dónde quieres que le pasemos el soldador: por los ojos o por la vulva?

Por sí solas, esas palabras le hicieron el efecto de recibir un puñetazo en el vientre. Klara sintió como si fuera a retorcerse de dolor. Sospechaba que había mujeres que tenían que soportar cosas aún peores que ella. Prostitutas forzadas y esclavizadas de países pobres, vendidas por sus familias cuando eran niñas a proxenetas que en el extranjero las ofrecían «a libre disposición» de clientes psicóticamente sádicos. Había deseado no tener que tropezar jamás con ese horror en la realidad, un horror ante el cual, incluso ella, como víctima de violencia doméstica, cerraba los ojos para no ver.

—¿Yo soy la Reina? —le preguntó a Martin mientras iba gestando una idea.

—¡Eso mismo!

—¿Y yo decido?

—Exacto.

Inspiró profundamente.

—Entonces decido que la dejéis marchar de inmediato.

Klara contuvo la respiración a la espera de recibir un bofetón.

—De acuerdo.

Para su asombro, su marido no se opuso, y dio tres palmadas. Se abrió entonces una puerta corredera tapizada con papel de seda.

—Doctor, si fuera usted tan amable. La Reina ha decidido que la ronda de V. P. ha terminado para nuestro juguete.

Un hombre, también enmascarado, pero que llevaba una bata de médico, sacó sin decir palabra una camilla del cuarto contiguo.

Dos hombres vestidos con esmoquin levantaron a Shaniqua —o como se llamase aquella mujer malherida y medio inconsciente— del colchón, como si fuera un saco de patatas, y la llevaron con aquel supuesto doctor.

Klara se dispuso a seguirlos, pero Martin la retuvo sujetándola por el brazo.

—¿Adónde vas, amor? —La atrajo hacia sí como si fuera un bailarín tirando de su pareja en una pirueta.

—A avisar a la policía.

Martin negó de manera enérgica, sacudiendo la cabeza con la máscara.

—¡Oh! Debería habértelo explicado, querida. Evidentemente nuestra sesión de V. P. dista mucho de haber terminado.

Su marido se quedó mirando cómo el médico y la chica se dirigían a la puerta de salida de la suite sin liberar la muñeca de Klara.

—¡Suéltame!

—Me temo que eso no me está permitido. Nuestro reglamento dice: si la Reina libera a un juguete, ella misma se convierte en juguete. Y, como no llevas brazalete de colores...

La puerta se cerró detrás del «doctor» y la muchacha.

Martin asió a Klara por el pelo y atrajo su cabeza hacia él, tirando con tanta fuerza que los ojos se le llenaron de lágrimas.

—... podemos hacer cualquier cosa contigo. Sin tabúes.

Él hizo un gesto al hombre que instantes atrás aún sujetaba la correa de perro; entonces, este se acercó a Klara y le propinó un puñetazo en el estómago. Fue el primero de los muchos que recibiría esa noche.

9

Jules

Hoy

—Tenían permitido hacer de todo conmigo. Apagar cigarrillos sobre mí, orinarse encima, pisarme, morderme, pegarme. Arrancarme el pelo era lo más inocente. Una rotura de bazo no era lo peor que me podía pasar.

—¡Dios santo! ¿Y a usted le...?

—¿Cegaron o me pasaron el cepillo? No, mi marido no permitió que me vaciaran un ojo ni que me violaran con un soldador al rojo vivo.

—¿Y sufrió algún otro tipo de...?

—¿... violación? —Klara completó otra vez la pregunta—. En el sentido literal de la palabra, sin duda. ¿En el sentido sexual? No. El club de los sádicos no va de eso.

Jules necesitó un rato para asimilar las explicaciones de Klara. Y otro para encontrar las palabras adecuadas. Al fin dijo:

—La mayoría de las mujeres que llaman aquí tienen miedo de ir solas a casa. ¿Es posible que a usted le ocurra lo contrario, Klara? ¿Que tiene miedo de regresar a casa y que por eso vaga por la oscuridad?

—Sí.

—¿Tiene miedo de su marido?

—No.

Jules levantó las cejas, sorprendido, y se rascó la nuca, en el punto donde los auriculares le rozaban el pelo de manera incómoda. Su cabeza era algo más pequeña que la de Caesar, y el contorno de los auriculares no le ajustaba bien.

—¿Pero no me acaba usted de describir un caso espeluznante de violencia conyugal?

—Sí, pero solo con eso podría haber vivido un tiempo —dijo Klara—. Aunque nunca pensé que llegaría a decir algo así alguna vez. Ni mucho menos después de esa noche en Le Zen, de la que, por cierto, hay un vídeo. Martin lo subió a los foros de internet para que fuera «sazonado».

—¿Sazonado? —preguntó Jules.

—Así lo llaman esos pervertidos que frecuentan sitios de intercambio. Miran cómo otras mujeres son martirizadas. Hacen una captura de pantalla de algunas escenas y la imprimen. Suelen ser fotografías de ellas con la boca y los ojos abiertos y desfigurados por el sufrimiento. Luego se masturban encima y suben de nuevo la imagen al sitio de intercambio. A Martin le encantaban los comentarios: «Mira cómo he sazonado a la puta de tu mujer», «Cerda cachonda» o cosas por el estilo.

En ese momento la voz de Klara sonaba con más nitidez, y no solo se debía a la falta de ruido ambiental. Al parecer, ya no estaba al aire libre. Jules había oído algo metálico rozando una piedra, una puerta atascada. ¿Tal vez la puerta de acceso de un edificio de viviendas? El ambiente en la línea había cambiado, pero también el tono de voz de Klara. Su voz sonaba ahora firme y segura, lo cual no concordaba con las palabras que siguieron y que dieron a Jules la sensación surrealista de estar sentado sobre una superficie oscilante que cedería bajo su peso en cualquier momento.

—Con lo que ya no quiero vivir por más tiempo es con lo ocurrido tras mi estancia en la clínica Berger Hof.

Jules tragó saliva, pero el nudo que acababa de sentir en su garganta no desapareció.

«Berger Hof».

Aquellas palabras le causaron un horror mayor que la narración del martirio de Clara.

Cerró los ojos y las imágenes del folleto de la clínica, que había tenido en la mano instantes antes mientras buscaba el mando a distancia, asomaron en la pantalla de su conciencia como si de una presentación de PowerPoint se tratase. Jules necesitó unos instantes para calmarse y formular la siguiente pregunta.

—¿Cómo llegó usted allí?

El nudo en la garganta pasó entonces del tamaño de una pelota de golf al de una pelota de tenis. Jules no pudo evitar pensar en Dajana. Aquella persona maravillosa a la que siempre había presentado como «mi esposa» a pesar de no haberse dado nunca el «sí, quiero» de forma oficial. Y también ella marcaba la casilla de «casada» en formularios, como el de ingreso a la clínica privada Berger Hof de la Selva Negra, cerca de Baden-Baden.

—¿Estuvo usted allí sometida a tratamiento psiquiátrico? —quiso saber Jules con voz quebrada.

«¿Como Dajana?».

—No, estuve allí por trabajo —respondió Klara y, para sorpresa de Jules, bostezó.

A mitad del pasillo, oyó el aviso de una notificación de móvil. Como en el curso de una llamada a través del software del servicio telefónico de acompañamiento las notificaciones de los mensajes estaban silenciadas y su teléfono no mostraba ninguna, debía de ser Klara quien había recibido un mensaje.

—¿Entonces usted es terapeuta? ¿Psicóloga?

—¿Por qué susurra usted? —preguntó Klara. Solo entonces Jules se dio cuenta de que había bajado la voz—. Soy auxiliar técnica sanitaria en una consulta psiquiátrica. Participaba en un proyecto de investigación en Berger Hof.

—¿Y ocurrió algo allí? —preguntó Jules, de nuevo con un tono de voz algo más alto. No formuló, sin embargo, la cuestión implícita: «¿Qué puede superar el horror que usted tuvo que sufrir con su marido?».

Klara farfulló algo incomprensible.

—Perdone, no la oigo.

—Yannick —repitió ella.

Jules volvió a entrar en su despacho.

—¿Quién es ese?

Ella suspiró pesadamente y respondió con otra pregunta que, aparentemente, no tenía nada que ver:

—¿Ha tomado alguna vez desomorfina?

—¿Se refiere al krokodil?

Le dijo que no. La droga barata más letal del mundo lo había tenido ocupado muchas veces mientras estuvo trabajando en el centro de llamadas de emergencia, cuando algunos yonquis sufrían sobredosis al inyectarse esa mezcla corrosiva de codeína, yodo y fósforo rojo. Normalmente, los paramédicos los encontraban en los aseos de una estación, por lo general convertidos en una especie de muertos vivientes, con lesiones cutáneas verdosas en el punto de la inyección que recordaban a la piel de un cocodrilo. A menudo, en su locura, querían devorarse a sí mismos.

—Es suficiente con inyectársela una sola vez —le explicó Klara sin que fuera necesario—. Basta una puta vez, y destruye la capacidad del cuerpo para producir endorfinas. ¿Sabe usted lo que esto significa?

—Que esa persona nunca más podrá volver a ser feliz.

—Exacto. Eso es lo que me pasó con Yannick. Tan solo estuve en contacto con él una vez y logró eliminar sin remedio y para siempre mi producción de hormonas de la felicidad. Pase lo que pase, nunca más volveré a reír, ni a amar, ni a vivir.

Jules oyó el chasquido sonoro del cierre de la portezuela de un coche, y entonces cayó en la cuenta del ruido de fricción que había oído antes.

—Usted está en un garaje —afirmó, en parte porque no sabía qué decir después de que ella, con sus revelaciones sobre Yannick, abordara un tema que a él le exigía una empatía extrema. Jules intuía que cada pregunta equivocada, cada comentario irreflexivo, podría poner fin inmediato a la conversación.

En lugar de responder, y a modo de confirmación, ella arrancó el motor que, por el ruido que hacía, parecía ser de un coche pequeño.

—De nuevo, muchas gracias —dijo ella—. No lo habría logrado sin usted.

Jules estaba entre el escritorio y el televisor, que seguía parpadeando sin sonido. La emisión especial de *Aktenzeichen XY* había terminado, y ahora los invitados al programa —los sospechosos habituales— debatían sobre si se debían prohibir o no los vuelos cortos y los vehículos todoterreno.

—¿Por qué me da las gracias? ¿Por haberla acompañado a casa con mi voz?

—Esa es una pregunta estúpida, y lo sabe, Jules. Ya hemos establecido que volver a casa es lo último que quiero en este mundo.

—¿Porque Yannick la espera allí?

—Ese me espera en cualquier sitio.

—¿Para hacer qué?

—Ya se lo he dicho. Va a matarme. Y no concibo que vaya a dejarle en paz a usted cuando descubra que ha intentado ayudarme.

Jules negó con la cabeza ante esa inversión completa de los papeles. Nunca en todo el tiempo pasado en la central de emergencias, una persona al otro lado de la línea le había advertido de un peligro para su propia vida.

—¿Por qué la quiere asesinar? —«¿Y a mí?»—. ¿Quién es ese Yannick? Hábleme de él.

—No hay tiempo para eso —dijo Klara. Jules intuyó que corría el peligro de perderla.

Ella le dio las gracias otra vez, y de nuevo él no supo por qué.

—¿En qué la he ayudado?

—¿De verdad no lo sabe?

—No. Dígamelo, se lo ruego.

Ella hizo una breve pausa.

—¿Qué oye usted en este momento? —preguntó en voz baja, como si estuviera en el cine o en el teatro y no quisiera molestar a los demás presentes.

—Una voz segura pero cansada. Y el motor en marcha de su coche.

—¿Y qué es lo que no oye?

—No...

Jules reflexionó. Excepto por el zumbido monótono del motor, no había nada. Ni chirridos de neumáticos, ni bocinazos, ni la radio del coche, ni corriente de aire, ni...

Se detuvo en medio del salón como si se hubiera topado con un muro invisible.

—Usted está parada. No está circulando.

Klara se rio con tristeza.

—Exacto.

«Pero el motor está en marcha. En el garaje. Metal en hormigón. Una puerta cerrada».

Jules era consciente de que la matemática del horror a menudo enfrentaba a la mente humana con tareas aritméticas muy sencillas, aunque el cerebro se negaba a veces a aceptar el resultado, tan claro como sorprendente. A menudo, la mente buscaba soluciones más complejas para resolver la ecuación del horror de un modo menos traumático. En ese caso, sin embargo, Jules no podía hacer que uno y uno dieran tres. Un coche detenido con el motor en marcha, de noche, en un garaje. En su interior, una mujer que, llevada por su propio miedo, había guardado el número de la línea de acompañamiento en su móvil. Eso solo podía significar una cosa.

—¡Pretende acabar con su vida esta noche!

«¡Para adelantarse a Yannick!».

Con gases, posiblemente introducidos dentro del vehículo con una manguera desde el tubo de escape, que probablemente habría colocado por el hueco de una de las ventanillas del coche.

«¿Yo la he ayudado a esto? ¿Este es el "camino a casa" por el que la he acompañado?».

—Exactamente —Klara confirmó la sospecha más terrible de Jules—. Y, ahora, me gustaría poder quitarme la vida. Espero que no le incomode, pero me irá mejor si cuelgo.

10

Klara

A Klara el salpicadero de su Mini Cooper siempre le había transmitido la sensación de estar en un avión. Incluso ahora, en la oscuridad del garaje, los distintos accesorios circulares de aluminio brillaban en un tono naranja mate. Muy apropiado para su última «partida» hacia lo desconocido.

Tragó saliva, pero el escozor de la garganta no mejoró. Se llevó la mano al cuello y rebuscó bajo el jersey noruego el collar con la pequeña cruz de plata que llevaba desde la primera comunión.

El cuentarrevoluciones y el indicador de velocidad se desdibujaban frente a sus ojos llorosos. Sentía ganas de toser y la nariz le goteaba; las mucosas se le estaban irritando más rápido de lo que había previsto, a pesar de que, realmente, el vehículo que había dispuesto para su último viaje era diminuto. El aire sabía a carbonilla, aunque tal vez solo fuera en su imaginación; Klara se preguntó en vano si Martin podría revender el Mini si, en su agonía, ella estropeaba la tapicería con sus evacuaciones. Tal vez se colarían ahí fluidos putrefactos de su cuerpo, según el tiempo que llevara dar con sus restos. Entonces, apestaría aún más que el Omega de su padre, que él había cuidado con tanto mimo todos los fines de semana hasta la noche en la que su madre vomitó en el espacio para los pies.

Ocurrió al regreso de una reunión de profesores celebrada en el Loretta am Wannsee, donde el claustro del instituto Döblin se reunía de manera regular para emborracharse, unos encuentros a los que una vez al mes también podían asistir los cónyuges. La madre de Klara no toleraba bien el alcohol, pero su marido la obligaba a beber para «no ser una aguafiestas» y no hacerle «quedar como un memo casado con una ñoña necia incapaz de divertirse».

En fin, el intento de su madre de amoldarse a las costumbres juerguistas del grupo de profesores borrachos acabó tras beberse una única copa de Campari con naranja y la expulsión de los restos de la ensalada de pepino bañados en jugos gástricos sobre la alfombrilla. Klara aún recordaba muy bien que esa noche, poco después de las once, se despertó al oír la cerradura de la puerta de entrada al abrirse. Saltó de la cama, abrió la puerta de su habitación en la buhardilla y escuchó atenta los pasos. Porque eran su señal. Su sistema sismográfico de alerta precoz, entrenado desde su más tierna infancia y que entonces, a los catorce años, funcionaba casi a la perfección.

Las pisadas de su padre siguiendo a su madre después de que se escabullera escaleras arriba eran un indicio fiable del grado de ira. El crujido del tercer escalón era revelador, pues reaccionaba solo en casos extremos. Su padre, por tanto, tenía que pisar con fuerza, desplazando todo su peso en él, para que crujiera. Aun así, el indicio claro residía en la velocidad. Cuando era presa de una rabia descontrolada, subía de una manera bastante contenida hasta el dormitorio. Lentamente, como el estruendo de una tormenta eléctrica inminente contra la que no es posible hacer nada para evitar lo inevitable. Cuando Klara oía ese andar pesado y tardo de su padre, sabía que era demasiado tarde. Entonces ya no necesitaba bajar hasta la habitación de sus padres y aguardar ante la puerta cerrada del dormitorio a que su madre gimiera. Jadeara. Vomitara entre arcadas. Klara no podía hacer nada para impedirlo. Y, sin embargo, esa noche, tras la borrachera en el Loretta, lo intentó. Había bajado descalza, pasando junto a la odiosa copia del *Hombre del casco de oro*, de Rembrandt, cuya mirada severa le recordaba a su padre.

Incluso recién limpiado, el primer piso siempre olía a polvo; era como si esa vieja casa produjera polvo sin cesar, como si mudara de piel constantemente. Se acumulaba en la barandilla, en la moqueta, incluso en las paredes y, sobre todo, en el cuadro que colgaba en la pared entre las puertas del cuarto de baño y del dormitorio.

Una fotografía en blanco y negro detrás de un cristal. Hecha por él. El embarcadero de Binz en invierno. Sin gente. Las olas que rompían contra el muelle parecían de hielo, congeladas en su momento culminante. Las visitas solían alabar el buen ojo de su padre, sin saber que su talento no se limitaba a captar momentos hermosos de la naturaleza de Rügen. Su principal talento era su mirada, que era capaz de ver el alma de cualquier ser humano. En unos segundos, reconocía los puntos débiles emocionales de las personas. Sin embargo, no las fotografiaba. Las utilizaba, dejándolas expuestas hasta que se presentaban ante él como heridas abiertas sobre las que él, entonces, echaba alegremente sal, ácido o algo peor.

«Todo el mundo tiene su talón de Aquiles», le había explicado una vez a Klara en el parque, tomándola entre sus brazos. Ella casi se había echado a llorar de alegría, por lo raro que era que él se mostrara tan cercano. «Tu punto débil es tu empatía, Klara. Te tomas las cosas demasiado a pecho. Tienes que endurecerte; si no, un día la vida te dará una hostia fuerte en el culo».

Luego le había dado una moneda de dos euros, que era lo que se hacía en la familia cuando se decía una palabrota, y ella se había echado a reír. Más tarde, Klara se había preguntado si también le daba algo a su madre cuando traspasaba una línea prohibida. ¿Cincuenta euros por un ojo morado? ¿Cien por un diente roto?

Aquella noche, cuando se detuvo frente a la puerta cerrada del dormitorio de sus padres y oyó la risa desesperada de su madre —esa paradójica manera de disociarse antes de que él la violara—, Klara fue consciente por primera vez del punto débil de su padre. Tenía ya la mano en el pomo de la puerta sin saber exactamente por qué y sin tener ningún plan. Entonces supo lo que debía hacer.

Klara se volvió hacia la fotografía de la que tan orgulloso se sentía su padre, asió con las dos manos los bordes del marco de cristal y arrancó de la pared ese paisaje con olas para luego arrojarlo al suelo.

Ya no necesitó abrir la puerta del dormitorio de sus padres. Sobresaltado por el ruido ensordecedor del cristal al romperse, su padre abrió la puerta de un tirón. Con el torso desnudo, vestido solo con los pantalones del traje que mamá le había preparado para el colegio aquella mañana y el cinturón en la mano como una correa de perro.

—¿Qué demonios…?

Abrió los ojos de par en par al ver lo que Klara había hecho.

—Lo siento, no…

No había pensado en ninguna excusa. Era imposible que ese estropicio, en apariencia descabellado, hubiera sido accidental. Pero su padre no preguntó por ninguna razón plausible. La golpeó. No por primera vez en la vida de Klara, pero sí, desde luego, fue la primera con cinturón; la primera en la cara; y la primera con el efecto que ella buscaba: descargando toda su rabia contra ella, como si fuera un pararrayos. La tormenta que el crujido de la escalera había anunciado se desató. Pero, esta vez, sobre ella y no en el cuerpo de su madre.

Cuando, al día siguiente, Klara fue al colegio y le contó a su mejor amiga que se había caído de la bici y se había lastimado media cara, se sentía contenta, tanto que, al sonreír sin más, los ojos se le llenaron de lágrimas de dolor. «Por fin», pensó ampliando aún más la sonrisa. «Por fin he dado con un modo de proteger a mamá, y a mí...».

El pitido de un mensaje de texto entrante la sacó de la que probablemente era su última ensoñación y la devolvió a la realidad gaseosa del garaje.

DÓNDE ESTÁS????

Martin. Cómo no. Siempre regañando, siempre con esos cuatro signos de interrogación.

«Predecible hasta la muerte».

HE INTENTADO LLAMARTE.
NO CONTESTAS.

Se secó una lágrima que le caía por el rabillo del ojo y leyó el resto del mensaje.

NO ESTÁS EN CASA?
HAS DEJADO SOLA A AMELIE????

Klara se sintió mal. Martin tenía el mismo talento que su padre. La misma visión de rayos X sobre su psicología.

Con acierto infalible, él sabía poner el dedo en sus llagas, aunque, desde luego, tampoco era una hazaña darse cuenta de que un hijo biológico es el talón de Aquiles psicológico de una madre.

—No, gilipollas —musitó—. No he dejado sola a Amelie. Vigo está con ella. Ese canguro que odias tanto porque es gay. Porque es activista climático, porque rechaza los móviles y los coches y porque, simplemente, es un buen chico y, por lo tanto, todo lo contrario a ti.

«No se preocupe, señora Vernet», le había dicho el muchacho de dieciséis años al despedirse en la puerta del piso. «Amelie no da ningún trabajo; de hecho, yo tendría que pagarle a usted por dejarme leer libros en su casa. Si ocurre algo, bajaré un momento y la llamaré».

Por suerte, él vivía en el edificio de atrás, al otro lado del patio, con su madre, que lo criaba sola.

Y luego Vigo había añadido que podía tomarse el tiempo que quisiera, que era fin de semana y que el domingo él no tenía nada que hacer. Dijo que se tumbaría en la habitación de invitados, justo al lado de la habitación de la niña. «Esperaré a que usted regrese».

Así pues, por siempre.

Klara sollozó y, de pronto, volvió a tener ante sí el rostro repugnante de su marido, con esa mueca deformada por el odio, y mentalmente le gritó: «¡¿Sabes por qué no voy a regresar?! ¡¿Por qué voy a abandonar a mi hija?! ¡Para protegerla!».

»Para que un día no le ocurra lo mismo que a mí. Para que no se entregue como válvula de escape e intente despertar tu ira para que te desahogues en ella y no en mí».

Porque de una cosa estaba segura: Martin era el peor marido del mundo, pero, aun así, era un buen padre. Nunca lastimaría a su hija, a menos que un día ella lo desafiara, se le ofreciera como un pararrayos, igual que había hecho Klara con su padre en todos los años de su infancia perdida.

Y con éxito. Desde el «día del cuadro roto» (así lo llamaba ella en su mente), su padre no le había vuelto a poner la mano encima a su madre. Nunca le había vuelto a pegar, golpear ni a violar; su madre se lo había confirmado años después, cuando ya hacía tiempo que había abandonado la casa de sus padres. ¿Para qué iba a hacerlo? A fin de cuentas, había encontrado una nueva víctima. Su hija. «Esto no puede suceder en nuestra familia», se dijo Klara.

«Protejo a mi hija de Martin abandonándola con él».

Cerró los ojos, consciente de que ese pensamiento, sin duda, paradójico, solo era una verdad a medias, una con la que ella, antigua alumna de colegio católico femenino, intentaba justificar su «pecado mortal». Porque Martin no era el problema principal.

«El problema era Yannick».

Le temía más a él que al purgatorio que el sacerdote había pintado en tonos lustrosos en las sesiones de catecismo antes de la comunión.

«Aun así...».

Ahora, superado ya el punto de no retorno, le surgían, claro está, las dudas. No sobre su voluntad de morir, que era firme como una roca. Pero sí sobre si realmente su hija crecería más segura sin ella.

«Sin mí. Y sin Yannick».

La cabeza le retumbaba, algo que atribuyó a los gases de escape, que debían de estar produciendo una concentración cada vez mayor de sustancias tóxicas en el interior del vehículo. Había oído que poco antes de perder el conocimiento se podían producir alucinaciones, y, en efecto, estaba experimentando una ilusión acústica. Su marido había empezado a hablarle. Pronunciaba su nombre. Al principio lo susurró, pero luego lo hizo con voz cada vez más fuerte, hasta que ella lo entendió claramente a pesar de no tener el teléfono pegado a la oreja.

—¿Klara? —la llamó su marido, aunque, en realidad, no lo era; aquella voz no era, ni remotamente, la voz de Martin, aunque sí le resultaba extrañamente familiar.

«¿Jules?».

De pronto, el teléfono móvil que tenía en el regazo parecía pesar varios kilos. «Maldita sea». Creía haber interrumpido la comunicación; sin embargo, aquel tipo del servicio telefónico de acompañamiento seguía ahí.

Deslizó nerviosa el dedo por la pantalla táctil del teléfono, pero, en lugar de apagarlo, activó el altavoz.

—... ya se lo he contado —le oyó decir—. No me haga esto. No podría soportarlo de nuevo. ¡Otra vez no!

«¿Otra vez?».

Suspiró. «Maldita sea, ¿por qué?». Por qué, de entre todas las cosas, Jules había tenido que decir «otra vez», volviendo a acertar por completo. Esa súplica despertó algo en ella que ni Martin ni Yannick le habían podido arrebatar en la vida, por mucho que la hubieran destruido: su curiosidad.

¡Cielos! ¡Qué curiosa había sido en otros tiempos! Por la vida, por los viajes que me deparaba. Por ver crecer a mi hija.

—¿Qué quiere decir con «otra vez»? —preguntó ella con una voz que sonó a sus oídos completamente tomada y, por lo tanto, irreconocible.

Miró la hora en el salpicadero, pero la pantalla se le desdibujó ante la vista. Ya no veía bien, no lograba reconocer si eran las 22.59 o las 23.09. Lo único que sabía era que pronto amanecería un día que ella no quería vivir. Uno en el que ya no se le permitía vivir, porque para entonces el ultimátum habría expirado.

—Se lo cuento si apaga el motor —le rogó Jules. Ella negó con un gesto enérgico de la cabeza.

—Tengo una propuesta mejor. —Klara tosió secamente y luego dijo—: Voy a dejar que sigan entrando los gases. Y usted, Jules, va a tener que apresurarse para hablar. Puede que consiga contarme su historia antes de que yo quede inconsciente por completo.

Resolló con dificultad, con tanta fuerza que no pudo entender las primeras palabras con las que Jules le relató el día más horrible de su vida.

11

Jules

Tres meses y medio antes

Normalmente, el trayecto de Spandau a Wilmersdorf, en la hora punta de la tarde, requería media hora. Jules necesitó sesenta y cinco minutos por culpa de un accidente en la autopista de circunvalación.

Una hora de agonía demasiado larga, casi una eternidad, durante la cual se arrancó los auriculares de la cabeza y bajó las escaleras a toda prisa, pasando por delante de la vieja alarma de incendios, que se erguía a modo de decoración frente a la entrada del centro de operaciones. Llegó a su coche y lo condujo hacia la autopista con el acelerador a fondo; desde la salida de Spandauer Damm, por el corto tramo hasta Halensee, descendió luego por la calle Westfälische hasta plantarse frente al edificio de apartamentos donde se harían añicos todos los sueños de su vida.

La entrada de Prinzregentenstraße 24 siempre olía a comida. La alfombra roja de sisal, que resbalaba bajo los zapatos de Jules mientras subía corriendo por las escaleras (en circunstancias normales, el ascensor, estrecho para dos personas, instalado con posterioridad, ya era toda una prueba de paciencia), parecía haber absorbido por completo con los años el olor de asados, frituras, ajo y carne a la parrilla. Aquel día se percibía un olor más en el aire, que se intensificaba conforme Jules se aproximaba a su piso: humo. Un humo asfixiante.

«¡Alto, quieto...!».

«¿Qué demonios...?».

«¡Usted aquí no...!».

Jules pasó corriendo junto a sus colegas, que lo recibieron sin tener ocasión de terminar la frase en el recibidor de su piso cubierto de hollín. Tuvo que empujar a un lado a uno de los efectivos de emergencia y esquivar a un agente uniformado en el pasillo, que estaba medio cubierto por el agua de extinción. Hacía rato que el cartero que había descubierto el fuego y el cadáver de la mujer del pasillo habían abandonado el lugar.

—Por favor, esto es la escena de un crimen... —exclamó el policía, haciendo que por un momento Jules dudara de estar en su sano juicio.

«¿La escena de un crimen? ¿Cómo que mi piso es la escena de un crimen?». Pero, al librarse de la mano que lo agarraba por detrás mientras él se impulsaba hacia delante, hacia donde el olor a quemado era más intenso, cometió el error de echar un vistazo a través de la puerta abierta del cuarto de baño.

Miró la bañera, que a Dajana y a él les parecía muy fea porque tenía muchos desconchados en el esmalte y manchas en la zona en torno al desagüe.

El agua de su interior le hizo pensar en la puesta de sol sobre el lago Scharmützelsee. Uno de sus últimos días felices con Dajana, cuando el sol se ocultó entre tonalidades de color rojo intenso tras las copas de los árboles de Wendisch Rietz, dejando la superficie del lago de un reluciente color cobre a modo de despedida.

Un movimiento tras de él le hizo seguir avanzando. Antes de que los agentes pudieran reducirlo, tenía que dirigirse a la última habitación del pasillo.

La puerta colgaba solo de la bisagra superior, y su superficie, de madera barata, estaba rota a hachazos a la altura de la cabeza. Estaba abierta, con el lado interno de vuelta hacia Jules, lo que hizo que viera, en el tercio inferior, lo que sería la visión más atroz de su vida, algo que nunca nunca olvidaría.

«Arañazos».

Arañazos profundos, sangrientos, un rastro de uñas destrozadas. Sin duda, el cuerpo que los había originado hacía rato que había sido trasladado. Jules tosió. Se le llenaron los ojos de lágrimas. Por el hedor a quemado de la madera, el plástico, los peluches...

—Valentin jugaba con una vela —oyó decir a alguien a su espalda. Un hombre que lloraba igual que él.

«La debió de coger de la guardería», dijo, según parece, Jules; aunque él no se acordaba. También dijo algo sobre que los niños estaban aprendiendo a manejar el fuego. Luego supo que también habló con el jefe de operaciones. Que también era padre de un niño de cinco años. Que había destruido la puerta a hachazos para entrar en el dormitorio de Valentin. Pero, en ese instante, Jules solo veía los arañazos en la puerta. Zarpazos, como los de un animal herido que intentara escapar de una trampa.

—¿... escena del crimen? —preguntó Klara en el presente, alejándolo con su voz por un momento de los recuerdos. De repente, ya no estaba frente al dormitorio quemado, estaba en el piso, junto al escritorio. Volvía a llevar unos auriculares que le rozaban. La mirada sin querer clavada en el folleto de Berger Hof.

—Mi mujer había cerrado la puerta con llave —le confesó.

—¿Por qué hizo eso?

Jules tragó saliva.

—Dajana no quería que la molestaran. No quería exponer el alma del niño a la visión de su cadáver.

No se trató, como se había indicado en una nota marginal de un comunicado de prensa, de un «suicidio ampliado». Dajana simplemente había querido suicidarse ella sola. Para Jules eso estaba tan claro como que no perdonaría a Dajana, aunque hubiera una vida después de la muerte en la que volvieran a encontrarse.

«Como yo tampoco me lo perdono...».

—Los bomberos creen que Dajana volvió a salir del agua a causa del humo y después de haberse cortado las venas con las cuchillas. Por eso nuestro piso parecía un campo de batalla cuando la encontraron. El rastro de la sangre iba del cuarto de baño, pasaba por el pasillo, hasta justo delante del dormitorio infantil.

—Lo dice como si dudara de ello.

—Yo sospecho más bien que cambió de opinión en el último momento. Estaba desesperada, pero al final sus ganas de morir no eran tan fuertes como su amor de madre. Por desgracia, además se produjo el incendio.

—¿No pudo abrir la puerta?

—Seguramente no encontró la llave y quiso salir a pedir ayuda, pero al abrir la puerta de casa se desmayó, y ahí la encontró el cartero.

Jules se restregó los ojos secos con el brazo. Un hábito que había repetido tanto durante su luto cuando aún lloraba que se había convertido en un gesto habitual, incluso cuando las lágrimas ya no asomaban. Sus escasos amigos pensaban que era buena señal que se supiera controlar en público y que ya no se echara a sollozar con solo pensar en su familia. En realidad, sin embargo, era mucho peor, porque aquel dolor sin lágrimas se había mudado a su interior, carcomiéndolo.

—¿Dejó alguna nota de suicidio? —quiso saber Klara.

Jules se levantó; notaba un escozor doloroso en la garganta. Buscó a tientas el papel doblado que siempre llevaba consigo. Para leerlo una y otra vez cuando la pena lo invadía, algo que le ocurría varias veces al día.

Aquel día lo llevaba en el bolsillo del pecho de su camisa, debajo del jersey de cuello alto, justo encima del corazón.

Mi querido Jules...

—Sí. —Se aclaró la garganta—. En la mesa de la cocina.

El escozor no se le iba ni carraspeando, ni tragando saliva, así que se encaminó a la cocina para beber algo.

—¿Puedo preguntarle qué ponía?

Me gustaría tener fuerzas para continuar...

Jules negó con la cabeza.

—Creo que el contenido no le interesará tanto como la forma, Klara.

—¿A mí?

La voz de Klara sonaba cansada y farfullaba un poco, pero daba la impresión de estar muy despierta.

—Sí, sí. Para usted lo realmente llamativo no es lo que escribió mi esposa. Es el nombre que figuraba en el papel de carta que utilizó para su nota de suicidio.

—¿Y qué nombre es?

—Berger Hof.

12

—¿Cómo dice?

Incrédula, alargó las dos últimas sílabas. Lo único que le faltaba era echarse a reír con ironía, pero probablemente no tenía fuerzas para ello.

Jules temblaba de nervios. De camino a la cocina, tuvo la sensación apremiante de que debía apresurarse. No podía perder más tiempo, tenía que presionar emocionalmente a Klara. Por eso, sacó su comodín con la esperanza de aguzar en ella la curiosidad hasta el punto en el que recuperara las ganas de vivir. Por lo menos, a corto plazo. De modo que dijo:

—Dajana, mi pareja, sufría graves problemas psicológicos; aún desconozco a qué se debían. Por eso estuvo ingresada en la clínica Berger Hof. En la misma institución psiquiátrica donde también estuvo usted, Klara.

Volvió a buscar a tientas la carta; aquel texto aún le perseguía incluso en sueños.

Adiós, querido Jules. En cuanto firme esta carta, me voy a cortar las venas. Tal vez consiga llamarte una última vez al 112 antes de que las fuerzas me abandonen. Oír por última vez tu voz, la que antes me daba apoyo, confianza y esperanza. Quizá podré aferrarme a ella para que me acompañes en mi último viaje.

En Jules se reavivó la rabia de la desesperación. Apretó los puños.

—¿Cuándo estuvo usted allí? —le preguntó a Klara.

—A finales de julio.

«¿En la misma época?».

—Como mi mujer.

El seguro médico no había querido asumir los gastos de aquella clínica exclusiva. Pero Dajana había escrito una semblanza halagadora del presidente de la compañía de seguros, y este le devolvió el favor autorizando en persona los gastos del tratamiento para el síndrome del trabajador quemado.

—El trabajo y la familia la habían llevado al límite de sus capacidades. Necesitaba un tiempo de descanso con ayuda de expertos. Poco después del tratamiento, Dajana se suicidó, llevándose consigo a nuestro hijo Valentin. Acababa de cumplir cinco años.

Y, sin embargo, sus dedos se habían hundido en la madera de la puerta de su habitación con la desesperación de un adulto.

«¿Gritó, lloró? ¿O solo tosía entre resuellos? ¿En quién pensó durante su última y dolorosa inhalación de humo?».

Jules ahora se encontraba en la cocina, que resultaba casi absurdamente grande, pero que combinaba con el resto de aquel piso espacioso. Aunque en el centro de la estancia había una enorme isla de cocina con taburetes altos, había además una mesa de comedor para seis comensales, e incluso quedaba espacio para un sofá al otro lado de los muebles de cocina empotrados.

Jules abrió el frigorífico de doble puerta cromada y sacó una botella de zumo de naranja del compartimento de bebidas.

—¿Sigue usted ahí, Klara?

Oyó un golpe sordo en la línea, pero no estaba seguro. Klara no decía nada. Él no sabía si estaba pensando, si le ignoraba o si, tal vez, había perdido el conocimiento.

Sin embargo, con la esperanza de que la conexión con ella se mantuviera, dejó la botella de zumo sobre la encimera, se acercó un taburete y colocó al lado su teléfono móvil.

Necesitó un momento para desbloquearlo mediante el reconocimiento facial, y luego escribió un mensaje breve por Whats-App:

Te llamo en un momento. Descuelga. Pero no digas ni una palabra!

A continuación, le dijo a Klara:

—Se lo ruego. No, se lo suplico. ¡Apague el motor! ¡Hábleme! Y dígame: ¿qué demonios hacía usted en Berger Hof? ¿Qué le ocurrió en ese sitio que destruyó a mi familia?

Jules abrió la botella de zumo, que solo contenía un tercio de su contenido, pero no tomó ningún sorbo.

—Klara, mi mujer se quitó la vida. Y ahora usted quiere hacer lo mismo. Y, como ella, después de pasar por esa clínica. No puede ser una coincidencia.

Con esta inquietante observación, envió el mensaje de texto al número de su padre.

Luego lo llamó y puso el teléfono a todo volumen para que pudiera escuchar.

13

Klara

Klara se sentía como si un taladro le estuviera perforando el cráneo, justo entre los ojos. De por sí, era una persona sensible al ruido; en circunstancias normales, ya solo el ruido amplificado del motor en el garaje habría bastado para provocarle dolor de cabeza. En este sentido, no necesitaba que el monóxido de carbono saturara el aire que respiraba. Y ahora ese Jules, con su obstinación, contaminaba el ambiente con esas afirmaciones inauditas y prácticamente absurdas.

—¡Se lo acaba de inventar! —dijo ella—. Ni conoce esa clínica, ni su mujer, si es que existe, estuvo ingresada ahí. Usted solo quiere detenerme. —Klara tragó saliva con temor—. ¿Acaso está usted desviando la llamada a la policía? ¿Ya están de camino?

—No. Desde aquí no tengo medios para localizarla. Además, sería lo último que haría.

—¿Por qué?

—Porque la policía no puede ayudarla, Klara. Conozco a las víctimas de violencia doméstica. Las atendí en el 112 y las atiendo bastante a menudo en la línea de acompañamiento. Usted no necesita ni médico, ni agente, ni tampoco a nadie de los servicios de asistencia social.

—Así es. Pero tampoco necesito a alguien que no me conoce de nada y que se cree capaz de sacarme del coche engatusándome.

Jules parecía enfadado.

—¡No la estoy engatusando! Usted es la que habla y no hace nada. ¡Señor! ¡A saber a cuántas mujeres como usted he atendido en el teléfono de urgencias! Cada semana enviaba equipos de emergencia para atender a mujeres tan maltratadas por sus maridos que tenían que ingresar en el hospital; sin embargo, en cuanto los nuestros llegaban al lugar, entonces resultaba que no era tan grave y ellas nos suplicaban e imploraban a gritos que no nos llevásemos al agresor. —Jules suspiró con fuerza—. Siempre a medias tintas. La llamada de socorro, el deseo de huir, incluso su intento de suicidio, Klara…, son todo ridiculeces.

—¿Ridiculeces?

Klara tosió. Se dio cuenta de que él quería provocarla para así reforzar el vínculo emocional entre ambos. Para que le resultara más difícil mantenerse firme en su decisión.

—Sí. Casi una chiquillada. Por mí, puede quedarse en su coche tanto como quiera. Está claro que no tiene muchas ganas de morir.

Klara sentía la necesidad de llevarse las manos a la cabeza, que le retumbaba.

—¿Que no tengo ganas? ¡Pero si estoy inhalando los gases del tubo de escape del coche!

—Y seguro que su coche no se fabricó antes de 1999 y, por tanto, está provisto de un catalizador, por lo que apenas emite monóxido de carbono —replicó Jules—. Trabajé en el cuerpo de bomberos, Klara. Lo que sé no está sacado de un episodio de *CSI*. Hoy en día es prácticamente imposible suicidarse con los gases de un coche. Claro que, su coche está frío, así que el catalizador funciona con cierto retraso, sobre todo en invierno, por eso al principio me puse un poco nervioso. Pero ya llevamos demasiado tiempo hablando. Además, por lo que oigo, tiene las ventanillas cerradas. Es un error muy común. Debería haber llenado todo el garaje de gas. Esas cosas las sabría usted si realmente estuviera decidida a acabar hoy mismo con su vida. Lo habría investigado. ¡Por Dios, Klara, tiene usted una hija! Sé que está desesperada. Sé que sus pensamientos son sombríos y que no ve ninguna salida a su situación. Pero, en el fondo de su corazón, no quiere abandonar a su hija con su marido de ningún modo.

«Maldito gilipollas», pensó Klara. Se quedó mirando el salpicadero, cuyo revestimiento de plexiglás reflejaba la mueca de su rostro. De pronto, le resultó difícil dar con una réplica.

—Muchas gracias, me acaba de dar otro motivo para poner fin a esta conversación —susurró, sintiéndose profundamente agotada. La posibilidad de que Jules estuviera en lo cierto la había dejado paralizada por completo. Aun así, dijo—: Si lo que dice es cierto, voy a tener que aprovechar el poco tiempo que me queda para intentar otra cosa.

—Vale, entonces, hagamos un trato —sugirió Jules, con tono apaciguador.

—¿En qué consiste?

—Usted me cuenta lo que pasó en Berger Hof. Y, si después aún quiere quitarse la vida, yo le explicaré un método de suicidio rápido e indoloro.

Ella golpeó el volante con rabia y chilló:

—Aquí la cuestión no es si quiero. Voy a morir. Sea como sea.

La voz le temblaba, en parte también porque Jules le había generado inseguridad. Aun así, dijo, casi en tono desafiante:

—No le veo otro remedio. Mi vida, se mire por donde se mire, ya está jodida; no tengo por qué jodérsela también a mi hija. La cosa es que, si soy yo la que pone fin a mi vida, por lo menos tengo la esperanza de que el final sea un poco más humano.

—Entonces, quiere suicidarse por el pavor inmenso que tiene a la muerte atroz a manos de Yannick. ¿Es eso?

«Suicidio por miedo a la muerte».

Klara cerró los ojos, y el rugido dentro del coche le pareció incluso más fuerte.

—No tiene ni la menor idea de dónde se está metiendo con esta conversación —le advirtió por enésima vez, pero Jules no aflojó.

—Da igual con qué le amenace ese tal Yannick. No puede ser peor que lo que yo he pasado.

Klara asintió.

—Es verdad. Posiblemente no hay nada peor que que un hijo muera antes que sus padres.

«Mierda, parece que los gases del tubo de escape realmente no hacen nada. Solo me dan migrañas y náuseas».

Klara apagó el motor y abrió la portezuela con los dedos, que tenía adormecidos.

El aire frío del garaje la golpeó como un chorro de agua helada. Aspiró con avidez el oxígeno, tan rápido que tuvo que toser.

Jules preguntó si todo iba bien; Klara dijo que sí, aunque, claro, apenas había habido un momento en su vida que le hubiera ido peor. Aparte, quizá, del desgarro perineal tras la violación en el lecho conyugal, que no había ido a que le suturaran porque en urgencias le habrían hecho demasiadas preguntas. Incluso entonces, a veces, al orinar, le dolía. Por no hablar de cuando tenía relaciones sexuales.

—Se equivoca —oyó decir a Jules.

—¿Con qué?

La cabeza le retumbaba. Lo único que había logrado era acabar con su memoria a corto plazo. Ya no recordaba lo que había dicho diez segundos atrás.

—Con eso de que no hay nada peor que el fallecimiento de un hijo antes de que mueran los padres.

—¿No?

—Es peor aún ver morir a un hijo y no poder hacer nada.

Klara salió del coche. Sentía las rodillas muy flojas, así que se agarró al techo del vehículo.

—Es posible, pero no entiendo...

—¿... por qué digo esto ahora?

—Exacto.

Se apartó del vehículo y se puso a andar. Justo delante de ella tenía la puerta que comunicaba el garaje con el bungaló; estaba a solo cinco pasos. De hecho, «bungaló» tal vez era una palabra demasiado pretenciosa para esa cabaña de fin de semana situada en la comunidad de huertos de la urbanización de Heerstraße. A Martin le avergonzaba referirse a esa parcela o barraca, y jamás había invitado ahí a ningún amigo, aunque la construcción era la más bonita y más grande de toda la zona. Era un alojamiento apto para ir todo el año, con garaje, aunque oficialmente eso no estaba permitido.

—He pasado por ambas cosas —dijo Jules.

—¿Las dos?

Klara se preguntó de dónde sacaba fuerzas para arrastrarse fuera del garaje y entrar en el pasadizo que daba al bungaló. En cualquier caso, el dolor que sentía en la pierna (por suerte, el tobillo solo estaba torcido) le impedía desmayarse.

—No sé adónde quiere llegar.

Klara cerró la puerta de paso y se preguntó si sería buena idea encender la luz. La cabaña, reformada y muy moderna, de una sola estancia, con parqué, calefacción por suelo radiante, aire acondicionado y muebles de diseño italiano, aún olía a pintura y a mudanza, pues eran pocas las ocasiones que iban ahí. Y, si lo hacían, siempre era sin Amelie, a la que tenían que dejar con el canguro porque su padre no quería que ensuciara el sofá de color claro con la grasa de sus deditos y las babas de su boquita. En cambio, la sangre de Klara en el tapizado no le importaba tanto.

Se acercó cojeando a la mesa de cocina, hecha a medida, que separaba la pequeña cocina abierta del salón comedor; se sentó en una silla de madera y optó por permanecer a oscuras. De todos modos, no había peligro de que en esa época del año alguno de los vecinos estuviera allí y aún estuviera despierto, y se preguntara por qué el bungaló de los Vernet de pronto estaba iluminado después permanecer desocupado durante semanas.

—Valentin no era hijo único —dijo Jules y, mientras ella asimilaba la magnitud del significado de ese dato, el móvil que llevaba en la mano le vibró como si fuera una cuchilla eléctrica. Volvió la vista al visor y leyó otro mensaje de Martin.

DÓNDE ESTÁS?????

Klara borró el mensaje y le preguntó a Jules:

—¿Usted tuvo otro hijo?

—Fabienne, la hermana de Valentin.

—¿Y ella también…?

—Sí. También estaba en el cuarto. Mientras Valentin intentaba abrir la puerta, ella se escondió en el armario. Seguía con vida cuando la encontramos.

—¡Dios mío, qué espanto! —Se oyó decir en voz alta—. ¿Seguro que Dajana no…?

—¿… lo hizo a propósito? —preguntó Jules con tono cortante.

Klara se mordió la lengua.

—Olvídelo. No pretendía disgustarle.

Él inspiró con fuerza.

—La verdad, es algo que también me planteé. Había, de hecho, mucha tensión entre ella y los niños. Fabienne siempre fue la niñita de papá. Y, cuando Dajana empezó a mostrar síntomas del síndrome del trabajador quemado, su relación con Valentin también se volvió más difícil. En todo caso, aquello estaba por completo dentro de lo normal. A pesar de todas sus diferencias, Dajana nunca habría hecho daño a sus hijos.

Después se hizo un silencio embarazoso, hasta que Jules preguntó:

—Entonces ¿hay trato?

—¿Mi historia a cambio de un método de suicidio indoloro? —Klara asintió—. Sí, sigue en pie.

En aquel bungaló frío y sin calefacción, empezó a sudar. Al mismo tiempo, notó que su corazón forzaba a su tórax y lo convertía en su caja de resonancia.

—Vale. —Jules habló con el mismo tono neutro y sereno que usaría para proponerle sacar la basura a cambio de que ella fregara los platos—: En ese caso, amplío mi parte del trato y le contaré lo que ocurrió con Fabienne. Pero solo si me dice de inmediato quién es ese Yannick y qué tiene en contra de usted.

Klara tosió para expulsar de sus pulmones los últimos gases que le quedaban y empezó diciendo:

—Yannick me dio de plazo hasta medianoche. Si para entonces no he puesto fin a mi matrimonio, él me matará de forma dolorosa.

Klara alzó la nariz y parpadeó para apartarse las lágrimas, que no se explicaba de dónde salían.

—Y si descubre que se lo he contado todo…, perdón, si tiene la mínima impresión de que he confiado en usted, usted, Jules, sufrirá el mismo destino doloroso que yo. ¿Le parece que la verdad vale la pena?

—Sí. —Su respuesta salió como un disparo de pistola.

—¿La verdad de una desconocida que simplemente se ha equivocado al marcar el número de teléfono?

—Correré ese riesgo.

—Imbécil insensato. —Ella soltó una risa, posiblemente, la última de su vida—. Tengo el teléfono pinchado, él le instaló un programa espía. Seguramente a estas alturas Yannick ya sabe que estamos hablando.

—Parece paranoica.

—Y usted, idiota. Pero, da igual. Sea como sea, llevamos hablando demasiado tiempo. Cuando, tras mi muerte, él revise los datos de mi móvil, no descansará hasta averiguar con quién estuve hablando. Y entonces sabrá que estuvimos charlando.

—Y entonces ¿qué? Dígamelo.

—Vale, en tal caso, atienda bien. Pero hágame un favor. No me maldiga si en unas pocas horas solo desea que su martirio termine y que Yannick le redima definitivamente.

14

Klara

Clínica Berger Hof
Cuatro meses antes

La aguja no entraba, así que Daniel Kernik tuvo que volver a empezar, algo que no era raro en el caso de Klara. Tenía las venas finas, e incluso enfermeras expertas habían fracasado en sus brazos.

—Lo siento —se disculpó el médico asistente, e insistió de nuevo, esta vez con éxito. Klara se mordió los labios y se concentró en la lámina artística que colgaba en la pared de la sala de tratamiento, que era tan moderna como cara. Mostraba la fotografía de un faro con el oleaje violento del Pacífico rompiendo a sus pies.

Klara notó el segundo pinchazo, pero no miró. Las agujas le daban miedo, algo que no era precisamente una ventaja en su profesión.

—No suelo encargarme de esto. Apriete un momentito. —Kernik le entregó un algodón para colocar en el pinchazo del pliegue del brazo; luego, se acercó un taburete con ruedas. Klara estaba sentada en el borde de la camilla, justo debajo de la ventana que daba al parque de la clínica.

—¿Y a qué debo el honor entonces, doctor Kernik? —le preguntó.

Ahí, en ese entorno lujoso, no le habría sorprendido que el mismísimo médico jefe le hubiera puesto la inyección en persona. Los pacientes que pagaban el equivalente a un coche pequeño totalmente equipado para una «cura» de dos semanas en Berger Hof esperaban que nada en el establecimiento les recordara a un hospital convencional. Esto era evidente también en la ubicación y la arquitectura, que a más de un dueño de hoteles de cinco estrellas le habría hecho soltar lágrimas de envidia.

Situada a media hora en coche de Baden-Baden, la clínica, como el nido de un águila, estaba en lo alto de una colina de la Selva Negra. Entre sesiones individuales y de grupo, los pacientes —la mayoría en tratamiento por crisis matrimoniales, desgaste profesional y trastornos psicosomáticos— disfrutaban desde la terraza de la cafetería de unas vistas de postal sobre el valle boscoso, además de menús de un chef con estrella Michelin y de tratamientos de talasoterapia en el spa.

Todas las habitaciones del hospital eran suites individuales con aire acondicionado, chimenea, jacuzzi y TV por internet. Pese a toda esa parafernalia pija, la clínica gozaba de una excelente reputación entre los expertos, algo que se debía sobre todo al profesor doctor Iván Corzon, su director.

Este psiquiatra, nacido en Barcelona, había publicado el manual de más renombre en psiquiatría clínica y era un invitado muy solicitado en congresos de expertos de todo el mundo. El hecho de que Kernik pudiera trabajar allí, bajo sus órdenes, como médico adjunto, venía a ser para su currículum algo así como para un desarrollador de software una recomendación personal de Bill Gates.

—Quería estar a solas con usted, señora Vernet —dijo el médico con una sonrisa extraña.

Klara ladeó la cabeza jugueteando inconscientemente con su alianza. ¿Acaso ese tipo estaba intentando ligar con ella? Kernik tenía unos preciosos ojos marrones y una sonrisa cautivadora, pero era cualquier cosa menos su tipo. Con su rostro bronceado, su camisa de La Martina y zapatos náuticos de borlas, encajaba con el estereotipo de un conductor de Porsche aficionado a jugar al golf.

—¿Y por qué quería usted estar a solas conmigo, doctor Kernik?

—Usted no es médico, señora Vernet. No es capaz de valorar bien todo esto. Me temo que necesita mi consejo.

Klara se levantó de la camilla y buscó una papelera para el algodoncillo. Ya no sangraba. No necesitaba tiritas.

Kernik también se levantó y alzó la mano como disculpándose.

—Por favor, no me malinterprete, nada más lejos de mi intención menospreciar su trabajo como auxiliar técnica sanitaria. Sé que presta un gran servicio en la consulta de Berlín donde trabaja. Su jefe le ve un gran potencial e incluso quiere animarla para que estudie Psicología. Pero seguramente esto usted ya lo sabe. Si no tuviera tanto talento ni fuera tan inteligente, seguramente su jefe no hubiera aprobado su solicitud de inscripción aquí.

«Si está ligando, desde luego lo hace de un modo muy raro», se dijo Klara, que se sorprendió ante la mirada de preocupación de Kernik. Por un momento se sintió muy contrariada pues, en el fondo, se había prestado para la visita en la clínica privada para estar alejada de su marido por lo menos unos días. Lejos de toda preocupación y temor. Y ahora aparecía un tipo que la inquietaba.

—Tiene que irse.

Kernik bajó la voz hasta convertirla en un murmullo alarmante.

—¿Irme? Creía que la charla preliminar con el profesor Corzon iba a ser aquí.

Klara señaló una zona de butacas de ante sintético gris. Corzon era vegano y rechazaba cualquier producto de origen animal, también en los sofás y butacas.

—No me entiende. Tiene que marcharse de aquí cuanto antes y...

En ese momento la puerta se abrió. Klara notó la corriente de aire como si fuera un aliento frío en la nuca y se le erizó la piel. ¿O era por las palabras de Kernik?

«... marcharse de aquí cuanto antes...».

El médico, como si fuera un chiquillo pillado *in fraganti*, se apresuró hacia el hombre que acababa de entrar en el consultorio.

—Hola, ¿qué tal?

A ese español no le hacía falta la bata blanca como la nieve para demostrar su autoridad. Corzon era más bajo de lo que parecía en la página web y en los lustrosos folletos de la clínica privada. Algo rechoncho, con la barriga abultada, y barba ligeramente rojiza y brillante, igual que su pelo, hacía días que necesitaba pasarse la maquinilla y arreglarse el corte. A su lado, Kernik iba hecho un pincel; sin embargo, el profesor irradiaba un carisma mucho mayor.

—Soy Iván —dijo presentándose en español con una amplia sonrisa. Solo dijo su nombre de pila, algo que Klara agradeció. Tras las inquietantes palabras de Kernik, necesitaba sentir competencia, ánimos y confianza—. Muchas gracias por participar en este importante experimento. Con su colaboración está prestando un servicio extraordinario a la ciencia —continuó en español.

Klara asintió con una sonrisa. El experimento al que había accedido a participar era realmente extraordinario. Mientras estudiaba, había aprendido español durante tres años y entendía en general lo que el médico le estaba intentando decir. Aun así, se sintió aliviada cuando Corzon anunció la presencia de un intérprete diciendo: «Mi colega actuará de intérprete». Su alegría inicial dio paso al desencanto al darse cuenta de que Kernik iba a desempeñar ese papel.

—Quiere que los dos nos sentemos en el sofá. —El médico adjunto tradujo las palabras de su jefe, que dejó muy claro que no se trataba de una petición, sino de una orden. Sobre la mesita, entre el sillón y el sofá, había un estuche de plástico, que Corzon abrió. Sacó de ahí un objeto semejante a unas gafas de realidad virtual para un juego de ordenador y explicó algo en español.

—Para inducir los delirios, utilizamos estas gafas —tradujo Kernik—. Le provocarán una sobreestimulación óptica y acústica. Le acabamos de inyectar por vía intravenosa una sustancia desarrollada por nosotros que intensificará las alucinaciones provocadas por las gafas.

Klara asintió. Era lo que decía en los formularios que le habían dado en la recepción al ingresar en la clínica. Y, por supuesto, había firmado una cláusula que eximía al hospital de toda responsabilidad en caso de que sufriera un ataque psicótico durante su estancia. A fin de cuentas, ese era el objetivo del experimento.

—No se preocupe, todo se dosifica de tal manera que las alucinaciones se mantendrán solamente durante unos minutos después de que las gafas se apaguen. Luego cada día iremos ampliando el intervalo.

—Este experimento es extremadamente peligroso y puede tener consecuencias fatales para usted. —Klara se dio cuenta de que Kernik no estaba traduciendo bien. De hecho, Corzon había venido a decir algo así como que no debía preocuparse, que los delirios remitirían al cabo de unos minutos después de quitarse las gafas—. No frunza el ceño. Corzon ahora está repasando con usted los efectos secundarios, y les está restando importancia —dijo Kernik, aumentando la confusión de Klara—. Soy consciente de que la estoy poniendo en una situación comprometida —siguió diciendo Kernik en su simulacro de traducción mientras enfatizaba las frases con la mayor naturalidad posible—. Pero no use nunca las gafas. Jamás. En ninguna circunstancia.

Esperó tres frases más de Corzon, y luego dijo:

—Por favor, no se muestre tan asustada mientras le hablo. De lo contrario, el profesor se dará cuenta de que pretendo advertirla. Y ahora asienta. Corzon le ha preguntado si se encuentra a gusto aquí.

Klara hizo lo que se le pidió.

—Repito: sé que la pongo en una situación muy complicada. Y lo lamento. Pero usted tiene una hija pequeña, como yo. —Entretanto, Klara ya no lograba concentrarse en la voz amable del director de la clínica. Tenía toda su atención puesta en Kernik, que entonces dijo—: Se lo ruego, no se ponga las gafas. Si lo hace, puede ocurrir algo terrible. Podría no salir nunca más de la clínica.

«¿Nunca más?».

Klara sacudió la cabeza sin darse cuenta, y Kernik le lanzó una mirada reprobadora en el segundo en el que Corzon volvió a sostener las gafas.

Paradójicamente, las últimas palabras del médico adjunto provocaron en ella un instante frágil de felicidad.

«¿Por y para siempre en Berger Hof? ¿No regresar nunca con Martin?».

Ni siquiera le dio importancia a que, en ese caso, se apartaría de su hija, algo que la hizo avergonzarse al instante. Pero, en el fondo, estaba segura de que Martin cuidaría con cariño de Amelie.

¿O acaso se estaba engañando a sí misma?

«No».

Sin duda, los errores de Martin no tenían nada que ver con el trato con su hija. Nunca alzaría la mano contra su niñita.

—Voy a fingir que me necesitan en mi sala —dijo Kernik—. Reúnase conmigo en cinco minutos.

—Pero… —empezó a decir Klara, pero la mirada penetrante de Kernik la hizo callar.

Corzon se acercó a su escritorio y rebuscó en el cajón superior, como buscando algo.

—Esto es lo que va a hacer ahora, Klara —susurró Kernik—. Diga que antes de empezar con la primera serie de experimentos tiene que ir al baño. Nos encontraremos al final del pasillo, en el hueco de la escalera.

Inmediatamente después, el teléfono móvil de Kernik sonó y puso en marcha su parte del plan. Después de que este se despidiera brevemente de Corzon, que asintió comprensivo desde su mesa, Klara se quedó a solas con el director de la clínica.

Él dijo en español unas palabras a la vez que señalaba una puerta que comunicaba la sala de tratamiento con otra contigua, por la que quería que entrara. De no ser por ese gesto, Klara no habría comprendido sus palabras:

«Comencemos con la primera etapa del experimento».

15

Klara no se sorprendió cuando al final obedeció las órdenes de Kernik. Hubo un tiempo en el que se consideraba segura de sí misma, emancipada e independiente. Pero eso ya quedaba muy atrás; a más tardar, había desaparecido cuando dio el «sí, quiero» a un matrimonio que con los años la había condicionado a obedecer a los hombres.

«De forma incondicional».

Tras decirle a Corzon en su mal español que antes de ponerse las gafas quería ir al baño, recorrió el pasillo en dirección a los aseos como si una correa invisible tirara de ella. Con el tiempo se había vuelto tan natural para ella obedecer a un hombre dominante que apenas pensó en lo absurdo de la situación en la que la había metido Kernik. Ella había ido a Berger Hof para participar en un experimento científico bajo la dirección de un experto de fama mundial y, ya el segundo día, se dejaba someter por un médico adjunto.

«Pero ¿por qué?», se preguntó mientras giraba ante los lavabos y abría la puerta que daba a la escalera. Y con ello se planteó la pregunta central que determinaba toda su miserable existencia. «¿Por qué?».

A ojos de sus amigas y compañeros de trabajo era, incluso por su aspecto externo, una mujer fuerte, de corpulencia algo robusta, con curvas favorecedoras en los lugares apropiados. También su porte, el mentón expresivo, sus ojos brillantes y, tal vez, su tez algo oscura, que debía a sus antepasados italianos por parte de madre, contribuían a que la mayoría de la gente la considerara una persona asertiva y de carácter fuerte. No era alguien a quien pudieran mangonear fácilmente. Y, de hecho, hacía tiempo que nadie lo hacía. Martin prefería golpearla sin más. En el hígado, con tanta fuerza y tan a menudo, que ella se quedaba temblando en el borde de la cama, como si tuviera un ataque de fiebre, incapaz de moverse.

La puerta que daba a la escalera se cerró tras ella con un golpe fuerte; Klara se sobresaltó, como si de nuevo la estuvieran atizando.

«Golpes».

Klara había leído muchas cosas sobre mujeres maltratadas. Incluso había acudido a un centro de asesoramiento («Es para una amiga») y sabía que la violencia doméstica no era, en absoluto, un problema condicionado por el entorno, sino que contaminaba a todas las clases sociales. Y que se manifestaba arrastrándose muy despacio. De un modo casi inadvertido, envenenaba lo que en otro tiempo fue un gran y ciego amor. Primero, con piropos radiactivos («Eres tan guapa que no permitiré que salgas de mi vida»); luego, con exigencias de demostraciones de amor controladoras («Elijamos una contraseña común para todas nuestras cuentas de correo electrónico y teléfonos móviles») y falsa autocompasión («Tú sabes el daño que me hizo mi ex»), hasta llegar a unos golpes bajos verbales que finalmente eran reemplazados por los físicos. Y, mientras del mundo exterior seguían lloviendo los cumplidos («Qué suerte que os hayáis encontrado, hacéis tan buena pareja. Realmente tu marido es un tesoro»), una solo deseaba que todo volviera a ser como antes del primer ojo hinchado. Y, en esa espera, la vergüenza iba creciendo hasta convertirse en autodesprecio y haciendo imposible poder confiar en los demás.

Klara había llegado incluso a intentar hablar de ello con su madre por teléfono cuando ya no se vio capaz de poder soportarlo más.

Al principio, había llorado tanto al teléfono que no estaba segura de que su madre hubiera entendido algo. La voz le temblaba de miedo por si Martin regresaba de jugar al tenis antes de lo previsto y se la encontraba sentada y descompuesta hablando por teléfono. En todo caso, algo de la cascada verbal que vertió entre lágrimas sí tuvo que llegarle a su madre, porque las únicas frases que le dijo a su hija y que la dejaron boquiabierta y transida de dolor, con el auricular en la mano, fueron:

«Cariño, es que no hay que enfadar a los hombres. Esfuérzate un poquito más. Martin trabaja mucho para vosotras».

Luego, había cambiado de tema y le había hablado de un empleado del centro de jardinería que había tenido la desfachatez de no aceptar que le devolviera una maceta de orquídeas plagada de parásitos.

«¿Y bien?».

Klara se encontró sola en el hueco de la escalera, que parecía recién fregado, olía a desinfectante y a limpiasuelos.

—¿Hola? —susurró en vano cuando el eco de su voz en la escalera se mezcló con el timbre de su móvil.

—¿En qué cree usted que está participando, Klara?

Kernik.

Ella había creído que se encontraría con él en persona, pero, en vez de eso, la había llamado por teléfono. Fue directamente al grano, sin darle ninguna explicación acerca de su conducta extraña. Klara se preguntó por un momento cómo había averiguado su número de teléfono, pero, evidentemente, como médico, tenía acceso a los datos que ella había dado al inscribirse.

—No pienso responder ninguna de sus preguntas hasta que me diga...

—Cállese. Nos estamos quedando sin tiempo y pronto no podré salvarla.

«¿Salvarme? ¿De qué?».

A Klara le habría gustado dejarle claro a Kernik que ese no era modo de hablarle, pero, claro, él había dado con el tono exacto para que ella obedeciera.

Por eso, ella respondió:

—Junto con otros participantes del ensayo, experimentaré de primera mano lo que es tener una enfermedad mental. Me parece que es un enfoque totalmente lógico y necesario.

Según Corzon, el tratamiento de las enfermedades psicóticas planteaba un problema fundamental que lo diferenciaba de forma radical del tratamiento de las dolencias físicas: prácticamente todos los psiquiatras habían sufrido de dolencias físicas en algún momento. En cambio, pocos de ellos habían padecido síntomas ni remotamente comparables a los descritos u observados en los enfermos mentales. Incluso alguien que «solo» hubiera sufrido un dolor de muelas era capaz de imaginarse el efecto de un analgésico tumoral. Sin embargo, un médico que nunca hubiera experimentado ilusiones sensoriales no podía hacerse una idea en base a su propia experiencia de lo que los fármacos psicotrópicos que prescribía provocaban en una persona con esquizofrenia.

Aquella era la cuestión de partida. Y por eso Klara estaba allí. Para que, en unas condiciones de estudio controladas, se le indujeran síntomas psicóticos de forma artificial y temporal, que luego se eliminarían con psicofármacos en un proceso de autoexperimentación.

—¿Dónde se encuentra usted? —le preguntó a Kernik.

«¿Y qué demonios quiere de mí?».

El médico adjunto no respondió:

—¿Qué cuadro clínico se supone que le van a provocar, Klara?

—Paranoia. Manía persecutoria.

Bajó medio tramo de la escalera hasta llegar a una ventana amplia de dos hojas. Desde ella se veía el aparcamiento de la clínica, en el que no había ningún coche cuya configuración básica costara menos de ochenta mil euros. Porsche, AMG, BMW serie 9, Touareg... Incluso había un Ferrari azul metalizado aparcado junto al modelo descapotable de una marca de lujo que Klara no conocía.

La única nota discordante era el vehículo del fontanero, una furgoneta aparcada en la entrada, y que se encontraba unos pisos más abajo, justo debajo de la ventana.

—¿Y en cuanto empiece a sufrir los delirios, le darán un antídoto?

Klara suspiró.

—A menos que esté en el grupo de control con placebo. ¿A qué viene todo esto? Si tiene algún reparo ético, denuncie a su jefe ante las autoridades de control competentes. Ya me informé de todo lo suficiente.

No era cierto. Semanas atrás, en su trabajo, había recuperado de la papelera el folleto, que su jefe había tirado junto con otras comunicaciones publicitarias. Luego había llamado dos veces por teléfono y le habían confirmado que en el experimento podía participar también personal auxiliar sanitario. Y cuando además supo que le ocuparía prácticamente una semana entera, tomó la decisión definitiva. Sabía que Martin nunca le permitiría irse un fin de semana con las amigas. Sin embargo, curiosamente, para cuestiones profesionales nunca ponía impedimentos. Incluso se hacía cargo de Amelie cuando sabía que ella estaba en una sesión formativa. Klara era capaz de cualquier cosa a cambio de estar unos días sin él. Incluso de someterse a delirios inducidos de forma artificial.

—Señora Vernet, por favor, no crea lo que le han dicho. Berger Hof no es una clínica normal. Los riesgos...

—... ocupan dos páginas en el formulario de ingreso. Lo sé.

—¡Oh, vamos! Olvídese de lo que dicen los documentos. Los riesgos de verdad no están ahí.

—¿Y cuáles serían?

Oyó un aleteo, como si una paloma circulara por la línea sacudiendo las alas de forma salvaje.

—No se los puedo decir —contestó Kernik—, pero sí se los puedo mostrar. Acérquese a una ventana, por favor.

—Estoy justo al lado de una.

—Vale. ¿Ha comido algo?

«¿Habla en serio?».

—¿Acaso quiere salir a cenar conmigo? —preguntó Klara perpleja.

Kernik soltó una risa triste.

—No. Solo quería asegurarme de que no tuviera nada en el estómago.

—Y eso ¿por qué?

Por un momento en la línea se hizo un silencio. Luego Kernik preguntó:

—¿Está mirando fuera?

—Sí.

—¿Ve la furgoneta blanca?

—Exacto.

Klara se preguntó si en ese momento las puertas correderas laterales se abrirían y revelarían un secreto terrible.

—Bien, hágame un favor. Todo el mundo en este edificio está condenado a morir. Prométame que saldrá de la clínica de inmediato en cuanto vea lo que está a punto de ocurrir.

—¿Qué va a ocurrir?

—Esto —dijo Kernik.

Entonces vio pasar una sombra. Justo delante de la ventana. Apenas durante una fracción de segundo, aunque luego en sus pesadillas aquello le aparecería una y otra vez como un tiempo infinito.

Un momento interminable en el que se llevó las manos a la boca y empezó a llorar y a gritar, en el instante preciso en el que esa sombra se convertía en un sonido sordo y metálico. Toda la furgoneta vibró con un estruendo atroz, y, de repente, fue como si un puño gigante se hubiera estrellado contra el techo del vehículo. Pero la intensidad de aquella destrucción no se debía a un puño, sino al impacto de un cuerpo humano al desplomarse desde lo alto del último piso del edificio nuevo de la clínica.

Klara gritó y no pudo evitar vomitar al ver quién había saltado al vacío desde el tejado. Lo reconoció por la camisa de La Martina, que iba tiñéndose de rojo intenso. Y por los zapatos de vela con borlas, uno de los cuales se había soltado y estaba tirado en la grava junto a la furgoneta.

Y porque la línea de su teléfono móvil estaba tan muerta como Daniel Kernik sobre el techo de la furgoneta blanca.

16

Jules

Hoy

Klara interrumpió su explicación en seco. Preocupada y, a la vez, molesta, le preguntó a Jules:

—Pero ¿qué demonios le ocurre?

—Lo siento, se me ha caído una cosa.

Jules había querido sacar un vaso para servirse un zumo, pero se le había escapado de las manos.

El cristal se había hecho añicos con un gran estrépito, como el de un árbol derribado. El silencio de ese piso antiguo, por un lado, y, por otro, su concentración en la historia de Klara, tan terrible como extravagante, habían intensificado la sensación de ruido. Si el vaso se le hubiera caído del mueble alto al fregadero en pleno día, el ruido habría pasado desapercibido entre los ruidos cotidianos. En cambio, a esa hora había rasgado la noche como si fuera una alarma y le había acelerado el pulso.

—Lo siento —repitió, e intentó retomar el tema—. ¿«Todo el mundo en este edificio está condenado a morir»?

—¡Esas fueron prácticamente sus últimas palabras!

—¿Sabe por qué lo hizo?

Jules retomó el relato que ella había hecho del suicidio del médico. Aquella puesta en escena tan melodramática no se correspondía con ningún patrón de suicidio conocido. Jules sabía bien de qué hablaba. En su trabajo se había enfrentado a casi todos los métodos. De hecho, bien pensado, el comportamiento suicida de Klara tampoco se ajustaba a lo habitual. De momento, al menos, le aliviaba haberla disuadido de su plan, aunque sabía que, en este caso, con la llamada tan solo estaba ganando tiempo.

—Corzon dijo que había sido un accidente. Que Kernik subía a menudo al tejado de la clínica para escabullirse de la prohibición de fumar en las instalaciones.

—¿Cómo reaccionó usted ante esa mentira?

—Mi primer impulso fue huir —dijo Klara.

—¿Quiso seguir el consejo de Kernik?

—Así es. Alejarme de la clínica cuanto antes.

—Pero...

—Pero entonces pensé en la alternativa: volver con mi marido. De pronto, el acto de Kernik me pareció encomiable. Al fin y al cabo, él mismo había puesto fin a su vida sin ponerla en manos de otra persona.

Jules cogió un trozo de cristal grande y curvo del fregadero y abrió el cubo de basura extraíble que había debajo.

—Pero ¿por qué lo hizo? ¿Tuvo que ver con el experimento?

—Sí.

—Entonces usted anuló su participación.

—No.

—¿No? —preguntó Jules atónito.

—Y dale: ¿qué podía hacer si no? ¿Volver a casa con Martin y tener que oírle decir esa misma noche que soy una fracasada? «Demasiado cobarde para hacer algo importante por la ciencia por una vez en la vida, y solo porque un maricón pusilánime se ha arrojado por la ventana».

Jules se quedó pensando. Por su personalidad, Klara parecía ser una mezcla extraña, casi esquizofrénica. Por un lado, era una persona segura de sí misma, lo cual seguramente era su faceta decidida y profesional. En cambio, en el ámbito privado, se rendía rápidamente a su destino.

—¿Cómo fue el experimento? —preguntó Jules. Dio un respingo. Uno de los trozos de vidrio más pequeños que quería echar a la basura se le había clavado en el meñique.

—Me acuerdo de que me pusieron las gafas. Eran desproporcionadas, como unos prismáticos grandes, y prácticamente abarcaban toda la cabeza. Además, tuve que ponerme unos auriculares. En retrospectiva, apenas recuerdo ningún detalle más. Solo sé que al principio tuve la sensación de encontrarme dentro de un tubo de resonancia magnética. Con zumbidos graves, como de música tecno, que luego fueron reemplazados por tonos de alta frecuencia mientras ante mis ojos descargaba una tormenta estroboscópica. En todo caso, ahora ya sé cómo se siente alguien que sufre un ataque epiléptico delante del televisor a causa de una sobreestimulación lumínica. Me desmayé a los pocos minutos.

—¿Y qué pasó luego?

Jules se metió el dedo meñique en la boca y detuvo la hemorragia con la lengua. Al mismo tiempo, le echó un vistazo al móvil con el que antes había llamado a su padre. Lo tenía junto al portátil, que había llevado del despacho a la cocina. Se había quitado los auriculares y había pasado la llamada al sistema de altavoces del ordenador para que su padre pudiera escuchar.

—No hubo «luego». El profesor Corzon me dijo que era un sujeto demasiado sensible y que, por lo tanto, no podía participar en el ensayo. Según él, los efectos secundarios serían demasiado intensos y éticamente inaceptables.

—¿Así que al final regresó a casa antes de tiempo?

Jules se envolvió el dedo con un poco de papel de cocina que había arrancado de un rollo.

—No, porque antes tuve que recuperarme por completo de los efectos secundarios. Me llevó mucho tiempo. Por desgracia.

—¿Por qué «por desgracia»?

—Visto en retrospectiva, ojalá me hubiera marchado de inmediato. Con o sin Martin.

—¿Por qué?

—Porque así no habría conocido al doctor Kiefer.

—¿Quién es el doctor Kiefer?

«Creía que estábamos hablando de Yannick», se dijo Jules, pero se guardó para sí ese pensamiento para no desviar la atención de Klara. Cuanto más hablara, menos probable sería que optara de manera espontánea por otra forma de acabar con su vida.

—Jo. Un médico adjunto. De hecho, su nombre era Johannes, pero todo el mundo lo llamaba «Jo».

—¿Usted también? —preguntó Jules, y la confirmación por parte de ella con un suspiro lastimoso lo decía todo sobre cómo se tuvo que desarrollar la relación entre ambos. De manera intensa y trágica.

—¿Y dónde conoció exactamente al doctor Johannes Kiefer?

—En el parque de la clínica. Yo estaba sentada en el banco que hay al pie de la terraza de la cafetería, desde donde se ve una vista magnífica del valle. De pronto me lo encontré a mi lado; no le oí venir, y eso que la grava crujía bajo los zapatos.

En ese instante, sonó un tintineo. Jules se maldijo por no haber silenciado los mensajes entrantes de su móvil. Su padre le acababa de enviar un WhatsApp. Antes de que Klara pudiera preguntar qué había sido ese ruido, le preguntó:

—¿Qué tenía que ver ese doctor Kiefer con su experimento?

—Directamente, nada. Dijo que era patólogo y que su labor era discreta; se encargaba, por ejemplo, de mis análisis de sangre.

Jules pulsó el interruptor lateral del móvil y lo puso en silencio. Al hacerlo, manchó la pantalla con la sangre del dedo.

—Me pareció una persona increíblemente agradable y simpática. Le calculé algo más de cuarenta años, principalmente por su aspecto juvenil, con vaqueros, zapatillas de deporte y sudadera con capucha. Según me confesó posteriormente, tenía más de cincuenta, lo cual resultaba casi increíble. Quiero decir, ¿cuánta gente de esa edad conoce usted que tenga la piel tersa y sin arrugas, como la de un bebé, y el pelo negro sin teñir?

—Ni una sola —dijo Jules intentando leer el WhatsApp de su padre.

—Cuando se sentó junto a mí, lo primero que le pregunté fue si en la clínica hacía también de entrenador personal.

Su voz, hasta entonces melancólica, adoptó un tono algo más animado. Al parecer, aquel era un recuerdo agradable.

—Lo que más me impresionó fue su sonrisa burlona y juvenil. Creo que fue lo que más me llamó la atención. Igual que hay peces que se sienten atraídos por la luz de la noche, a mí me atrajo esa sonrisa resplandeciente que iba desde la comisura de sus labios hasta sus ojos oscuros y abisales.

—¿Qué quería de usted?

—Al principio, no habló claro. A diferencia de Kernik, no fue directamente al grano.

Jules no dijo nada, seguro de que Klara le contaría enseguida, y sin más preguntas por su parte, qué convirtió en extraordinario el encuentro con ese doctor Kiefer. Tanto como para que ella estuviera dispuesta a contarlo de forma detallada justo después de un intento fallido de suicidio.

—Después de charlar un rato de temas triviales, empezamos a hablar de Kernik. Me acuerdo de que entonces Jo desvió la mirada a lo lejos. Hasta ese momento, durante la conversación me había estado mirando, pero al abordar ese tema me dio la impresión de que le resultaba difícil. Le pregunté qué creía que había ocurrido realmente, pero él esquivó la cuestión diciendo que no podía hablar conmigo de mi caso en ninguna circunstancia.

—¿Su «caso»?

—Sí, eso mismo pensé yo. Le pregunté: «¿Qué quiere usted

decir con "mi caso"?», y Jo asintió como lo haría una persona que ha tomado una decisión increíblemente difícil. Entonces dijo... Recuerdo muy bien sus palabras y cómo le temblaba la voz.

—¿Qué dijo? —preguntó Jules mientras leía el mensaje de WhatsApp de su padre:

¿QUÉ DEMONIOS TE PASA?

Al mismo tiempo, Klara repitió literalmente lo que el doctor Kiefer le había dicho, las palabras que tuvieron que destrozarle la vida y que a Jules le provocaron un estremecimiento por todo el cuerpo

«Al día siguiente, tras cancelar el experimento, Corzon no le dijo la verdad cuando la fue a visitar junto a su camilla. Señora Vernet, usted no permaneció inconsciente durante cinco minutos. Usted estuvo muerta durante cinco minutos».

17

Klara

En ese momento hablaba en voz muy baja, como solía hacer cuando llevaba mucho rato en un entorno conocido. Era una costumbre que había adoptado como madre sobreprotectora. En cuanto Amelie se acostaba, Klara solo andaba de puntillas por el piso, bajaba el volumen del televisor hasta convertirlo casi en un susurro e incluso se abstenía de tirar de la cadena tras ir al baño, siempre y cuando solo hubiera orinado. Sin embargo, en cuanto su hija se sumergía en el país de los dragones y los unicornios, su sueño era sano y muy profundo. Con todo, la mera idea de que la niña pudiera asustarse por algo y fuera a buscar de forma sigilosa a su padre a Klara siempre le había parecido insoportable. Él nunca descargaría su ira contra Amelie a causa de la interrupción, pero sí contra ella.

En teoría, Martin decía que estaba ocupado con la facturación de sus pacientes, pero Klara sabía que tenía una agencia contratada para eso. Jamás se había atrevido ni siquiera a mencionarle esa cuestión. Aquello le habría costado, como mínimo, una larga noche de calvario. Algo que, sin duda, también regía debido a las interrupciones de su hija; Klara, por lo tanto, se había acostumbrado a hablar entre susurros y a deslizarse por el parqué con unos calcetines gruesos, prácticamente sin hacer ruido. En algún momento este comportamiento debió de ser algo tan natural para ella que susurraba incluso en la intimidad, como ese momento en el cobertizo, a pesar de que su marido ni siquiera estaba cerca.

Y, con suerte, nunca más volvería a estarlo.

—Estuve clínicamente muerta. —Ella repitió esa asombrosa revelación como si no pudiera creérselo.

—¿Cree que el doctor Kiefer le dijo la verdad?

—¿Por qué iba a dudarlo?

Estaba segura de que a Jules no le había pasado por alto que estaba esquivando la respuesta.

Y, de nuevo, aquel acompañante indeseado fue lo bastante empático como para no insistir en ello.

—¿Le dijo cuál fue la causa de su paro cardiaco? —quiso saber Jules.

Parecía como si él estuviera en una estancia grande de paredes altas.

—Al parecer, fue una especie de choque anafiláctico, una reacción virulenta al fármaco desencadenante.

—¿Estuvo usted sin constantes vitales durante cinco minutos? ¿Le dejó alguna secuela permanente?

—¿Secuela permanente? —repitió Klara y casi se echa a reír—. ¿En serio le pregunta esto a una mujer que acaba de intentar quitarse la vida con los gases de escape de un coche?

Paradójicamente, por primera vez en años, a Klara se le antojó un cigarrillo. Antes de quedar embarazada, era fumadora ocasional. No llevaba nunca tabaco, se lo pedía a amigos y colegas, y en fiestas. Esto siempre había incomodado mucho a Martin. La criticaba por su «boca de cenicero», aunque Klara tenía los dientes tan blancos como los de su marido dentista. A veces pensaba que Martin la había dejado embarazada solo para que dejara de fumar. Porque sabía que ella era muy responsable y que no sometería a ninguna criatura indefensa a un síndrome de abstinencia inmediatamente después de nacer.

—Pero, sí, cuando recuperé la consciencia me sentí como si me hubiera pasado por encima una apisonadora. —Así respondió a la pregunta de Jules sobre si su vuelta a la vida le había dejado secuelas—. Las noches que siguieron a esa experiencia cercana a la muerte sufrí intensas sudoraciones nocturnas. Habría podido fregar todo el suelo de la clínica con el camisón, palabra. Corzon me explicó que era un efecto secundario habitual del fármaco desencadenante. Jo me explicó luego que, en realidad, era un síntoma de una fuerte arritmia.

—Mmm.

Jules, al parecer, tenía que asimilar lo que le había contado. «¿O se ha distraído?».

De nuevo Klara volvió a recelar de que tal vez su acompañante estaba jugando un doble juego. Era evidente que intentaba impedir que ella se suicidara. Pero ¿hasta dónde estaría dispuesto a llegar para conseguirlo? ¿Y qué posibilidades tenía él de dar con su ubicación?

—¿Por qué Corzon no le dijo que estuvo clínicamente muerta? —preguntó Jules—. ¿Por temor a que demandara a la clínica?

—Es lo que me imagino. De haber salido a la luz, probablemente Berger Hof no habría encontrado a nadie como sujeto para los ensayos.

Oyó a su espalda un crujido y Klara se sobresaltó tanto que se giró sobre sí misma y dio un salto a la vez que tendía el móvil, como si fuera un cuchillo, contra el ladrón imaginario. Pero no había nadie. Solo el frigorífico de doble puerta de la estancia contigua a la despensa, que acababa de activar de nuevo la producción de cubitos de hielo.

«Señor, estás hecha una miedica. Cobarde hasta la muerte».

Klara volvió a llevarse el teléfono a la oreja y solo logró oír las últimas palabras de una pregunta, evidentemente más extensa, de Jules.

—¿… qué relación existe entre las experiencias con el doctor Kiefer y Yannick?

«Yannick».

A Klara se le encogió el estómago.

—En un minuto lo verá —susurró y esperó a que se vaciara otro chorro de cubitos en el recipiente del frigorífico. Cerró los ojos. Sobreponiéndose a sí misma, recordó el rostro de ese médico. La inteligencia y la nitidez que reflejaban sus ojos grandes y risueños. Y cómo ella había visto cómo de un momento a otro esos ojos de mirada cálida dejaban de existir.

Klara sintió repugnancia.

—Voy a revelarle esos detalles horripilantes, pero primero me gustaría hablarle un momento de algo maravilloso que me ocurrió justo antes.

—¿Con el doctor Kiefer?

—Eso es. Sé que todavía no comprende las conexiones. Pero si me da cinco minutos, comprenderá por qué Yannick tiene el poder de la muerte sobre mí. Y por qué usted no tiene más remedio que cumplir su trato.

—De ayudarla a abandonar este mundo —dijo Jules, y a Klara la alivió que él lo dijera abiertamente en voz alta y que estuviera dispuesto a cumplirlo.

—Pero no se preocupe —lo tranquilizó ella—. Los recuerdos que me gusta recordar y que voy a compartir con usted a continuación solo parecen una historia de amor romántica entre el doctor Kiefer y yo al principio. De hecho, el poco tiempo que pasé con él lo disfruté mucho.

«A pesar de nuestros temas de conversación».

Al principio ella había intentado engañar a Kiefer, como a todo el mundo que le preguntaba por los moretones de los brazos, el cuello y otras lesiones. Sin embargo, a Jo no le había convencido su excusa habitual de ser propensa a los hematomas en general. Al final, no fue tanto la insistencia de él como una frase que dijo, lo que hizo que ella se soltara. Estando aún en el parque de la clínica, le había dicho: «Klara, yo no puedo borrar las violaciones que ha sufrido, eso es imposible». Tras esas palabras, no habría hecho falta que él dijera nada más, pero, aun así, añadió: «Pero sí puedo escucharla, y estoy sujeto al secreto médico».

Con eso, Jo le hizo un regalo. No la había embaucado dándole falsas esperanzas, diciéndole que él podría cambiar su situación. No se había presentado como caballero de brillante armadura. Pero había despertado en ella la sensación de que no la condenaba por lo que había permitido que le ocurriera. Por ejemplo, en el hotel Le Zen. El hecho de que, ya en su segundo encuentro en el parque de la clínica, Klara le hablara de la violación grupal disfrazada de «juego» lo convertía en la única persona de su vida conocedora del momento más siniestro de su existencia.

Del hombre de la máscara.

De las bridas de cable.

De la mordaza en su boca.

Y de los hombres. De muchos hombres.

—¿Se enamoró del doctor Kiefer? —Se dio cuenta de que Jules lo suponía.

—Por completo.

—¿Y fue entonces cuando Yannick entró en su vida?

Klara abrió los ojos, y a su alrededor todo seguía cubierto de una negrura espesa y penetrante, como la que deseó que hubiera habido entonces, cuando de pronto Yannick se plantó ante ella. Alto. Desnudo. Y psicótico.

—Exacto —le respondió a Jules y repitió sus palabras—: Hasta que Yannick entró en mi vida, desencadenando en mí el deseo de despedirme de este mundo, donde puede ocurrir algo tan terrible como lo que yo tuve que sufrir con él.

18

Klara

Unas semanas antes

Solo unos segundos antes de que Yannick apareciera en su vida y la destruyera para siempre, Klara llevaba décadas sin sentirse tan feliz.

«El sexo ha sido una locura», se dijo en la penumbra, tumbada sobre la cama de la que Jo Kiefer acababa de levantarse para ir al baño.

No tenía mucho con qué comparar. Antes de Martin solo había tenido dos amantes, y eso quedaba muy muy atrás. Hacía tiempo que las experiencias negativas del presente habían desplazado las positivas del pasado. Hacía años que para Klara todo lo que ocurría en el dormitorio estaba relacionado con el dolor y la humillación.

«Y ahora me encuentro aquí tumbada. Respirando y percibiendo el perfume de un nuevo hombre en mi vida y deseando que esta noche de amor pudiera empezar de nuevo».

Se revolvió en la cama de agua y soltó una risita al sentir el gorgoteo agradable que provocaba el movimiento de su cuerpo desnudo. Para su gusto, esa cama resultaba un poco demasiado moderna en ese piso, que por lo demás estaba decorado con muebles pesados de madera y cuero.

Jo era profesor de Patología Psiquiátrica en la Universidad Libre de Berlín y por eso, desde hacía un año, tenía alquilada una segunda vivienda para no tener que estar en un hotel cada vez que salía de Berger Hof para acudir a sus seminarios y lecciones. Como ese día.

«Estoy en Berlín. 15.00 h. ¿Nos vemos?». A primera hora de la mañana Jo le había enviado un SMS. Klara no había dudado ni un segundo y había mentido a Martin diciéndole que iba a ir a hacer unas consultas en la Biblioteca Estatal para un curso de perfeccionamiento y que Vigo se encargaría de Amelie después de la guardería. Luego había aceptado la invitación del médico.

—No debería habérselo contado. —Ella empezó la «cita» con una disculpa, aludiendo a la confesión que le había hecho a Jo estando aún en la clínica—. No sé lo que me pasó ese día.

Klara estaba asombrada consigo misma por la rapidez con la que había confiado en él hablándole acerca de la violencia que sufría en su matrimonio. Pero se había sentido atraída por él desde el primer momento, al oír su voz grave y verse reflejada en esos ojos oscuros de mirada cálida que la contemplaban como nunca antes lo había hecho su esposo. Una mirada franca, sincera, cariñosa.

Incluso había estado a punto de contarle lo del vídeo de aquella velada en Le Zen que Martin había colgado en la red.

El de ella y los hombres.

Los muchos hombres que habían abusado de ella y la habían humillado. «Es increíble que de nuevo me haya entregado voluntariamente a un representante del sexo "fuerte"», pensó mientras escuchaba el agua de la ducha en la que Jo había desaparecido.

Normalmente, solía ser ella la que, después ser «usada» por Martin, se pasaba horas restregándose el cuerpo en un intento de librarse de esa repugnancia; esta vez, en cambio, disfrutó del olor acre de Jo en su piel y deseó poder retenerlo para siempre y recordar eternamente cómo se había «despedido» de él hacía dos horas en el restaurante oscuro de Prenzlauer Berg. Había sido una idea muy considerada por su parte escoger para la cita un lugar en el que fueron atendidos completamente a oscuras por personal ciego, sin ninguna distracción y sintiéndose casi obligados a concentrarse en sí mismos. Y a hablar.

—Gracias por haberme escuchado —le había dicho ella, todavía a oscuras, mientras buscaba tímidamente a tientas su mano.

—Yo soy quien debería dar las gracias —le había repuesto Jo.

—¿Por qué?

—Primero: gracias por haber aceptado mi invitación a encontrarnos de un modo tan espontáneo.

Empezó a acariciarle la mano.

—Y segundo: gracias por ser tan franca conmigo y haberme contado sus problemas privados. Y, tercero: gracias por permitirme besarla.

«¿Besarme?», se quedó pensando; pero, antes de que pudiera hablar, ya sintió los labios de Jo en los suyos. Ya solo esa sensación fue increíble. Por no hablar de todo lo que luego había ocurrido en ese dormitorio.

«Increíble».

Klara no había llegado al orgasmo, eso no, pero había estado muy cerca, como no le ocurría desde hacía una eternidad. En el fondo, no entendía cómo se había comportado de un modo tan desinhibido, casi impúdico, minutos atrás. Todavía el día anterior, la idea de no estremecerse con el contacto de un hombre le habría resultado inimaginable, de hecho, prácticamente ridícula. Por no hablar de abrirse voluntariamente a un hombre.

«Y justamente eso es lo que he hecho». Volvió a acariciar la sábana a su lado, que se había soltado de la cama por su apasionamiento inaudito y estaba manchada de sus fluidos corporales. La sangre acudió a sus mejillas y Klara notó que enrojecía. Por desgracia, esa emoción positiva de excitación fue sustituida por una sensación de vergüenza espantosa, porque pensó entonces en la última sábana, tan manchada por su propia sangre que la había tenido que tirar después de que Martin ahí abajo le...

«¡Martin! ¡Maldita sea!».

La sábana que tenía bajo el cuerpo se desplazó aún más cuando se volvió hacia la mesilla de noche y fue a coger el móvil.

«¡Gracias a Dios!».

Casi por arte de magia, su marido no le había enviado ningún mensaje ni tampoco había hecho ninguna llamada telefónica para controlarla.

El alivio se extendió por su cuerpo como se extiende el calor tras un sorbo de una bebida alcohólica muy fuerte. Al mismo tiempo, el chorro de agua cesó. Al instante en el piso se hizo el silencio.

—¿Te apetece hacer alguna otra cosa? —le oyó decir a Jo un poco más tarde desde el baño. La puerta apenas estaba entornada, una confianza que con Martin solo había tenido al cabo de unos meses de relación.

—Muchísimo —respondió, aunque no tenía ni la menor idea de cómo explicarle a su marido que aún tardaría un rato en volver. A fin de cuentas, eran...

Volvió la vista hacia su reloj, pero estaba demasiado oscuro para ver bien la esfera. Excepto por el rayo de luz que penetraba en el dormitorio por el resquicio de la puerta del baño entreabierta, la estancia solo estaba iluminada por la luz delicada que alumbraba una obra de arte: una daga de samurái ligeramente curvada, con empuñadura de nácar de color verdoso y brillante, colgada de la pared de la habitación e iluminada por dos focos LED de luz tenue que creaban un ambiente nocturno. Su mirada reparó en una regleta de interruptores integrada en la mesilla de noche.

—¿Tal vez un cóctel?

Pulsó el botón situado en el extremo más alejado de la regleta; no pudo sino sonreír, era evidente que su función no tenía que ver con la iluminación. La sábana bajo ella se iluminó en un tono azulado, como si ella estuviera en medio de una piscina, tumbada en una colchoneta.

—Vaya, tu cama de agua tiene incluso iluminación interior —exclamó Klara con asombro, apartando un poco más la sábana—. No sabía que había colchones transparentes.

—Es un modelo especial —le confesó Jo. Le oyó reír, pero no le vio la cara. Klara se sentó con las piernas cruzadas sobre el colchón; su interior brillaba con la intensidad y el fulgor de una barra fluorescente. Y, además, iba cambiando de color. Del azul celeste pasó a un tono amarillo fosforito; luego, a un blanco deslumbrante; y después a un…

—¿Qué es esto? —preguntó. En silencio. De hecho, para sí, porque en un primer momento quedó completamente atónita. Se inclinó hacia delante para observar a través del rombo que formaban sus muslos y su entrepierna. Al hacerlo, por un instante, tuvo la certeza de que tenía que ser un reflejo.

«Pero yo no soy así. Aún tengo los ojos en su sitio».

Con un gesto absurdo, Klara se llevó la mano al sitio donde, claramente, todo estaba bien. En los pómulos aún tenía la piel y, además, sus labios no estaban hinchados de un modo tan grotesco como los de aquella cabeza que había aparecido de pronto entre sus piernas.

Debajo de ella.

En el agua iluminada de la cama sobre la que ella se había tumbado.

Donde apenas unos minutos atrás había estado haciendo el amor con un hombre que nunca más volvería a ver después de que entrara en el baño.

—Así que lo has descubierto —dijo una voz extraña a su izquierda, que no era distinta de la de Jo pero que carecía de cualquier calidez.

Y, como si el desconocido que acababa de asomar por la puerta del baño tuviera un mando a distancia capaz de controlar el horror, de repente, en el agua del colchón, ahora iluminada de un rojo sangre, pasaron flotando bajo Klara un torso y una pierna cortada. Ella gritó más fuerte que nunca; sin embargo, fue incapaz de apartar la mirada de aquella persona desmembrada.

—Supongo que esta ha sido la primera vez que has follado sobre un cadáver, ¿verdad?

Klara sintió ganas de vomitar; deseó poder arrancarse los ojos para no tener que volver a mirar el colchón.

—¿Dónde está Jo? ¿Qué le has hecho? —le gritó al desconocido, aunque, se dio cuenta en ese instante, que rayaba la locura. Porque ese hombre que tenía ante ella seguía teniendo la apariencia de Johannes Kiefer, pero todo cuanto le distinguía ya no existía, todas las magníficas cualidades de un ser sensible habían desaparecido. Tenía ante ella solo su cuerpo, que parecía poseído por un poder maligno.

—Vamos, Klara, olvida de una vez a tu amante. Creo que ha llegado el momento de que me conozcas a mí.

Se le acercó con una sonrisa de suficiencia.

—No me llamo Johannes Kiefer. Ni tampoco soy médico. La prensa me conoce como el Asesino del Calendario. Pero tú me puedes llamar Yannick. Estoy aquí para anunciarte tu fecha.

En ese momento, Klara sintió la picadura de una abeja en el cuello por segunda vez en su vida. La primera —en la boda de su tío— le había dolido aún más y la tráquea se le había hinchado de inmediato, al mismo tiempo que había dejado caer el plato ante el bufé de los postres. En esta ocasión, la punzada bajo la piel fue más débil, pero se le nubló la vista…

«Tal vez porque esta vez noté una aguja, no una abeja».

Y con la imagen de un Yannick sonriente, con el torso desnudo y una jeringuilla en la mano, empujándola de nuevo sobre la cama de agua llena de cadáveres, Klara perdió el conocimiento.

19

Espasmos generalizados.

Así le había descrito una vez su mejor amiga Anne la sensación durante la fase aguda de una intoxicación alimentaria tras comer sushi en mal estado. Klara creyó que había comprendido cómo debió de sentirse Anne cuando los gérmenes que habían penetrado en su organismo volvieron del revés sus entrañas.

(«Dios mío, Anne, cómo me gustaría que no hubiéramos perdido el contacto desde que te mudaste a Saarlouis con tu gran amor»).

La expresión «espasmos generalizados» describía perfectamente también su estado, excepto porque resultaba demasiado leve. La repugnancia que sentía entonces, tras volver en sí, era una sensación mayor y más intensa que cualquier otro sentimiento negativo al que hubiera tenido que enfrentarse en su vida hasta el momento. Por una parte, era un efecto secundario de la anestesia, pero, sobre todo, se debía a que comprendió que había pasado de golpe del purgatorio al mismísimo infierno.

En su intento de escapar, al menos por unas horas, de su martirio conyugal, Klara había caído en las garras de un sádico que bien podría darle lecciones a su marido en cuanto a perversión y violencia. Seguramente, su primera lección empezaría con la proyección del vídeo que ahora le obligaba a ver.

—Fíjate bien —oyó decir a sus espaldas al hombre que había sufrido una metamorfosis inversa. De adorable mariposa a oruga asquerosa.

«De Kiefer a Yannick».

Estaba de pie junto a ella. Sostenía la daga japonesa de la pared del dormitorio.

Ella estaba sentada en una silla de cocina con las manos agarradas en los reposabrazos de madera para no caer hacia delante, en dirección al televisor, donde tres hombres enmascarados la golpeaban.

El vídeo de Le Zen. Otro motivo por el que deseaba volver a desmayarse.

Por lo menos caería sobre blando; sobre el parqué, a sus pies, había una alfombra gruesa de hilos plateados. Klara se estremeció cuando fue consciente de que estaba desnuda y de que Yannick debía de haberla trasladado de la cama al salón. «¡La cama!».

De golpe, demasiado deprisa, se volvió hacia el dormitorio, aunque no quería ver, de ninguna manera, la cama de agua iluminada y lo que flotaba en su interior. Lo que le hizo girar la cabeza fueron más bien las ganas de que esas partes del cuerpo en el colchón transparente fueran simples imaginaciones suyas. Entonces Yannick le propinó un bofetón en la cara que hizo volver su barbilla en sentido contrario. Hacia el televisor, que básicamente reflejaba su imagen porque, igual que en el vídeo, de nuevo estaba desnuda, maltratada y no quería vivir.

—¿Por qué? —Klara hizo la pregunta que lo resumía todo. «¿Por qué me haces esto?».

«¿Por qué me has mentido sobre tu identidad?».

«¿Por qué tengo que volver a ver el vídeo de esa infamia?».

«¿Por qué me tienes retenida?».

—Como te puedes figurar, nada de esto es coincidencia, Klara. He investigado mucho tu caso. Tu marido Martin (y con esto no te digo nada nuevo) es un cerdo.

Klara no se atrevió a asentir. Tampoco sabía si le estaba permitido reaccionar. Ni si otro movimiento de su cabeza desencadenaría una sucesión de náuseas aún más intensas que la haría vomitar. La idea de estar ante ese desquiciado, no solo con la flaqueza añadida de estar desnuda, sino además cubierta de vómito, le sería insoportable.

—Está distribuyendo este vídeo tuyo por la red, en los portales correspondientes. Es fácil de encontrar para quien sabe lo que busca.

Sin girar la cabeza, Klara volvió los ojos hasta poder ver partes de la cara de Yannick. Era tan atractivo como el hombre que la había abordado en el parque de la clínica. Y, desde luego, olía tan bien como el amante que hacía poco se había acostado con ella y la había penetrado. Sin embargo, su voz cálida y suave se había vuelto la de un demonio.

—Pero, aunque él te haga estas cosas, Klara, aunque Martin abuse de ti y luego comparta sus crímenes con el mundo para humillarte una y otra vez, tú no lo abandonas. Al contrario: a excepción de hoy, regresas a casa puntual. Le cocinas su plato favorito, le lavas los calcetines, le planchas sus camisas, le satisfaces sus apetitos.

Yannick se interrumpió y le hizo la pregunta que ella acababa de hacer.

—¿Por qué?

Se colocó justo delante de su silla, impidiéndole así que pudiera ver el televisor (un alivio), y se arrodilló ante ella. Le mostró el filo de la daga de samurái y esa visión se le clavó en el alma.

—No importa lo fuerte que te golpee o las veces que te viole. Tú vuelves con él una y otra vez. ¿Por qué?

Klara entonces asintió con la cabeza; no pudo evitarlo.

—Dunedin —dijo con voz áspera. Tenía muchas ganas de tomar un sorbo de agua, casi tanto como de despertar de esa pesadilla.

—¿Qué es eso?

—Hice las cuentas. Dunedin es la segunda ciudad más grande de la isla Sur de Nueva Zelanda. Y el lugar más lejos de Berlín. Más de dieciocho mil doscientos kilómetros. —No podía haber separación mayor en la tierra entre ella y Martin—. Allí es donde me habría gustado huir.

—¿Y por qué no lo hiciste?

Klara negó con la cabeza. Yannick sabía la respuesta, no era tan estúpido como para que no se le ocurriera. Pero ella le hizo el favor y respondió a su pregunta retórica.

—Por Amelie —susurró. Su vida entera. La única razón por la que no había buscado una salida a su miseria.

—¡Eso es una excusa! —voceó Yannick—. Y encima muy barata.

—Tú... —Klara se interrumpió.

De pronto, le disgustaba tutear a ese hombre que o era un actor consumado, o sufría de personalidad múltiple. Kiefer, ese hombre sensible, adorable y digno de ser tratado de «tú», había desaparecido. Ante ella tenía un monstruo, un ser carente de género.

—Mi marido es fuerte. Tiene dinero, poder y amistades. No es tan fácil abandonarle sin más.

—Por supuesto que sí. Tú puedes. Deberías dejar de hacerte la víctima. ¿O es que te gusta ese papel?

Klara negó con la cabeza.

—Entonces ¿por qué lo asumes sin rechistar? ¡Cielos! Esa actitud victimista que adoptáis las mujeres una y otra vez es la causa de todos los males.

Yannick se levantó, inspiró con fuerza, como si fuera a sumergirse en el agua un rato a pulmón.

—A la mayoría de los niños los educan las mujeres. Por mucha emancipación que haya, los niños casi siempre dan con mujeres en sus años más importantes de crecimiento: desde la madre, pasando por la educadora, hasta la maestra de primaria. ¿Sabes cuántos educadores infantiles hay?

Él soltó una risa triste.

—Un tres por ciento. De risa. Una cantidad ridícula de hombres se acoge al permiso parental; los hijos siguen siendo cosa de las madres. Así pues, está en vuestra mano y, sin embargo, permitís que vuestras hijas se vuelvan pusilánimes y luego os quejáis de la opresión masculina. Pero sois vosotras. Vosotras sois las que les compráis a las niñas ropa de color rosa y muñecas de color morado. Sois las que las inscribís a ballet y no a artes marciales. Y de este modo, les enseñáis, puede que no de forma consciente, pero sí subliminalmente, a ser sumisas, a aguantarlo todo. Porque los niños, bueno, ya se sabe, son niños, ¿no?

Klara negó con la cabeza, quería contradecirle, pero aunque hubiera estado en condiciones de dar con las palabras adecuadas, Yannick no le habría dejado intervenir.

—Emponzoñáis su autoestima durante muchos años, hasta que vuestras hijas interiorizan por completo su papel de sexo débil. Hasta el punto en el que dejan de reunir el valor y la fuerza de voluntad para hacer caso a su propia cabeza. Al final, escogen como maridos a los gilipollas más repugnantes y vuelven con ellos una y otra vez. Como tú.

—Por favor, no comprendo… —Klara dobló los brazos delante del pecho, temblando. Había recuperado el pudor e intentaba cubrirse tan bien como le era posible—. ¿Qué quiere de mí?

Yannick le respondió con la daga, cuya punta desapareció al instante dentro de su orificio nasal izquierdo.

Y lo desgarró.

—¡Baja las manos! —gritó Yannick por encima de los aullidos de dolor de Klara. En un gesto reflejo, ella se había cubierto la cara, en un intento torpe de detener la hemorragia—. Si no te quedas quieta en tu sitio, te juro que te corto las tetas.

La apuntó con el dedo índice, como un maestro de escuela a un niño travieso.

Klara suplicó:

—Por favor, se lo suplico, no me mate.

—No pienso hacerlo. Aún no. —Se aproximó un poco—. De momento, solo necesito un poquito de tu sangre. Por eso te he hecho una herida sin importancia e inofensiva, para dejarte una cosa clara.

Klara se estremeció cuando Yannick la tocó, casi con cautela, y le apretó con los dedos el corte en el orificio nasal para detener la sangre que le caía por la barbilla, el cuello y los pechos, hasta el vientre y el pubis. De este modo, se los fue ensuciando uno tras otro: primero el pulgar, luego el índice y continuando hasta el anular y el meñique.

Acto seguido, se acercó a la pared y utilizó los dedos como si fueran pinceles de sangre. Con un gesto rápido, escribió en rojo sobre el estucado blanco que había justo al lado del televisor cuatro cifras acabadas en un trazo más fino.

30.11

Luego se volvió hacia Klara, le entregó un pañuelo de tela, que ella se apretó inmediatamente contra la nariz que le ardía y le preguntó:

—¿Entiendes adónde quiero llegar?

Ella cerró los ojos y por enésima vez negó con la cabeza. El espanto, el frío y, posiblemente, la pérdida de sangre le hacían temblar.

—Esto es una fecha. Memorízala. Si el 30 de noviembre no has logrado poner fin a tu matrimonio, te mataré en cuanto empiece el día. Y del modo más doloroso que puedas imaginar.

Klara se echó a reír. A pesar de su dolor y de toda la impotencia que sentía. Una risa de desesperación y de impotencia, en la que se podía percibir claramente la rabia que había desatado en ella la exigencia imposible de ese loco.

—No es posible acabar así como así un matrimonio con Martin Vernet. Aún no se ha construido un refugio de mujeres donde se pueda estar a salvo de él. Y el país donde esconderme de él y de su legión de detectives privados muy bien pagados aún no tiene bandera. Martin tiene demasiado dinero, poder y energía para eso. Cuando se le mete algo en la cabeza, lo hace. No tolera que le arrebaten nada que él considere suyo. Y mucho menos a su mujer.

—No me has escuchado. No he hablado ni de separación, ni de divorcio, ni de fuga.

—¿Y entonces?

—De ponerle fin. Acaba con tu marido. En concreto, de la única forma posible en estos casos. Con el único lenguaje que entienden esos imbéciles cobardes que torturan a sus esposas.

—¿Y cuál es?

—El asesinato.

Klara se ahogó con su propia respiración y tuvo que toser.

—¿Me está diciendo…?

—Exacto. Mata a tu marido. Aún te quedan unas semanas para hacerlo. Si no lo haces antes del 30 de noviembre, ya sabes lo que ocurrirá.

—Usted me matará.

—Exacto. Y no se te ocurra ir a la policía ni pedir ayuda. Si hablas con alguien de esta noche, lo estarás sentenciando a muerte. ¿Lo entiendes?

Klara asintió.

—De ti depende. ¡Haz lo correcto! De lo contrario, acabarás como todas las demás mujeres que fueron demasiado débiles para atreverse.

Yannick hizo un gesto hacia el dormitorio.

—Ya has visto algunas partes de ellas en mi cama.

20

Jules

Ni palabras, ni murmullos, ni toses. Jules se había vuelto a poner los auriculares, se había quitado los zapatos y durante la conversación había ido en calcetines hasta el baño. Allí había sacado una pequeña tirita del armario con espejo y se había curado el corte del dedo.

Luego había regresado a la cocina y se había sentado en un taburete junto a la isla, esforzándose siempre por suprimir durante la escucha cualquier ruido de fondo que distrajera a Klara. De vez en cuando, le hacía saber que seguía al aparato y que no estaba hablando al vacío, respirando hondo o aclarándose suavemente la garganta. Sin embargo, estaba casi completamente seguro de que, al relatar sus horribles experiencias, Klara se había transportado a la escena del crimen como hipnotizada y ni se había dado cuenta de que él estaba al otro lado de la línea.

—¿Supongo que fue a la policía? —preguntó durante la primera pausa larga, con la vista clavada en el calendario filosófico diario que había junto a la nevera. Mostraba el día 26 de noviembre. La frase del día era:

La aventura de una relación estrecha
consiste en dar con la distancia adecuada.

Hacía tres días que no retiraba la hoja del calendario. Ese día era veintinueve. El ultimátum que el asesino le había dado a Klara expiraba en unos minutos.

—¿Denunció a ese hombre?

—Por supuesto.

—¿Y?

—Yannick sigue libre. Está claro que mi testimonio no sirvió de gran cosa.

—¿Cómo es posible?

A fin de cuentas, ella tenía una descripción, lesiones físicas compatibles y sabía dónde vivía el agresor. Con esto, al menos habría podido conseguir un registro domiciliario.

—Yannick fue muy listo. Habíamos quedado en que me recogería en Potsdamer Platz y que luego iríamos a cenar a Mitte. Entonces yo no sabía que él había hecho una reserva en un restaurante oscuro donde nos atendieron personas ciegas en completa oscuridad. Primero dimos un pequeño paseo y, de camino al aparcamiento subterráneo donde estaba su coche, me preguntó si me podía dar una sorpresa. Me dijo que quería secuestrarme y que no quería que descubriera de antemano la sorpresa. Al principio eso me asustó y quise poner fin a la cita. Pero él se mostró muy considerado, y me dije a mí misma que ya no me podía ocurrir nada peor de lo que me había pasado, así que, al final, se impuso la esperanza de una velada excepcionalmente excitante.

Se rio como quien se mofa de su propia estupidez.

—Así, muy intrigada, consentí que me vendara los ojos con un pañuelo de seda y me condujo al restaurante que había reservado para los dos y, en cuanto estuvimos sentados, me pidió que me quitara la venda.

—Y, cuando abrió los ojos, usted siguió sin ver nada.

—Sí, y aunque me duele admitirlo, lo cierto es que fue una gran experiencia sensorial. Al faltar la vista, mis demás sentidos se agudizaron. La comida me explotaba literalmente en la boca, cada caricia suya era como una dosis de energía que me cargaba de forma positiva y me estimulaba. Tras la cena, Yannick dijo que tenía otra sorpresa preparada en su casa. Para entonces, yo ya me había enamorado de él y me sentía infinitamente segura en su presencia.

—Déjeme adivinar… ¿También le vendó los ojos de camino a su casa, verdad?

Ella suspiró asintiendo.

—Exacto, por eso no sé adónde me llevó para torturarme. —Klara hizo una pausa y añadió—: Después de que Yannick me diera el ultimátum, me volvió a inyectar algo y me desperté frente a mi casa, donde unos vecinos me encontraron. Eso fue una suerte, porque esos testigos impidieron que Martin me diera una paliza en medio del jardín. Le mentí diciéndole que me habían agredido, ¿qué otra cosa podía decirle? Así pues, presté mi primera declaración como víctima, de la cual quise retractarme al día siguiente. En secreto, sin que Martin lo supiera, claro.

Jules asintió. Cada vez se daba más cuenta de la enrevesada situación de Klara.

Fue a sacar la botella de zumo de naranja y se sorprendió. Aún quedaba casi un tercio. Creía haber tomado varios tragos grandes entretanto, pero ya no estaba seguro de ello. La conversación con Klara lo había mantenido completamente absorto. Además, volvía a sentir escozor en la garganta, así que no debía de haber sido mucho.

—Lo único que podía decir con certeza era que se trataba de un edificio antiguo, como los que hay en Charlottenburg, Steglitz, Schöneberg, Prenzlauer Berg, Kreuzberg, Wedding, Friedrichshain y en casi todos los demás barrios de Berlín.

Él tomó un trago largo y dejó a un lado la botella de plástico.

—No sirve para delimitar.

—No. Si por lo menos hubiera tenido un nombre, mi declaración se habría podido tomar un poco más en serio. Pero en el instante en que los agentes supieron dónde yo afirmaba haber conocido a ese tal doctor Johannes Kiefer, que más tarde había resultado ser Yannick, el Asesino del Calendario, tuvieron la certeza de que estaban tratando con una lunática con ganas de llamar la atención. Ni qué decir tiene que en Berger Hof nadie sabía ni de Yannick ni del doctor Kiefer.

—Entiendo.

Klara era realmente el ejemplo paradigmático de lo que se podría denominar testigo poco fiable. Una antigua paciente de una clínica psiquiátrica que había participado en un experimento donde se inducían delirios de manera artificial, pretendiendo corregir una declaración inicial falsa en el sentido de que, en realidad, ella había estado en contacto con el Asesino del Calendario. Y, encima, en un piso al que había accedido con los ojos vendados.

—Prácticamente tuve que obligarlos a crear un retrato robot, pero, hasta el momento, ni siquiera se ha publicado. Un investigador admitió con franqueza que se encuentran casi a diario con declaraciones similares y posibles fechas de muerte supuestamente untadas en las paredes. Además, había otra cosa.

—¿Qué?

—Algo que me hizo dudar de mí misma.

Jules le dio un poco de tiempo para que se concentrara y no la atosigó con ninguna pregunta, hasta que ella continuó:

—Me preguntaron en concreto por un rasgo específico de su caligrafía, pero yo no pude decirles nada.

Jules recordó el reportaje de *Aktenzeichen XY* que había visto al principio de la llamada.

«... el 1 presenta una forma sinuosa en la parte superior, haciendo que el número que el autor escribió en la pared en su primer asesinato recuerde, con un poco de imaginación, a un caballito de mar».

—¿Y usted no lo supo?

—No. Estaba tan nerviosa y asustada, ¿cómo iba a prestar atención a las sutilezas de la caligrafía del Asesino del Calendario?

Jules asintió y, de pronto, sintió hambre. Recordó que hacía horas que no comía.

Mientras hablaba, centró la mirada en el bloque de cuchillos que había junto a los fogones, justo al lado de la cafetera. Cuatro cuchillos con mango de madera marrón con la hoja clavada en la madera; uno de ellos, el más largo, era de otro modelo y no coincidía. Su hoja dentada sobresalía ligeramente. ¡Cómo le gustaría cortarse una gruesa rebanada de pan crujiente con él y hacerse un bocadillo!

—Después de mi declaración, me sentí totalmente insegura y no supe si...

Jules enarcó las cejas al ver que Klara, de pronto, dejaba de hablar.

—¿Está usted bien? —preguntó en la línea que, de pronto, había quedado en silencio—. ¿Sigue usted ahí?

De pronto, también el paisaje sonoro de su lado de la línea cambió.

«Pero ¿qué demonios...?».

Oyó un arañazo.

A apenas unos pocos metros de él, en el pasillo.

Como de un animal con garras. O de otro ser vivo deslizando una herramienta afilada sobre una superficie de metal.

21

—Manténgase en la línea, pase lo que pase, no cuelgue —susurró Jules. Luego, con un botón del auricular izquierdo, puso en silencio el micrófono.

¿Lo haría?

¿O tal vez ya había perdido el contacto con ella? «Y, en ese caso, ¿para siempre?».

El corazón le latía desbocado, pero no tenía elección. Recordó las palabras de Klara al inicio de su llamada. «Él no creerá que ha sido un simple error. Que me he equivocado de número. Maldita sea, si descubre que le he llamado, también irá a por usted».

El arañazo se había convertido en un tintineo, como el de unas monedas en un cuenco de cerámica. Por un instante, fue más fuerte. A Jules le llegó a parecer incluso que oía a alguien toser en el pasillo. Sin embargo, ahora en el viejo piso volvía a reinar el silencio.

Cogió de la encimera el teléfono móvil con el que había llamado a su padre para que escuchara.

—¿Sigues ahí? —le preguntó con un susurro mientras salía de la cocina.

—No, he colgado.

En el pasillo, la luz nocturna proyectó su sombra en la pared; Jules parecía un ave zancuda sobredimensionada.

—Déjate de bromas. ¿Estás sobrio?

—Ahora tú eres el bromista.

—*Touché.*

Era mucho más tarde de las seis, hacía rato que su padre había alcanzado su nivel óptimo de alcohol en sangre, lo cual, en principio, era bueno. Al viejo borracho la cabeza le funcionaba mejor cuando iba cargado.

—¿Lo has entendido todo?

El parqué crujía bajo sus pasos, a pesar de que los amortiguaba una alfombra gruesa. Los sonidos, vinieran de donde vinieran, no se habían vuelto a oír.

—No, ¿de qué va todo esto? ¿Cómo es que me has dejado escuchar?

—Esa mujer está amenazada por el Asesino del Calendario.

—Muy bien, muchacho. Tú sabes que siempre puedes contar conmigo, pero….

—Ahórrame todo eso —interrumpió Jules a su padre—. Te lo repito: que yo te llame de vez en cuando no significa que te perdone.

—Pero sí que necesitas que te ayude.

Por un instante fugaz, Jules se preguntó si tal vez debía tener remordimientos. En la docena de veces que habían hablado por teléfono después del suicidio de Dajana, él nunca había querido hablar con su padre, solo con Hans-Christian Tannberg, el investigador de seguros de más éxito de su gremio. H. C., que es como le llamaban sus colegas, trabajaba como profesional independiente para grandes compañías, como Axa, Allianz o HUK. En los últimos diez años, nadie había logrado descubrir un número de defraudadores de seguros mayor que Hans-Christian Tannberg.

—¿Por qué susurras todo el rato? ¿Y qué quieres exactamente de mí? —preguntó.

—Que no muevas el culo del sitio, que mantengas las manos lejos del mueble bar y que tengas la línea desocupada. Te llamo en diez minutos.

Colgó a su padre sin despedirse y, de pronto, estuvo completamente seguro de lo que acababa de oír. Porque estaba justo delante de la fuente del sonido.

El tintineo era del llavero que colgaba del cerrojo de la puerta del piso. Las llaves del manojo, que seguía oscilando, habían entrechocado, y a él solo se le ocurrió una explicación:

Alguien intentaba acceder desde fuera.

22

Son pocos quienes se montan en una montaña rusa con la esperanza de salir expulsados del vagón durante el trayecto. La mayoría afrontan ese paseo infernal dispuestos a sumergirse en el subidón de endorfinas de alivio tras sobrevivir a esa experiencia cercana a la muerte.

Jules también prefería una exposición controlada al miedo a una confrontación directa y real con la muerte. Pero ahora no tenía elección. Tenía que enfrentarse a lo que hubiera tras la puerta. Impulsivo como era cuando la razón quedaba anegada por un torrente de adrenalina, le habría gustado abrir de inmediato. Pero antes miró por la mirilla y se encontró con algo más inquietante aún que un hombre armado en el pasillo: ¡no había nada!

Oscuridad, una negrura total. Ni siquiera una sombra. Eso convertía el tintineo de las llaves en una experiencia sobrenatural. ¿Quién las había movido? ¿Qué ser incorpóreo era capaz de ir por unas escaleras y meter una llave (dondequiera que la hubiera conseguido) o una ganzúa, u otra herramienta en la cerradura desde fuera sin que se activara el detector de movimiento del pasillo?

Cerró los ojos, con la cabeza apoyada en la hoja de la puerta. Por un instante irracional, casi sobrenatural, Jules temió estar solo en el mundo y encontrarse con esa misma oscuridad a su alrededor, incluso al volver a abrir los ojos. Y así, la preocupación por si ese confuso hilo de pensamientos era cierto fue lo que, en parte, le hizo retomar la conversación con Klara. Accionó el interruptor de los auriculares y preguntó:

—¿Sigue usted ahí?

Un crujido. Luego una interferencia atmosférica. Por fin:

—Sí, aquí sigo. Pero no me pregunte por qué.

«Gracias a Dios».

Jules parpadeó y volvió a abrir más el ojo derecho. Al otro lado de la mirilla aún estaba ese oscuro pasillo, pero la luz de la cocina estaba encendida, iluminando el pasillo donde él se encontraba, y que era tan real como la cómoda; el cuadro con el dibujo de los acantilados blancos de Rügen de encima de la cómoda y el manojo de llaves de la puerta que ya no se movía.

«¿Y si al final me lo he imaginado todo?».

23

Klara

Manos temblorosas, corazón acelerado, sudoración. Si Klara hubiera buscado sus síntomas en Google, probablemente habría llegado a la conclusión de que no hacía falta que se suicidara, pues estaba al borde de un infarto letal. Pero ella conocía su cuerpo y sabía que solo tenía hipoglucemia y que necesitaba con urgencia comer algo, preferiblemente dulce.

Por suerte, en el armario de la cocina había unas barritas de muesli que no habían caducado y que, aunque estaban algo secas, requilibraron de momento su nivel de azúcar en sangre.

—El único motivo por el que no he colgado es porque usted aún me debe su parte del trato.

—¿El método del suicidio no violento? —preguntó Jules.

Klara se aclaró la garganta. Aún le dolía.

—Sí.

—Si se lo digo ahora, no será capaz de hacer nada.

—¿Tan débil me cree?

—Es porque las ferreterías están cerradas. Lo que necesita para suicidarse apenas cuesta unos euros, pero eso no se puede comprar en medio de la noche.

—Usted es un gilipollas.

—Y lo que es usted ya se lo dijo bien claro el Asesino del Calendario.

—¿Y eso es…?

—Débil. Klara, usted es una persona débil. No se lo digo como reproche. Yo también lo soy. Mi debilidad me costó lo más importante de mi vida.

«Su familia», pensó Klara, sin decirlo, aunque habría sido mejor que lo hubiera hecho, porque tal vez entonces su compañero le ahorraría tener que oír sus sermones.

—Hay mucha gente que tiende a negarse a sí misma y a querer complacer a todo el mundo. Mi madre, por ejemplo, aguantó durante años las escapadas de mi padre. Cuando él llegaba borracho a casa del trabajo, ella sonreía y le servía la cena. Si él se quejaba de que estaba recalentado, ella no se molestaba en decirle que él había llegado tres horas tarde porque antes había tenido que pasarse por el bar. Y cuando él la pegaba, nos decía a sus hijos que era culpa suya; que debería haber sabido que, después de un día tan ajetreado, él no soportaría ese perfume que se había puesto especialmente para él. Hay mucha gente que es como mi madre. Se amoldan tanto a los demás que prefieren aceptar su propia muerte que adoptar un papel activo.

Klara suspiró con enojo.

—Se lo repito: mi marido tiene dinero, poder e influencia. Su mejor amigo es la mano derecha del jefe de la policía. Juega al squash con el alcalde una vez a la semana. Y es tan querido y encantador en público… Ni siquiera mis amigas me creen cuando les digo que tiene un lado oscuro. Además, no siempre lo muestra. A veces, tras excederse, mi marido pasa semanas enteras comportándose como el marido más atento y sensible del mundo. Se muestra tan cariñoso que incluso yo sería capaz de olvidarme de cómo es en realidad.

—La fase llamada luna de miel —corroboró. Por lo general, a las palizas les solían seguir las disculpas y los regalos.

—Exacto. Y cuando está en esa fase de luna de miel tiene

más carisma que George Clooney. Si Martin es capaz de engañar a todo mi círculo de amistades, ¿cómo voy yo a convencer a un juez de familia que no nos conoce?

—Pero ¿no ha pensado siquiera en la repercusión que eso tiene en su hija? Precisamente en las edades más tiernas se dan más cuenta de lo que usted piensa. Eso a..., ¿cómo se llama...?

—Amelie.

—... esto marcará a Amelie de por vida. ¿De verdad quiere dejarla sola con ese monstruo?

—¡Pero no tengo elección! No puedo dejar a Martin y llevarme a Amelie conmigo. Me vaya como me vaya, Amelie se quedará con Martin. Ella misma lo querrá si un juez se lo pregunta. Él nunca ha sido un monstruo con ella.

—Eso no puede saberlo.

—Por supuesto que sí. Martin y yo tenemos una relación de poder muy especial. Al principio, yo era demasiado fuerte y demasiado segura de mí misma para él. A él no le aporta nada someter a una niña pequeña. A Martin le pone doblegar a una mujer adulta y fuerte.

—Algo que, desde luego, ha logrado —dijo Jules.

«Salta a la vista», pensó Klara con resignación. Se esforzó de nuevo por no llorar.

—En mis manos solo me queda una cosa, y es mi muerte. Mire, a fin de cuentas, mi vida ya es un infierno. En mi caso, el suicidio es el mal menor; tiene la misma consecuencia: pierdo a mi hija. Pero al menos no tengo que pasar la angustia constante e ininterrumpida que padecería si él me arrebatara a Amelie y me hiciera sufrir toda la vida por haberme atrevido a rebelarme contra él.

—Eso son memeces, y usted lo sabe. Son todo excusas de mujer débil. Su alternativa no es solo entre el suicidio y un refugio para mujeres.

—¿Qué más me queda? —replicó ella.

—Le aconsejo que tenga en cuenta su ira. La está consumiendo, ¿verdad?

—Sí.

—Entonces haga como en el tenis. Golpee de volea. Utilice la fuerza del contrario, no retroceda, sostenga la raqueta y dirija su fuerza sin filtros contra él mismo para destruirlo.

Klara parecía atónita, totalmente pasmada, cuando le dijo a Jules:

—¿En serio? ¿Ese es su consejo? ¿Acaso usted piensa, como Yannick, que debería matar a Martin?

Por los crujidos al otro lado de la línea, ella oyó que su acompañante negaba con la cabeza.

—Su marido ahora mismo no es su peor adversario. Él quiere martirizarla. En cambio, hay otra persona que quiere matarla.

«Yannick...».

—Deje de ser tan pasiva, Klara. ¿Qué tiene que perder? Ya cuenta con su muerte. Recupere su vida. Una vida con su hija. Sin miedo. Sin embargo, solo lo podrá hacer si establece prioridades y se ocupa antes de lo que es su mayor peligro.

Klara sacudió la cabeza. Cuántas veces había considerado esos pensamientos para llegar siempre a la conclusión de que su vida había desaparecido hacía tiempo y no podía «recuperarse».

—¿Qué sugiere que haga exactamente? —preguntó ella sin esperar una respuesta.

—En primer lugar, debe adelantarse a Yannick. No espere a ese depredador como un conejo en su madriguera. Debe desvelar su identidad.

—Se lo repito: ¡no sé dónde está!

—Pero, si lo que usted dice es cierto, parece que él sí sabe dónde se esconde usted. Dígame dónde está. Yo intentaré protegerla en cuanto él aparezca por su casa.

—Menuda gilipollez. ¿Cómo pretende hacer eso? ¿Acaso se cree usted rival para alguien que guarda cadáveres desmembrados en el colchón de una cama de agua?

—Yo no, pero la policía, sí.

—La policía solo intervendrá si presento pruebas.

Klara se notó la garganta, ya de por sí irritada, totalmente seca de tanto hablar. Fue a la nevera para servirse agua mineral.

—Si pillan *in fraganti* a Yannick o como se llame ese tipo, habrá pruebas suficientes —apuntó Jules.

—¿Y si me dispara? ¿Quién le dice a usted que tendrá tiempo suficiente para ayudarme cuando aparezca en escena?

Abrió la puerta de la nevera y cerró los ojos, deslumbrada por la luz interior, pero eso no ayudó a apartar de sí las imágenes que habían acudido a su mente en respuesta a su propia pregunta. Si Yannick era realmente el Asesino del Calendario —de lo cual a ella no le cabía ninguna duda—, la degollaría y utilizaría su sangre para pintar la fecha de su muerte en la pared.

—La policía intervendrá a tiempo si sabe adónde acudir.

—¿Y si no? ¿Y si interviene demasiado pronto? En ese caso, no tendrán nada contra él. Lo he repasado miles de veces. Es inútil.

—Se equivoca… —empezó a decir Jules, pero ella se apartó el teléfono de la oreja al oír los ruidos fuera de la cabaña.

Los crujidos y zumbidos.

Klara cerró el frigorífico de golpe, seguramente demasiado tarde. Afuera, en la oscuridad, esa luz debía de ser como la señal luminosa de un buque en peligro.

Bajó la voz de forma automática y se encogió, como esquivando el peligro que se aproximaba a la cabaña.

—Estamos perdiendo el tiempo. No hay nada que discutir —susurró.

—Klara, por favor, escúcheme.

—No. Escúcheme usted a mí. Es demasiado tarde. Tengo visita.

Klara orientó el móvil hacia la ventana que, acariciada por un haz de luz, brilló en plata mate. Segundos después, un coche se detuvo.

—¿Quién es? —oyó a Jules preguntar, algo innecesario.

—Ya es más de medianoche.

«30.11».

—El ultimátum ha vencido. Los dos sabemos quién es —susurró Klara—. Y lo que piensa hacer conmigo. Y luego con usted, en cuanto haya acabado conmigo.

24

Klara fue a colgar, pero entonces vaciló. Le dio la impresión de que, si ponía fin a la llamada, cortaría su única línea de salvamento. Aunque, cuando oyó que fuera se cerraba de golpe la puerta del coche, se preguntó de qué vida quería ser salvada. A fin de cuentas, acababa de querer ponerle fin. «¿Solo porque Jules haya apelado a tu conciencia todo va a cambiar? ¡Menuda chorrada, Klara!».

En lugar de ir a la puerta con la cabeza erguida y hacer frente a su destino, retrocedió, lastimándose de forma inoportuna el pie que tenía hinchado, y de buena gana se habría echado a gritar. Parecía como si su tobillo tuviera el tamaño de una calabaza.

«¿Por qué no afrontas renqueando tu final? ¡Si ya no quieres seguir!», le preguntó esa siniestra voz interior que la había estado atosigando los días anteriores y la había animado en sus planes de suicidio.

«Porque ya no es una decisión propia». La voz más lúcida de su cabeza dio la respuesta a ese demonio oscuro: una cosa era dar por sí sola el último paso. Otra muy distinta era entregarse a otro. Y, encima, a un hombre que disfrutaba martirizando a las mujeres y que no le proporcionaría una muerte sin dolor.

«¿Cómo ha podido dar conmigo tan rápidamente?».

Había pedido en una tienda de telefonía móvil de Kreuzberg que comprobaran si su teléfono tenía algún programa espía, y ese estudiante de pelo grasiento le había asegurado que estaba limpio. Pero ella no le había creído. Su miedo era más intenso que su confianza en los conocimientos técnicos de un friki de los móviles desaliñado.

«¿O tal vez al final ese Jules me ha localizado?».

Fuera, unos pasos pesados hicieron crujir las tablas del suelo de la entrada. Se aproximaban decididos a la puerta de esa cabaña de fin de semana; una puerta de bricolaje sencilla, apenas más robusta que las puertas de aglomerado de las demás cabañas, pero, desde luego, no un obstáculo insalvable para un intruso violento.

—¿Hola?

La voz del hombre sonó algo ahogada —¿acaso llevaba la cara cubierta?—, pero eso no resultó tan amenazador como la dirección de la que provenía. El asesino no estaba al otro lado de la puerta, sino justo a su lado.

Klara giró de un salto y, para no echarse a chillar del susto, se mordió el labio en la oscuridad. Ya sangraba cuando se dio cuenta de que los nervios le habían jugado una mala pasada.

No era el intruso quien misteriosamente había conseguido atravesar la puerta cerrada y llegar hasta ella en la cabaña. Aquella voz era la de Jules, que oía porque su móvil seguía en modo manos libres.

—¡Klara, dígame algo!

Por suerte, ya no tenía el teléfono sobre la mesa, sino en el bolsillo del pantalón, cuyo forro amortiguaba la voz de Jules. Aun así, Klara temía que el asesino la hubiera oído de todos modos.

Esperaba que en cualquier momento unas botas con puntera de acero arrancaran la puerta de sus goznes, pero, para su gran asombro, esta se deslizó silenciosamente, sin la menor fuerza. Como por arte de magia, la puerta se abrió hacia dentro y, junto con la luz del vehículo aparcado delante de la cabaña, penetró un viento frío y nevado.

El asesino se quedó quieto en el umbral, como un actor haciendo una gran entrada en escena. Tenía el rostro completamente oculto y la sombra que se proyectaba sobre las tablas de madera le hacía parecer de una altura extraordinaria. No dijo nada, ni tan solo cuando Klara se recobró de su parálisis e, ignorando el dolor agudo de la pierna, corrió hacia atrás.

Hacia la salida al jardín, detrás de la despensa.

Al momento se dio cuenta de que había cometido un error. Tal vez habría tenido una opción si hubiera salido disparada hacia delante, hacia la zona de paso al garaje, antes de que Yannick la agarrara. En lugar de eso, se encontró parada ante la salida cerrada de la parte posterior, tras la cual no había ningún vehículo con el que escapar si lograba abrir esa puerta con ventana.

«No, no, no…».

La mano sudada le resbalaba en el pomo redondo, que no se movió ni un milímetro. Cuando recordó que tenía que pulsar un botoncito situado en el centro para desbloquearlo, era demasiado tarde.

El frío era lacerante, el sudor del miedo parecía atravesarle la ropa, sintió una mano huesuda y helada en la nuca, que tiró de ella hacia atrás violentamente. Olió el fétido aliento de la muerte…

Por fortuna, solo en su pensamiento.

«De momento».

Klara oyó un jadeo y este, a diferencia de su visión de la muerte, era absolutamente real y estaba muy cerca. Oyó los pasos de aquel intruso aún sigiloso y que seguramente disfrutaba viendo la angustia de su víctima. Era posible que le divirtiera ver que, aunque ella por fin había logrado abrir la puerta, luego había tropezado con la escalera de madera que había detrás y había rodado por los escalones hasta caer sobre un montón de nieve acumulada.

En los ojos de Klara, unos relámpagos refulgieron, como chispas de soldadura.

«¡Ahhhh…!».

Se mordió la mano para no aullar de dolor en la oscuridad. Por un momento permaneció agachada sumida en una oscuridad completa. La luz del coche aparcado delante, que tenía aún en marcha el motor, no alcanzaba hasta el huerto de detrás de la cabaña.

Sin embargo, le pareció notar esa sombra cerniéndose sobre ella mientras intentaba incorporarse tras permanecer a cuatro patas.

Cuando lo logró y volvió la cabeza hacia la cabaña, apenas podía ver nada a causa de la nieve que caía.

Los copos, densos y húmedos, parecían estallar en su cara como cristales de hielo. Iluminados por una linterna con la que el asesino escudriñaba el lugar. Sintió el haz de luz como si fuera bala. Al ver que la había descubierto, se echó al suelo, algo que era bastante ridículo y completamente inútil.

«Como un niño que cree que, si cierra los ojos, nadie lo verá».

Para colmo de males, se había arrojado sobre un charco cubierto solo por una capa fina de hielo. La ropa absorbió el agua como si fuera una esponja. El frío se le clavó como mil agujas. Entonces, al alzar la cabeza y volver la vista hacia el haz de la linterna, ocurrió algo increíble.

Le pareció que la sombra del asesino la saludaba con la cabeza, pero no estaba segura. En todo caso, no salió a su encuentro, no la apuntó con un arma. De hecho, cerró la puerta.

¡Por dentro!

Al momento siguiente, la linterna se apagó y, con ella, la silueta tras el cristal de la puerta desapareció.

Y, con la oscuridad, el frío se abrió paso por completo en la mente de Klara, esta vez con una fuerza despiadada. Se dio cuenta de que estaba tiritando, y no solo de miedo.

«Dios mío, por favor, no...».

Había olvidado algo fundamental.

«¡El abrigo!».

Todavía colgaba de la silla de la cocina. Con el monedero y las llaves.

«¡Maldita sea!».

No era de extrañar que el asesino se permitiera relajarse sin más. Ella estaba herida, aterrorizada y empezaba a helarse. Solo tenía dos opciones: o regresar a la casa, a la guarida de aquel depredador asesino de mujeres. O bien adentrarse por el bosque que lindaba con la cabaña entre la nieve, vestida con poca ropa y con un tobillo torcido. Y, si lo lograba, iría a parar junto al lago Teufelssee, un lago que ella nunca lograría atravesar. Si se metía en el agua moriría en cuatro minutos, y el camino junto a la orilla era demasiado largo.

Además, en cuanto el asesino se diera cuenta de que había optado por huir por el bosque, podría esperar a que llegara allí y atraparla entonces, muerta de agotamiento.

«He caído en la trampa», pensó Klara.

Y se dispuso a precipitarse todavía más profundamente en ella.

25

Jules

Jules había vuelto al salón, desesperado por desentrañar lo que estaba pasando a partir de los crujidos y murmullos de la línea, cuando recordó las palabras de Klara:

«Siento haber dicho eso, pero es así. En cuanto él sepa que hemos estado en contacto, le buscará y también querrá acabar con usted».

Y, de repente, no logró quitarse el manojo de llaves de la cabeza. «Por si fuera poco, ahora te vuelves paranoico».

Jules regresó a la puerta principal, negando con la cabeza, y sacó las llaves de la cerradura. Por precaución.

En el caso, en principio inimaginable, de que alguien hubiera logrado entrar en el piso, no estaba dispuesto a darle la oportunidad de encerrarlo ahí. Notó el llavero pesado y frío en su mano, demasiadas llaves para un simple piso. Le sobrevino un recuerdo doloroso. Dajana siempre se burlaba de él por andar por ahí como si fuera un conserje. Dejó las llaves sobre el aparador que había junto a la puerta y se dirigió hacia el escritorio.

—¿Hola?

No obtuvo respuesta. Le pareció oír un gemido de Klara, y luego le dio la impresión de que se movía. Pero los crujidos y golpes podían significar cualquier cosa, más cuando la recepción parecía empeorar por momentos.

Se desplomó en la silla del despacho y abrió el cajón que contenía cables para pequeños aparatos eléctricos. Buscó en vano un cable de carga que pudiera conectar a un enchufe y a su teléfono móvil, cuya batería pronto alcanzaría la zona roja. Puso el micrófono en silencio, se desconectó el auricular izquierdo de la oreja y llamó a su padre por el móvil. Este respondió antes de que Jules oyera la llamada.

—¿Me vas a explicar de una vez de qué vas, tronco?

Jules puso los ojos en blanco. Hans-Christian Tannberg no se daba cuenta del ridículo que hacía al usar como modernas palabras que, en realidad, llevaban años en desuso y que, de hecho, ya en su momento, cuando aún formaban parte de la jerga juvenil, habrían sonado completamente fuera de lugar saliendo de su boca.

—Necesito que averigües algo por mí.

—Mmm, en realidad iba a negarme, pero como me lo pides con tanta amabilidad.

—Déjate de rollos, que no tenemos tiempo que perder. Ya has oído de qué va la cuestión.

—De vida o muerte, parece.

—Exacto. La mujer con quien estoy hablando…

—Hay algo que no acabo de entender —le interrumpió a pesar de que Jules acababa de prohibírselo—. ¿Tú ya no trabajas para el 112, verdad?

Jules tuvo que controlarse para no arrojar el pisapapeles contra el televisor. Su padre tenía el don de sacarle de quicio en menos de diez segundos.

—Estoy sustituyendo a Caesar en el servicio telefónico de acompañamiento —siseó.

—¿Qué es un teléfono de acompañamiento?

Jules se lo explicó lo más sucintamente posible.

—Lo pillo. Y ¿quién demonios es Caesar?

—Ese antiguo amigo del colegio, el que vivía justo en la casa de al lado. Antes de mudarnos a la ciudad. Seguramente lo debiste conocer. Solía oírte gritar cuando volvías a casa.

—Me acuerdo bien de los Kaiser. Una familia de gilipuertas integrales, continuamente con coches nuevos y vacaciones a crédito a las Maldivas. Y ese Magnus, larguirucho y lleno de espinillas, era el más plomazo. Era ese con el estúpido tatuaje de signo del párrafo en su apestoso dedo, ¿verdad? Aún hoy no alcanzo a entender por qué tuviste que trabar amistad con ese atajo de perdedores, yo...

—Basta ya, escucha: la mujer que me ha llamado afirma haber estado en contacto con el Asesino del Calendario; teme ser su próxima víctima. Averigua todo lo que puedas sobre ella del personal de Berger Hof. Se llama Klara.

—¿Klara qué?

—No quiere decirlo.

—Oh, vaya, estupendo.

—Pero tengo otros nombres para ti: Daniel Kernik, Johannes Kiefer, Iván Corzon. Al parecer, se trata de unos médicos y del director médico de Berger Hof.

Jules se acercó una libreta de papel cuadriculado, arrancó la hoja superior usada y comprobó la tinta negra de un bolígrafo. Mientras explicaba de forma somera a su padre que Klara había participado en un experimento psiquiátrico que consistía en la inducción artificial de delirios, se anotó para sí algunos conceptos sueltos en el papel:

Klara, no médica, posiblemente auxiliar técnica sanitaria, ¿¿¿paranoia???

—A Corzon lo conozco —dijo su padre—. Lo investigué tras la muerte de Dajana. Nada a destacar.

Jules asintió. Ese nombre también le sonaba. Inmediatamente después del suicidio de Dajana, su padre había investigado Berger Hof por iniciativa propia, sin dejar piedra sobre piedra, por si la clínica había tenido algo que ver con la tragedia. Pero, según había manifestado H. C. Tannberg, no había dado con nada. Ninguna irregularidad, ninguna mala praxis por parte de los médicos y las enfermeras, y eso a pesar de que había puesto a sus mejores hombres a examinar Berger Hof.

—Kiefer y Kernik no me dicen nada, pero mañana me pongo a ello.

—¿Eres sordo o estúpido? ¿Qué te hace pensar que esto puede esperar a mañana?

—¿Y a ti qué te hace pensar que puedes hablarme así?

Jules soltó una risa amarga.

—¿Quizá porque tengo un vídeo tuyo dándole una paliza a mamá?

Era mentira. La única película que demostraba lo violento que Hans-Christian Tannberg había sido con su esposa era la que se desarrollaba en bucle infinito en las pesadillas de Jules. Una y otra vez, desde que tenía uso de razón.

—¿Por qué no puedes perdonarme como ha hecho tu hermana?

—Becci no te ha perdonado. Solo es más educada que yo.

Rebecca, la hermana pequeña de Jules, había estado a punto de venirse abajo a causa de la violencia en casa. Hubo un momento definitivo. Fue cuando su padre regresó a casa del club de tenis completamente borracho a plena luz del día. Había perdido un partido a primera hora contra un jugador muy por debajo de él y había sido objeto de burlas en el casino del club. Para recomponer su autoestima se le ocurrió servir a sus seres queridos al mediodía un estofado especial inventado por él.

El domingo era el único día de la semana en el que comían todos juntos. Justo cuando Rebecca y Jules se habían llevado la primera cucharada a la boca y se habían preguntado por el sabor salado, su padre empezó a reírse como un loco:

—Mirad a vuestra madre, ese bodrio. ¡Qué débil y qué cobarde es!

Ese día la madre de Jules aún estaba más pálida de lo habitual, y sus ojos, profundamente hundidos, tenían una mirada muy inquieta. Ella, por su parte, aún no se había llevado la comida a la boca, lo cual no era raro; a fin de cuentas, pocas veces tenía apetito y a menudo no conseguía probar bocado durante días.

—¡MIRADLA! —bramó Hans-Christian Tannberg, señalando con un tenedor la lamentable figura que en la fotografía de bodas de la repisa de la chimenea había pesado veinte kilos más—. Prefiere envenenar a sus hijos a echarle narices por una vez en la vida.

Y entonces confesó lo que había hecho. Apenas había llegado a casa, había cogido la olla de la cocina, se había orinado en ella y había obligado a su mujer a servir esa «comida».

Faltaban tres días para que Rebecca cumpliera doce años. Ese día empezó a mojar la cama de nuevo. Solo dejó de hacerlo cuando su madre desapareció una noche y Hans-Christian Tannberg se quedó sin víctima a la que martirizar.

—¿De verdad no puedes perdonarme? —le preguntaba ahora a su hijo, décadas después.

—Me lo pensaré cuando seas mejor persona.

Sin fines de semana de borrachera. Sin sus aventuras de cama siempre cambiantes. Cuando Jules pensaba en esa época, prácticamente tenía la certeza de que no habían sido solo las palizas lo que había hecho envejecer a mamá de manera precoz. También había influido la humillación de ser engañada con regularidad por su marido, que, de hecho, conservaba su buena apariencia gracias al alcohol que llevaba en la sangre. Con los años, H. C. había ido bebiendo cada vez más y se había acostado en más y más camas ajenas sin envejecer ni un solo día mientras que su madre se iba consumiendo.

—Y, aun así, fue lo bastante fuerte como para dejarnos sin más. ¡A saber dónde fue a parar! —le había contado en una ocasión su padre como «cuento para dormir». Para entonces, ya hacía medio año que su madre se había marchado. A diferencia de Becci, Jules no había llorado por ella. Por supuesto, aquello también le había destrozado el corazón, pero, a diferencia de su hermana pequeña, comprendía que había sido la única forma de escapar de esa espiral de violencia. Por otra parte, estaba convencido de que Becci nunca habría podido convertirse en una mujer segura de sí misma y vital. Los hijos intentan imitar a sus padres, sobre todo en los años de formación de la personalidad. Hasta el día en que desapareció, Becci no había encontrado en su madre un modelo a seguir, sino una mujer débil y carente de voluntad. Sin embargo, al no regresar, Rebecca aprendió que no hay que someterse a las leyes del destino, y que una mujer también puede romper con todo y tomar su propio camino. Un camino que había llevado a Rebecca hasta Málaga, donde vivía junto al mar, felizmente casada, con dos hijos y una impresionante carrera como abogada de derecho inmobiliario.

—Llama cuando hayas averiguado algo —le dijo Jules a su padre—. Necesito saber dónde vive esa Klara. Tiene una hija de unos siete años, se llama Amelie. Su marido es rico, no tengo más.

Mientras hablaba, Jules se levantó, en principio de manera inconsciente, aunque luego la idea de comer algo lo llevó a la cocina. A estas alturas, ni siquiera la tensión que le causaba la llamada de Klara lograba distraerle de los gruñidos de su estómago. Con el móvil pegado a la oreja izquierda y los auriculares en la derecha, parecía la caricatura de un directivo desquiciado; Jules regresó a la cocina por el pasillo. Al otro lado de la línea se oía solo una fría estática, y su padre tampoco decía nada. Seguramente estaba anotando las instrucciones de Jules.

—¿Lo has anotado todo?

—Creo que sí. No es gran cosa.

—Por favor, hazlo lo mejor que puedas.

—¡Vaya! Has dicho por favor —observó Hans-Christian. Esta vez colgó antes de que su hijo le saliera con algo más. El silencio repentino en el oído le resultó incómodo. Los recuerdos que evocaban en él las conversaciones con su padre le provocaban un dolor sordo.

Al entrar en la cocina Jules se sintió como si le hubieran propinado una paliza, algo que coincidía con los ruidos que se empezaron a oír en la línea de Klara.

26

Klara

«Tienes que ser consciente de que en el universo el frío es el estado normal y el calor la excepción absoluta».

El día en que su padre le dijo esta frase, Klara había llegado a creer que jamás en la vida podría sentir más frío.

Tenía ocho años y regresaba de una excursión en trineo por Teufelsberg. En un arrebato de rebeldía justo antes de salir, ella se había negado a ponerse las manoplas y solo había querido llevar unos guantes finos de punto. Además, también se había equivocado al elegir los pantalones. Nada de llevar un buzo de esquí como mamá quería, solo llevaría unos simples vaqueros. Fiel al lema «Quien no escucha debe sentir», su padre prosiguió con la excursión de manera despiadada subiendo repetidamente a grandes zancadas por la colina norte para hacer nuevos descensos, una y otra vez, a pesar de que al cabo de una hora Klara, que tiritaba, le había suplicado regresar a casa.

«Todos los fuegos se extinguen, la calidez de la vida se pierde en la tumba, y nuestro sol algún día se apagará. Solo el frío posterior perdurará por toda la eternidad». Klara nunca comprendió qué era lo que su padre le había querido enseñar ese día. En cualquier caso, con ello no la habría podido preparar para el tormento que estaba sufriendo.

«Este frío me va a arrancar la piel del cuerpo», pensó, apenas capaz de doblar los dedos para apartar de sí con las manos desnudas las ramas que le azotaban la cara durante esa marcha forzada por el bosque. Como si fueran enemigos que, regocijándose en su desgracia, la quisieran castigar por su vano intento de escapar.

También el viento parecía susurrarle muy cerca de sus orejas ateridas una especie de canto del cisne a su lamentable vida: «No te mereces otra cosa. Querías matarte y has fracasado, aquí fuera nosotros nos encargaremos de tu muerte».

Klara tropezó con el pie sano con una raíz tan gruesa como un brazo, que, como los demás obstáculos, no pudo ver. Normalmente, la luz de la ciudad se extendía también más allá de los límites de la urbe hasta Grunewald; hoy, en cambio, la ventisca impedía el paso de la luz tendiendo una campana impenetrable sobre el bosque.

Klara oyó su propia respiración, gutural y áspera, como de anciana. Por lo menos no lloraba como antes, cuando la sensación de desesperación profunda e irreversible había amenazado con arrastrarla hacia el abismo. Tal vez, tras tantos años de matrimonio, sus lágrimas se habían secado sin más. O, simplemente, ya no sentía nada en su piel fría y entumecida.

Otra punzada de dolor le recorrió del tobillo hasta debajo de la rótula, obligándola a detenerse. No sabía cuánto había logrado distanciarse de la cabaña, pero tenía que descansar, aunque solo fuera por el dolor intenso en el costado que no podía ignorar por más tiempo.

«¿Mi acompañante seguirá ahí?».

Estaba segura de que había perdido la conexión con Jules, pero mientras el móvil tuviera batería, al menos podría hacer las veces de linterna. Sin embargo, para averiguarlo, antes tendría que sacarse del pantalón el móvil, que se le había quedado atascado, como congelado en el bolsillo delantero.

«Mierda».

Klara se apoyó en un tronco grueso, resistiéndose a la tentación de deslizarse por él y sentarse en la maleza. Poco a poco la vista se le fue acostumbrando a la oscuridad, y las sombras se convirtieron en siluetas. Y de las siluetas surgieron formas tridimensionales.

Si no andaba equivocada, estaba en el margen de un camino, seguramente uno no oficial, pues era demasiado estrecho. Recordó cómo de niña disfrutaba abriendo caminos secretos en el bosque con sus amigas, aunque el concepto de abrir camino, en sí, parecía algo militar para una niña de diez años. En realidad solo apartaban un poco de maleza y cortaban las ramas pequeñas con las tijeras de poda de su padre, y eso solo durante unos metros, hasta que un árbol les bloqueaba el paso. Entonces establecían ahí su «campamento secreto» y con palos, ramas y follaje alzaban una tienda parecida a la de los indios.

Aunque estaba segura de que daría con una de esas construcciones infantiles inútiles, Klara se precipitó hacia la derecha, junto al sendero, pues no tenía otra opción.

Este camino también la llevaría a la orilla del lago, donde Yannick la estaría esperando. Eso si no se extraviaba y moría congelada, algo que en ese momento parecía muy probable.

«No es extraño que en su agonía la gente diga que siente mucho frío. Es porque se unen a la única constante del universo».

Precisamente ahora, en sus últimas horas, su padre, que ya llevaba tiempo descomponiéndose en el frío de la tierra después de que una noche se quedara dormido sin más y ya no despertara, se perpetuaba en su cabeza en forma de voz espectral. Ahora que ella se precipitaba hacia la luz al final del túnel de su vida, habría preferido algo más agradable.

A Klara le intrigó que el estrecho sendero que tenía ante sus ojos cada vez pareciera más luminoso. Y más ancho.

«Dios mío, ¿acaso he llegado ya al lago?».

Le pareció oír la depuradora de agua de Ökowerk, algo que,

en esa época del año era, cómo no, un completo disparate. Sin embargo, su mente se negaba a creer que Yannick hubiera conseguido encontrarla ahí tan pronto.

«¿Cómo iba a saber que yo iba a pasar exactamente por ese estrecho sendero de camino hacia el lago?».

Se arrastró fuera del bosque y, de pronto, a su derecha vio dos luces que daban saltos ante ella, como linternas enormes en manos de un gigante descontrolado. Y mientras se percataba de su error e intentaba retroceder, la alcanzó un golpe gigantesco, como un mazazo. Salió despedida por los aires, giró sobre sí misma y trató de protegerse con ambas manos.

Fue inútil. La oscuridad la recibió con una intensidad demoledora.

27

Jules

En la cocina, el ruido constante del radiador de la calefacción bajo la ventana indicaba que hacía tiempo que no se purgaba. Jules bajó el termostato y, a partir de entonces, solo oyó ruidos que venían del iPhone que sujetaba contra la oreja.

Ahora que su padre ya no estaba en línea, podía volver a activar el micrófono del auricular.

—Klara, ¿me oye?

Tampoco hubo respuesta. Si no andaba equivocado, por el ruido ambiental, ella debía de seguir fuera, en un lugar no resguardado. Jules abrió la nevera, sacó algo de fiambre y mantequilla y lo colocó en una tabla junto a la panera en la que había una hogaza de pan de centeno.

Mientras buscaba un cuchillo, su mirada se detuvo en el bloque de madera al lado del fregadero; necesitó un rato para darse cuenta de lo que le había llamado la atención.

¡El cuchillo!

El que no cabía en el bloque. Aquel cuyo filo dentado antes sobresalía.

«¡No está!».

Jules se palpó el pantalón para cerciorarse de que llevaba el manojo de llaves en el bolsillo. Seguía allí. En cambio, el cuchillo...

Se quedó mirando el bloque de madera como si fuera un creyente viendo sangrar una estatua de la Virgen María.

Se quedó sin apetito, incapaz de comer nada más. No solo porque fuera consciente de que no estaba solo.

Sino porque, además, en el pasillo resonó un grito atormentado.

Salía del dormitorio infantil.

28

Klara

La humedad la despertó. El aguanieve en la cara. Sangre, había pensado al principio, porque ese fluido se ajustaba a la perfección con su dolor, que ahora ya no se limitaba solo al tobillo y la pierna, sino que le recorría todo el costado izquierdo del cuerpo.

El sendero de tierra helado donde yacía bocarriba no aparecía en ningún mapa de carreteras, era demasiado estrecho para eso, sin embargo, lo que la había atropellado en esa pista de tierra llena de baches no era un vehículo forestal. En realidad, se trataba más bien de un mini coche, tal vez un Smart o un Mini, que, como una cáscara de nuez en medio del mar, se había precipitado contra ella entre los bandazos provocados al pasar sobre los baches helados.

En todo caso, la marca del vehículo le daba igual. Lo decisivo para saber si seguía con vida era ver qué monstruo era el que salía pesadamente de su interior.

«¿Yannick?».

Lo recordaba como una persona más pequeña y delgada, aunque tal vez esa sombra enorme solo fuera una ilusión óptica.

«¿Y si todo esto es solo un espejismo?».

Klara pensó en si se sentía capaz de soportar su dolor para incorporarse y regresar corriendo al bosque, pero pensar en eso le quitó tiempo de reacción. La sombra crecía sobre ella. Unos pasos se aproximaban.

Logró girar sobre un costado e incorporarse, e incluso fue capaz de apartar la mano que la agarró por el brazo. Pero, entonces, tropezó con un montón de tierra o una rama, o con sus propios pies, ya no lo notaba. De repente, sintió el cuerpo extrañamente entumecido, incluso se notó la lengua pesada cuando, de nuevo tumbada bocarriba, gritó:

—¡Déjame en paz, Yannick! ¡Largo, cerdo asqueroso!

Pero el asesino no le hizo caso. No retrocedió ni un milímetro. En su lugar, se inclinó sobre ella y pareció contemplarla atentamente bajo la luz de los faros. Ella, deslumbrada, cerró los ojos.

—Vale, pues, al menos, que sea rápido —suplicó Klara, abriendo de nuevo los ojos tanto como le fue posible.

Lo que vio suspendido sobre su cabeza le hizo dudar por completo de su cordura.

29

Klara conocía la teoría de la navaja de Ockham. Sabía que la explicación más sencilla suele ser la correcta.

Era el principio que decía que, si algo pasa relinchando y al galope delante de casa, seguramente será un caballo y no una cebra. Sin embargo, esa teoría, que se remontaba al filósofo inglés Guillermo de Ockham, no ayudaba en nada a Klara, que en ese instante estaba intentando descubrir el tipo de persona que se había inclinado sobre ella.

«¿Un rostro con nariz bulbosa, barba imponente, chaqueta roja?».

Ni la más simple de las explicaciones tenía sentido. Pero, si hacía caso de la teoría de Ockham, suspendido sobre ella había un Papá Noel regordete con aspecto bonachón.

«Tengo alucinaciones», pensó y cerró los ojos. «Son las secuelas del experimento fallido en Berger Hof».

En esa oscuridad, de nuevo tuvo el convencimiento de estar a merced de Yannick, que se burlaba de ella de un modo macabro.

—¡Vamos, hazlo! —instó a ese Papá Noel falso. El frío del suelo del bosque donde yacía seguía calando en ella. Tensó el cuerpo, como si estuviera en el sillón del dentista justo antes de que la fresa le tocara el nervio. Sabía que el dolor era inminente y que sería insoportable, pero aún lo eran más esos segundos previos, en los que su rival definitivo parecía haber iniciado una perversa partida del gato y el ratón.

—¿Estás bien? ¡Me cago en todo! Pero ¿qué pintas por aquí, tía? —le oyó decir al hombre disfrazado. Sus palabras olían a alcohol y a humo de tabaco, y el mero hecho de hablar parecía exigirle un esfuerzo enorme a ese hombre obeso que jadeaba como un mensajero tras hacer una entrega en un quinto piso.

Klara volvió a abrir los ojos.

—Tú no eres Yannick —dijo.

—¿Que no soy quién?

«Ni tampoco Martin». El esnob de su marido odiaba los dialectos y se habría arrancado la lengua antes que hablar «con el acento inconfundible de la clase baja», que era como él consideraba el berlinés. En todo caso, ese hombre se esforzaba claramente por disimular su acento, y solo echaba mano del dialecto para algunas palabras.

—Joder, joder, creo que te he dado fuerte. ¿Te has roto algo?

Klara logró levantar la cabeza. Le daba vueltas como el confeti de copos de nieve frente a los faros del coche del que acababa de apearse el hombre. Le echó unos cincuenta años.

—No, no. Nada de moverse. Se dice que, si la columna está mal, la cosa puede ser jodida.

Klara se habría echado a reír de buena gana. «Jodida» encajaba con la situación en la que se encontraba, y, ciertamente, no solo desde esa noche. En cambio, lo que no encajaba en absoluto, era ese Papá Noel, que en ese momento se estaba acercando el móvil a la oreja.

—¡Pare! —le ordenó con más energía de la que ella misma se habría creído capaz.

—Tía, vamos a tener que llamar a una ambulancia, y eso que no tengo ni idea de cómo se supone que van a meterse por aquí. ¡Joder! ¿Cómo coño se te ocurre salir del bosque de un salto frente a mi coche, como si fueras Bambi?

—No se preocupe, estoy bien —mintió Klara—. No me he roto nada —dijo, confiando en que al menos eso fuera cierto. Apretó los dientes y se irguió hasta sentarse.

—¿Seguro? Ha sido una hostia del copón.

—Sí, seguro. ¿Quién es usted? —preguntó al hombre cuyo rostro parecía estar hecho de pelos y barba. Además, le habría gustado añadir: «¿Usted es de verdad o solo una secuela de mi experimento psicótico?».

Tuvo la impresión de que hablaba de forma bastante incomprensible y balbuceante, pero obtuvo una respuesta:

—Soy Hendrik, de Jimmy-Hendrik-Entertainment. Suelo entregar siempre mi tarjeta de visita cuando me presento. Pero, sin ánimos de ser grosero, no parece que vayas a querer contratar mis servicios en breve.

Klara se echó a reír con incredulidad e intentó enderezarse un poco más.

—Así que, ¿va disfrazado?

—No, si en realidad soy Papá Noel. —El hombre se dio la vuelta sacudiendo la cabeza y murmuró para sí—: Macho, esta antes del choque seguro que ya se había golpeado la cabeza con los árboles.

Volvió la vista hacia su coche y se rascó la nuca.

—Joder, y yo que creía que nadie podría superar a las locas esas de la cabaña del guardabosques. Esto es la leche. Aunque… Un momento. —Al parecer, entonces se dio cuenta de que no estaba solo y se volvió hacia Klara—: ¿Eres del grupo de los forestales?

—¿Forestales?

—Se han pillado la cabaña del guardabosques y tienen una juerga montada que convierte al festival Lollapalooza en una fiesta infantil, te lo juro. Una de esas pibas me ha pedido en serio que le dejara beber el vino caliente de mi bota. A mí me da que te lo has organizado para arrojarte frente a mi coche.

Klara le agarró de la mano y se apoyó en ella para levantarse.

—No estoy borracha —farfulló sin poder reprimir un grito agudo al apoyar el peso en la pierna.

—Pues claro, y yo viajo siempre en un trineo tirado por renos. ¡Eh, oye, espera un momento!

Poco a poco Klara se aproximó trabajosamente hacia los faros de aquel pequeño vehículo, el cual, por el logotipo, parecía ser un modelo japonés o coreano, de esas cosas no sabía mucho.

—¿Adónde vas?

Klara no le respondió pues, en realidad, no tenía la menor idea. Los pantalones helados le rozaban la herida, y el cuerpo le temblaba de agotamiento y frío a partes iguales. En cambio, al dolor por el atropello estaba acostumbrada. Se sentía como si le hubieran propinado una paliza. Lo único que fue capaz de decir fue: «Estoy helada». A continuación, abrió la portezuela del coche y se dejó caer en el asiento del copiloto.

—Por supuesto, cómo no. Encantado. Acomódate, como si estuvieras en tu casa, ahora que ya nos hemos presentado... —le oyó decir a Hendrik tras ella—. Macho, ¡qué cosas! Si lo cuento, me toman por mentiroso.

La siguió, abrió la puerta del conductor, se sentó a su lado en el coche y luego se giró hacia Klara, como si fuera un tornillo.

—Bueno, pues, te llevo a urgencias.

Era milagroso que él, con su corpulencia, cupiera en el asiento del conductor.

—No, no. ¿Me podría...?

Klara se interrumpió a media frase, pues no sabía adónde si no podía llevarla aquel desconocido disfrazado. Sin embargo, no hizo ningún ademán de ir a arrancar el motor.

—No pienso moverme ni un milímetro hasta que me digas qué ocurre. ¿Quién eres? ¿Y qué estás haciendo a estas horas en medio de la nada?

—Es una larga historia —murmuró.

—Tengo tiempo.

A pesar de su lamentable estado, Klara no pudo sino sonreír.

Al pensar cómo le sonaría la verdad a su salvador disfrazado, tuvo que ir con cuidado y no echarse a reír como una loca.

«Me están chantajeando para que o mate a mi marido o me mate a mí misma. Como, según me ha confirmado hace un momento el servicio telefónico de acompañamiento, soy una mujer débil, he decidido suicidarme, pero he sido tan estúpida como para saltar desde la zona de escalada de Teufelsberg, y no me ha servido de nada tampoco lo de los gases de tubo de escape. Y por eso, ahora, tras huir de mi cabaña con huerto, perseguida por el Asesino del Calendario, he chocado con el mini coche de Papá Noel».

Como no decía nada, Santa Hendrik intervino:

—¿Tú tienes idea de dónde te has metido? Esos imbéciles me dieron un permiso especial. Normalmente por aquí no se permite circular, y este camino solo lo conocen quienes trabajan en el bosque.

El móvil de Klara emitió un pitido, recordándole que como máximo tenía un veinte por ciento de carga.

Se lo sacó del bolsillo y se sorprendió al ver que la conexión con Jules seguía activa.

—¿Hola? ¿Me oye?

La respuesta llegó casi de inmediato, pero con una voz muy queda.

—Sí, sigo aquí. ¿Está usted bien?

—Mmm, según se mire.

Volvió la vista hacia Hendrik, que la miraba con escepticismo, posiblemente preguntándose por qué esa trastornada prefería vagar medio helada por el bosque a utilizar su teléfono móvil y pedir auxilio.

—Me siento débil y tengo frío. No sé adónde ir.

Hendrik sacudió la cabeza, confundido, como si a cada segundo comprendiera menos la situación en la que se había metido; aun así, por lo menos, puso en marcha el motor y, con él, la calefacción.

Jules, mientras tanto, seguía hablando muy bajo, casi en un susurro:

—Dígame dónde está. La iré a recoger, Klara.

—No sé dónde estoy, voy en coche.

—¿El suyo?

—No, me llevan.

—¿Quién?

—Papá Noel. —Soltó una risa histérica. ¡Cielos! Jules también debía de pensar que estaba borracha—. No es broma. Tengo sentado a mi lado un Papá Noel. No le falta detalle: con botas, chaquetón, peluca y barba.

Era curioso: justamente lo absurdo de aquel atuendo era lo que le hacía sentir menos temor de lo que debería frente a ese desconocido. Al fin y al cabo, en su vida ya se había dejado engañar varias veces por la apariencia simpática de un hombre.

—Páseme a ese tipo —la urgió Jules.

Quiso protestar, pero ¿para qué? De hecho, ella no tenía ningún plan que su acompañante pudiera desbaratar.

—Un momento.

Klara estaba a punto de pasarle el teléfono a Hendrik cuando oyó un ruido tremendamente perturbador.

—¿Qué ha sido eso?

Se volvió a acercar el teléfono a la oreja con la esperanza de haberse confundido. Pero el ruido se repitió.

Entrecortado, distorsionado y, sin embargo, inconfundible.

Klara se preguntó si era posible. Jules le había dicho que sus hijos habían muerto en el incendio del piso.

Valentin, al momento. A Fabienne, supuestamente, la había visto morir.

Y, sin embargo, no había duda de que una niña pequeña acababa de gritar pidiendo auxilio por el lado de la línea de Jules.

30

Jules

—¡Socorro, ayuda!

El grito de ahora había sido mucho menos fuerte que el primero que había llegado a la cocina a través del pasillo. Sin embargo, fue lo bastante estridente como para que Klara lo oyera por el teléfono.

—¿Qué ha sido eso? —volvió a preguntar.

Su voz reflejaba el mismo espanto que sentía Jules, aunque este sostenía una pistola. Una CZ de 9 mm con la que antes solía practicar una vez al mes en el campo de tiro. No estaba cargada, él no quería tener acceso a un arma capaz de disparar en ninguna circunstancia; bastantes coches patrulla había tenido que enviar para atender a víctimas de disparos. En cualquier caso, notar su peso en la mano le tranquilizaba. Por eso la había cogido antes de entrar en el dormitorio de la niña, si bien era incapaz de imaginar qué adversario podía encontrar allí dentro.

—¿Quién ha gritado?

Jules pensó si debía mentir a Klara; reflexionó sobre lo que podía decirle.

«Solo charlas triviales, ninguna información privada en el servicio telefónico de acompañamiento —le había advertido

Caesar—. Bastantes acosadores hay ya por ahí. No sabes lo que pueden hacer con la información sobre ti si llegan a creer que han establecido una conexión personal. Créeme. Lo mejor es no decirles ni siquiera tu nombre de verdad».

Una reflexión sensata. Pero ¿cómo mantener una conexión sin revelar nada sobre uno mismo?

—Mi hija sufre de pesadillas —dijo al final.

Cuando iba a entrar en la habitación situada al final del pasillo, por un momento, pensó que la niña, de siete años, en efecto, habría desaparecido. Su mirada se posaría en una cama deshecha, y las sábanas arrugadas, la almohada, la huella de su cabeza y la botella de agua medio llena en la mesilla solo serían recuerdos que ella le habría dejado.

Reliquias de un presente desaparecido para siempre.

Con la nítida perspectiva de volver a ser testigo de cómo Fabienne volvía a luchar contra la muerte por algún motivo, abrió la puerta de la habitación. Cuando la luz del pasillo penetró en el territorio de color pastel de la niña, Jules se sintió aliviado al comprobar que ella seguía allí.

«Gracias a Dios».

Y respiraba.

«De momento».

El pulso de Jules se tranquilizó, aunque la visión de la niña era de todo menos tranquilizadora: tenía los ojos muy abiertos, no pestañeaba, y las pupilas parecían atravesar la oscuridad de la habitación. La niña movía los labios como si fuera una carpa y, a juzgar por el tono azulado de su cara, llevaba así un rato.

«Dajana», suplicó en su mente. «¡Ayúdame!».

Su mujer habría sabido qué hacer en un caso así. En una ocasión habían llevado a urgencias a Fabienne porque tenía una fiebre muy alta. Al llegar ahí, una médica que llevaba permanente puso los ojos en blanco, irritada, y murmuró algo acerca de los padres a los que de día no les iba bien llevar a los niños al pediatra y que, al terminar del trabajo, colapsaban las urgencias con bobadas.

En ese instante, Fabienne dejó de respirar. Su piel empezó a adoptar un tono azulado estando aún en brazos de Dajana, que, lejos de dejarse llevar por el pánico o echarse a gritar, le dijo a un enfermero que pasaba por ahí «Necesitamos un equipo de reanimación de inmediato» mientras entraba en la sala de tratamiento que tenía más a mano; allí tendió a Fabienne en una camilla, e inició las compresiones torácicas esperando a la llegada de un médico competente.

Cuando se trataba de los demás, Dajana siempre había sabido mostrarse tranquila y resolver los problemas con la cabeza fría.

Lo único que no había sabido dominar habían sido sus propios demonios.

—¿Su hija? —preguntó Klara con suspicacia—. ¿No ha dicho que había muerto?

Jules oyó algo parecido al chirrido de la suspensión de un vehículo. Todo indicaba que ella volvía a estar en movimiento.

—No, lo ha entendido mal. He dicho que tengo que ver cómo va muriéndose. Fabienne sobrevivió en el armario, pero desde que su madre y su hermano se fueron, ella muere un poco cada día. Solo tiene siete años, pero el dolor la corroe y yo no puedo hacer nada.

Jules dejó la pistola en el suelo, se sentó en el borde de la cama y apartó un mechón de pelo de la frente de la pequeña. Ella frunció los labios con rabia y siseó algo ininteligible. En todo caso, por lo menos, había vuelto a cerrar los ojos.

—Lo siento, Klara. Ahora mismo tengo que ocuparme de ella.

—¿Qué le ocurre?

Jules le puso la mano sobre la frente y los ojos y notó cómo estos le giraban bajo los párpados, como pequeños piñones de un engranaje. De pronto tenía fiebre, lo cual no era extraño a su edad. Antes, cuando había ido a ver cómo estaba, le había notado la frente fría; ahora, en cambio, estaba ardiendo.

—Apenas come y solo duerme, y ya no quiere ir al colegio. La psicóloga dice que es el típico caso de estrés postraumático.

Jules volvió a llevar la pistola al despacho y la metió en el cajón inferior del escritorio.

—Tiene que hacerse a la idea de que su hermano ha muerto y que ella sobrevivió de manera milagrosa dentro del armario —le siguió explicando a Klara—. De todos modos, sufrió una grave inhalación de humo, y, según los médicos, es posible que le deje secuelas.

Fue al baño y tuvo que abrir tres cajones hasta recordar dónde había visto el Nurofen hacía apenas una hora. Estaba en el armario con espejo encima del lavamanos.

Preparó una jeringuilla de diez mililitros y regresó. Klara le preguntó algo que él no entendió por un problema de recepción.

—Espere, tengo que darle algo a Fabienne.

Introdujo suavemente el medicamento contra la fiebre entre los labios de la pequeña adormecida. Al tragar, ella abrió por un instante breve los ojos asustada para luego volver a cerrarlos de inmediato.

—¿Qué estaba preguntando?

—¿Por eso dejó su trabajo? ¿Para estar a su lado?

—Sí, también. Pero es que además me implicaba demasiado. Como bombero, es preciso distanciarse de los casos. Después del trabajo uno no puede ir por las calles de Berlín llamando a la puerta de desconocidos preguntando si la reanimación pulmonar fue bien, o si el parto prematuro tuvo un desenlace feliz.

—¿Hacía usted eso?

Era más una afirmación que una pregunta.

Así era. Jules se lo admitió:

—Mis casos estaban acabando conmigo ya antes del suicidio de Dajana. Después la situación empeoró. Me vi incapaz de atender las llamadas de urgencias y pedí una excedencia. No tuve más remedio. Me sentía como un impostor. ¿Cómo iba yo a ayudar a los demás si no había podido salvar a mi propia familia?

—Y, en cambio, está hablando conmigo.

—Normalmente, en el servicio telefónico de acompañamiento no se dan situaciones de emergencia como la suya. Por lo menos, eso es lo que me aseguró todo el mundo.

—Así que usted ha tenido mala suerte.

—O usted. De hecho, yo no soy la persona más indicada para su caso. Debería hablar con un psicólogo.

—En realidad, no quería hablar con nadie...

Un grito torturado y febril interrumpió la conversación.

—¿Es su hija otra vez?

—Lo siento —dijo Jules en voz baja, no a Klara, sino a su hijita de siete años, que no podía perder en ninguna circunstancia. No después de todo lo que ya había perdido.

—¿Está despierta? —preguntó Klara.

—Más bien adormilada. Acabo de darle un poco de Nurofen.

La niña solo tenía los párpados entrecerrados; los ojos le daban vueltas de manera incluso más agitada que antes.

—Pero todavía no ha hecho efecto.

—Vaya, te entiendo. Amelie, además, es propensa a las infecciones cuando los días son estresantes. Como ha ocurrido con frecuencia en los últimos tiempos.

«Tal vez porque presiente alguna cosa. Los niños son como sistemas de detección temprana de terremotos. Tienen unas antenas muy finas».

Jules oyó que Klara decía alguna cosa. Era como si estuviera tapando el micrófono del teléfono con la mano, sin duda estaba hablando con el conductor. Luego se oyó un crujido y su voz volvió a oírse bien:

—Sabrá alguna canción de cuna, ¿no?

—¿Como *La luna ya ha salido*?

—Cántesela. Yo lo hago siempre con Amelie. La tranquiliza.

—Yo no sé cantar —confesó Jules.

«Solo sé hablar por teléfono. Ponerme en el lugar de la gente. Sentir su dolor, sus preocupaciones y sus miedos. Pero lo más importante es aliviarlos, y en eso he fracasado una y otra vez».

Y, de haber podido cantar, no habría tenido suficiente valor. Además de la niña, le preocupaba el posible intruso y el peligro que entrañaba para ambos.

—Bien, pues active el altavoz —le pidió Klara.

«¿En serio?», pensó Jules y se encogió de hombros. En el fondo, aquello no le hacía ninguna gracia, pero tal vez la voz de Klara ayudaba a remediar las pesadillas de la fiebre.

—Un momento.

Fue a buscar el portátil en la cocina, retiró los auriculares y activó el altavoz. Sujetó el ordenador cerca de la cama.

—Cuando quiera —dijo, proporcionándole a Klara un escenario para cantar, del que ella se sirvió de inmediato. Su canto, armonioso, algo tosco, pero de timbre muy cálido, resultaba tranquilizador incluso para Jules.

La luna ya ha salido,
refulgen las estrellas,
que del cielo son luz.
El bosque oscuro duerme
y de los prados surge
la blanca niebla celestial.

En cuanto sonó la primera estrofa, tan melancólica, se produjo el milagro que solo la música es capaz de obrar. Tal vez los químicos y los neurocientíficos podrían dar una explicación científica a las explosiones emocionales que una secuencia de tonos y compases es capaz de desencadenar en el cerebro humano. Para Jules, el efecto de la música siempre era algo rayano en el milagro.

—¿Fabienne está más tranquila? —preguntó Klara tras el segundo estribillo.

—Sí, lo está —dijo él, casi lamentándolo. En ese momento se habría tumbado ahí mismo y habría seguido escuchando a Klara durante horas—. Tenía razón. Funciona.

Notó con la mano que los ojos ya no le giraban agitados. Su respiración se había calmado. Tan solo tenía la nuca húmeda del sudor que le habían provocado las pesadillas.

Jules esperó un rato más y luego, cuando tuvo la certeza de que había pasado lo peor, salió sigilosamente del cuarto y cerró la puerta tan delicadamente como fue capaz.

—Muchas gracias.

—No ha sido nada.

Como ya no tenía que susurrar, de pronto los ruidos que acompañaban a Klara le parecieron mucho más fuertes. En cualquier caso, ella seguía sentada en un coche que acababa de arrancar y empezaba a acelerar.

—¿Adónde va usted? —quiso saber Jules.

—A casa. La canción también ha despertado algo en mí.

—Entiendo. Quiere ver a su hija.

—Exacto.

—Me parece que es una buena decisión —dijo Jules. Sopesó muy detenidamente lo que iba a decir a continuación. Si ahora se equivocaba, asustaría tanto a Klara que la perdería para siempre.

Se palpó para comprobar que todavía llevaba las llaves en los pantalones, recordó el cuchillo que faltaba en la cocina y preguntó:

—¿Tiene algo para escribir?

—Claro que no. Pero, espere, junto al embrague hay un rotulador.

—Pues, claro, sírvete tú misma —oyó exclamar al conductor que estaba junto a ella en un tono medio divertido, medio molesto.

—Vale, Klara, haga como los niños pequeños. Anote el número de mi móvil en la palma de su mano.

—¿A qué viene esa tontería? Si ya estamos hablando...

—A través de la línea del servicio de acompañamiento. Si la conexión se cortara y usted volviera a llamar, iría a parar con otra persona. Le voy a dar mi número privado.

—Dese cuenta de que llevo horas intentando colgar y que, desde luego, no pienso llamarle a su número privado.

Con cada minuto que pasaba, Klara iba recuperando energía de manera audible. Había llegado el momento de dirigirla por fin a los cauces adecuados. «Para eso», pensó Jules, «a veces resulta útil crear un ambiente de amenaza».

—Dese cuenta de que su situación ha empeorado de un modo radical.

—¿En qué sentido?

—Klara, se lo ruego, no se deje llevar por el pánico, pero usted me ha descrito antes al conductor del coche en el que se ha subido.

—¿Y?

—Dígame una cosa...

Hizo una pausa efectiva.

—... si el Papá Noel que tiene usted a su lado viene de una fiesta, a esta hora debe de haber terminado su trabajo. Entonces ¿por qué sigue llevando la barba postiza?

31

Nada. Ya ni siquiera había ruido de fondo.

La respuesta de Klara, si es que hubo alguna, se perdió vagando por el éter.

«¿Sin cobertura?».

Según el monitor, la conexión con Klara seguía activa a pesar de que ella no había dicho nada después de su última pregunta. El reloj, que medía la duración de la conversación, avanzaba segundo a segundo hacia un futuro incierto y amenazador, y no solo para Klara, que en su odisea nocturna ahora posiblemente se enfrentaba a otra fuente masculina de peligros, además de Martin y Yannick, en el conductor que tenía a su lado. Jules también se sentía amenazado por un poder invisible. Alguien que había conseguido colarse en el piso sin que él reparara en ello. Alguien que, recordando el bloque de cuchillos de madera junto al fregadero, era probable que fuera armado.

Y él lo había encerrado allí con ellos.

En el bolsillo del pantalón, el manojo de llaves le quemaba como si hubiera estado en una parrilla encendida. De vuelta a la cocina, Jules tenía la impresión de que le devoraba la tela, como hierro al rojo vivo.

«¿Debería regresar a la habitación donde estaba la niña?».

«¿Cerrar todas las puertas?».

«¿Llamar a la policía?».

Jules pensó en lo que haría una persona normal en su situación y optó por lo obvio. Antes de pedir ayuda a otros, debía asegurarse por sí mismo y registrar el piso de manera completa y minuciosa. Por otro lado, ningún policía acudiría solo con un aviso del tipo: «Vengan rápido, mi hija y yo estamos en peligro. He oído un tintineo de unas llaves y me falta un cuchillo de cocina».

En un fin de semana como ese, en el que la climatología bastaba para poner la ciudad en estado de alerta, debía de haber tres coches patrulla por distrito con avisos más serios que ese.

Mientras Jules estaba pensando por qué habitación empezar la inspección, su móvil vibró.

Ni un saludo, ni preliminares. Su padre fue directo al grano:

—Bien, he logrado mover algunos hilos, algo que, como puedes figurarte, no es nada fácil a estas horas. Pero tengo un contacto de nivel con una enfermera estupenda.

«Ajá. Un contacto de nivel».

Así que ahora llamaba así a sus aventuras sexuales. A Jules, que entretanto ya estaba en la cocina, le maravillaba que siguiera habiendo mujeres jóvenes y, la mayoría incluso guapas, que cayeran en la trampa de detective privado que urdía ese vividor entrado en años. Tal vez se sentían atraídas por su lado siniestro, que a veces sobresalía como las arrugas bajo un maquillaje estropeado. En una ocasión, durante una charla navideña, su padre le había asegurado entre lágrimas lo mucho que lamentaba su conducta violenta del pasado. Y también haber descargado en su hijo la rabia que había sentido por su vida asquerosa tras haber echado a palizas a su madre de sus vidas. Pero Jules nunca se había creído esos remordimientos. Para él eran como las promesas de un alcohólico que dice a todo el mundo que va a mantenerse sobrio de una vez por todas a la vez que elige una clínica de desintoxicación cerca de su bar favorito.

—¿Qué tienes para mí? —preguntó Jules dándose la vuelta de manera brusca. Le había parecido ver una sombra a su espalda en el reflejo mate del frigorífico cromado, aunque en la cocina no había nadie.

—Una cosa: ¡olvídalo!

—¿Nada de nada?

—A ver si me entiendes: olvida a esa tía. No es trigo limpio. Estuvo, en efecto, ingresada en Berger Hof, pero no como participante de ningún experimento; padece de verdad un trastorno disociativo, o como sea que se llame cuando uno no sabe distinguir el delirio de la realidad.

—¿Y?

—¿Y? ¿Qué más necesitas para darte cuenta de que estás obsesionado? Pon en pausa ese síndrome tuyo del cuidador. Si quieres salvar el mundo, céntrate en personas de verdad. Nadie ha oído hablar tampoco de ese tal Johannes Kiefer. Allí no ha habido ni hay ningún médico con ese nombre.

Jules se acercó un taburete alto y se sentó en la zona de trabajo de la isla de cocina. Desde allí, con la puerta abierta, podía ver bien el pasillo. Si alguien se acercaba a la habitación donde estaba la niña, lo podría ver y oír.

—Vuelve a comprobarlo con el nombre de Yannick. ¿Qué hay de Kernik?

—Ah, sí, eso ha sido la hostia. He podido hablar con él por teléfono.

—¿Está vivo?

—Vivito y coleando. Y eso, creo yo, significa que ese médico jamás saltó por la ventana, como esa cuentista quiere hacerte creer.

—Qué raro.

Jules abrió el cajón superior de la isla. Ninguno de los utensilios de repostería que contenía (moldes, rodillo de madera, papel para hornear) era útil como arma contra un intruso, si es que había alguno.

—No, no es raro. Es de locos. Cuelga y olvídala. Yo me vuelvo a la cama.

—No, tú no vas a hacer tal cosa.

Jules reconocía que la conclusión a la que había llegado su padre era obvia: se había obsesionado. Pero, aunque fuera solo por principios, no estaba dispuesto a admitirlo tan fácilmente.

—¿Has podido averiguar el apellido de Klara?

—No. Ni tampoco su dirección.

«¿Cómo es posible?».

—Entonces ¿cómo sabía la enfermera a quién te referías?

—Porque todo el mundo se acuerda de esa mujer que corría por la clínica como pollo sin cabeza gritando que un médico se había suicidado. No es algo normal, ni siquiera allí.

Jules sacudió la cabeza. Esa historia no podía ser verdad. Su padre estaba cansado y simplemente no le apetecía investigar del modo debido.

—Déjame que lo adivine: ¿en mitad de la noche, tu fuente carecía de acceso a la base de datos de los pacientes?

—Ahí le has dado.

—Bien, entonces insiste con eso. Quiero saber con quién estoy hablando. Ah, y necesito que vayas a Le Zen por mí.

—¿Al hotel?

—Exacto.

—¿Qué se supone que debo hacer allí?

Jules entrecerró los ojos, un gesto algo absurdo, porque lo que le había alertado no era nada visual, sino un crujido. Posiblemente debido a que las ventanas eran viejas. Fuera, el aguanieve seguía cayendo y el viento sacudía todo lo que encontraba a su paso en intervalos racheados. No era de extrañar que dentro del piso se oyeran de vez en cuando crujidos y chirridos en vigas y paredes de obra.

—Te lo diré si en treinta minutos te plantas en el vestíbulo del hotel —le dijo a su padre, que protestó de inmediato:

—Pero ¿tú has visto la hora que es y el tiempo que hace? No me apetece abandonar el calor de mi choza con este tiempo.

—Pero lo harás.

—¿Y si no?

—No volveré a dirigirte la palabra nunca más en la vida.

La amenaza definitiva. Jules sabía que, aunque continuamente estaba insultándolo, en el fondo él era el único contacto de verdad importante para su padre. A primera vista, H. C. Tannberg era como el tronco de un roble poderoso. Lo que las personas ajenas no veían era que ese árbol solo se sostenía gracias a unas pocas raíces escondidas bajo el suelo. La más sólida la había perdido con su mujer, y solo tenía unos pocos amigos. Si cortaba la relación con su hijo, con la siguiente tormenta zozobraría y sería derribado.

—Vale, vale. Lo haré —se apresuró a decir—. Pero, si me preguntas, sería bueno que pensaras en algo completamente distinto.

Jules parpadeó con sorpresa.

—¿De qué se trata?

—A ver, tú con esa Klara estás hablando a través del portátil, ¿no?

—Correcto.

—¿Y este portátil Caesar te lo ha traído hoy mismo, no?

—Sí.

¿Adónde quería llegar su padre?

—¿Y la primera llamada poco después de que asumieras su turno la hace, curiosamente, una posible suicida que, como Dajana, estaba recibiendo tratamiento en Berger Hof? —Su padre chasqueó la lengua—. Bueno, si eso no es una coincidencia increíble, no sé lo que es.

«Tienes razón. Todo esto no puede ser una coincidencia», pensó Jules y, de nuevo, ladeó la cabeza. Volvió a cerrar los ojos, un gesto absurdo que no agudizaba para nada los sentidos. Al contrario. Era posible que incluso le estuvieran jugando una mala pasada.

Incapaz de saber si él era víctima de su propia imaginación,

Jules cortó la comunicación con su padre, agarró el móvil mudo, con el que confiaba seguir en contacto con Klara, y siguió el sonido de un grifo que goteaba.

De donde fuera que hubiera surgido de repente.

32

Klara

Treinta monstruos, la mayoría dormidos.

Para entretener a su hija durante recorridos largos en coche, Klara le había contado que el GPS era un navegador de monstruos. En cuanto oscurecía, el sistema mostraba el número y la actividad de los fantasmas en su ruta. Las zonas de color verde oscuro en el mapa indicaban monstruos dormidos, y las de colores más claros, a los que en ese momento estaban deambulando. El indicador de la velocidad señalaba el número total, pero Amelie no tenía nada que temer ya que el revestimiento del coche era impenetrable a las criaturas malignas; dentro del coche estaban siempre a salvo.

«Todo mentiras», pensó Klara mientras el vehículo dejaba atrás la pista forestal llena de baches y tomaba la calle Teufelsseechaussee. Sostenía el móvil entre los muslos, que lentamente iban recuperando el calor, igual que el resto del cuerpo.

«¿Por qué lleva aún la barba postiza de Papá Noel?».

Desde que Jules le había hecho aquella pregunta, Klara había deseado que ese cuento sobre el navegador de monstruos que le contaba a Amelie fuera cierto, por lo menos, en un punto, aunque, evidentemente, en la vida real no hay barreras impenetrables para las bestias. Seguramente ella iba sentada junto a una en ese coche.

Lo cierto es que Hendrik (si es que de verdad se llamaba así) seguía completamente disfrazado de Papá Noel, y ni siquiera se había quitado la barba.

En su nerviosismo, no había pensado en lo absurdo de aquello. Ya solo con la calefacción, que estaba muy alta, a ella le habrían dado ganas de arrancarse el fieltro blanco de la cara (de hecho, Hendrik no había vagado por el frío como ella); él, sin embargo, incluso llevaba puestos los guantes, los cuales, al parecer, eran una prenda obligada en el disfraz perfecto de Papá Noel (lo había leído una vez en una revista femenina), pues eran el mejor modo de ocultar la edad auténtica de la persona que lo interpretaba.

Ni joyas, ni relojes, ni calcetines blancos, ni vaqueros baratos: nada que pudiera destruir la ilusión en los niños, que, por naturaleza, eran desconfiados.

—Me parece que el hospital más cercano es Paulinenkrankenhaus, en Heerstraße, pero no sé si tienen servicio de urgencias.

Hendrik hizo rechinar la palanca de cambios al cambiar a una marcha superior. Fuera, el viento soplaba con tanta fuerza que a veces frenaba el avance de aquel coche pequeño, como si de vez en cuando un gigante invisible se sentara sobre el techo.

El indicador del navegador de monstruos había aumentado de treinta a cincuenta. También el temor de Klara iba en aumento.

El mero hecho de que Hendrik anduviera por ahí a esas horas ya era indicio suficiente de que estaba tratando con un mentiroso que, en el mejor de los casos, solo era una persona excéntrica, aunque lo más posible era que se tratara de alguien peligroso. A los Papás Noel se les solía contratar en fiestas de tarde en la sala de estar, no en Grunewald a la hora de las brujas.

—Entonces ¿no vas a contarme de qué va todo esto? A ver,

primero saltas delante de mi coche; luego, camino al hospital, te echas a cantar canciones de cuna. No es por nada, pero mis primeras citas suelen ir de otro modo.

«¿Ah, sí? ¿Tal vez con algo de droga para violaciones, bridas para cables y cinta adhesiva?».

Klara pensó si optar por lo más obvio y preguntarle sin más por su atuendo, pero ¿qué clase de respuesta obtendría entonces? «Sí, soy un cerdo pervertido y me gusta disfrazarme antes de secuestrar y violar mujeres. Lo siento, debería habértelo dicho antes».

No, ahora que ya habían salido del bosque y habían puesto cierta distancia entre ellos y la cabaña, tenía que procurar salir del coche cuanto antes. En el fondo, le daba igual si Hendrik era un psicópata o un chiflado inofensivo. De ningún modo estaba dispuesta a darle la dirección de su casa, aunque quería y necesitaba llegar allí lo antes posible. Junto a Amelie. Jules había despertado en ella ese deseo. Klara quería contemplar el rostro de su hija por lo menos una última vez, asirle la mano y darle un beso antes de que Yannick o Martin pusieran el punto final. De un modo u otro, cada cual a su manera.

—He cambiado de opinión —dijo Klara. Acababan de dejar atrás a la izquierda el edificio parroquial de la comunidad Friedensgemeinde—. Por favor, deje que me baje junto a la estación de S-Bahn de Heerstraße.

La respuesta de Hendrik fue la esperada:

—Ni en sueños.

Bajó un grado la calefacción y subió la velocidad del limpiaparabrisas; sin embargo, no hizo el menor ademán de arrancarse la barba postiza de la cara.

—Jürgen, un colega, tuvo un choque con un tipo. Una colisión sin importancia, en un cruce. Aunque sentía dolor en la nuca, al principio no quiso hacerse ninguna radiografía. Por suerte, al final su mujer lo convenció. El final de la historia es que tenía dos vértebras cervicales rotas.

—Por favor, quiero bajar del coche.

—Y yo no quiero que un fiscal me pregunte cómo se me ocurrió abandonar a una mujer gravemente herida en medio de la noche.

—No estoy malherida.

—Jürgen también lo creía y... ¡Oye! ¿De qué vas?

Movida por su intuición, Klara abrió la guantera. Y de entre todo lo que salió de aquel compartimento rebosante, dio con la respuesta a la pregunta de si Hendrik era un chiflado inofensivo o un psicópata peligroso. Entre los preservativos, las esposas y los guantes de látex, centellearon un largo cuchillo de hoja de sierra y el cañón de una pistola de nueve milímetros.

33

—¡Pare! —gritó Klara, apuntando con la pistola el pecho de Hendrik. Nunca había disparado un arma, pero a una distancia de veinte centímetros, difícilmente no le daría al voluminoso objetivo situado tras el volante.

—¿Estás borracha?

—He dicho que...

—Sí, sí. No estoy sordo.

Hendrik pisó el freno a fondo, lo que provocó que el coche diera unos bandazos sobre la calzada cubierta de nieve.

—¡Detenga el coche!

—Ojalá pudiera.

Por fin el vehículo se detuvo, algo ladeado, con la parte delantera girada hacia la derecha, hacia un carril bici que trascurría junto al bosque que acababan de dejar atrás.

«De la sartén al fuego».

—Oye, calma, ¿vale?

A pesar de que Klara le estaba amenazando con un arma mortal, Hendrik no parecía perder los nervios. Al contrario, de hecho daba la impresión de que se divertía. Incluso parecía sonreír bajo la barba.

Quiso ordenarle que se quitara la barba y le mostrara su verdadero rostro, pero en el fondo le daba igual. Klara no volvería a verle en su vida. Eso si lograba salir viva de aquel coche. O, «mejor aún...».

—¡Fuera!

—¿Qué?

—Que salga del coche.

—¿Vas a robarme el Hyundai?

—Lo tomo prestado. Lo dejaré en la estación de S-Bahn de Heerstraße. Está a apenas diez minutos a pie de aquí.

—Eh, no sé lo que te habrás fumado, pero a mí no me da la gana de deambular por ahí con este frío solo porque a ti se te ha ido la olla.

—¡Largo!

Ella le puso la pistola al pecho, literalmente. Fue un error.

Con una rapidez que ella no habría creído posible en un hombre tan corpulento, él levantó el antebrazo de forma súbita, de modo que Klara se golpeó la nariz con la pistola. Al instante empezó a sangrar de manera abundante, como si se le hubiera abierto una especie de grifo. Ciega de dolor, dejó que le arrebatara el arma sin ni siquiera poder mover un dedo, sin duda, una suerte dentro de la desgracia, considerando que, por un breve instante, había tenido el cañón apuntando a su barbilla.

Klara notó con retraso cómo un pequeño artefacto explosivo le detonaba detrás de los ojos y, con la onda expansiva, el dolor se abría paso de dentro hacia fuera. De ser una llamarada deslumbrante dentro de la cabeza pasó a convertirse en un chillido penetrante que se le escapó de la boca a la vez que notaba que el brazo se le movía. Su mano derecha, con la que había querido contener la hemorragia colocándosela ante la nariz, se alzó como asida por una mano fantasmal. Luego oyó un chasquido y Hendrik la retuvo de manera definitiva, inmovilizándole la muñeca derecha con unas esposas que ató al asidero de la puerta del copiloto.

—¡Me cago en la puta! —le gritó mientras ella no podía abrir los ojos de dolor y no notaba en la boca más que el sabor de la sangre—. ¿Por qué tenías que hacer eso? ¿Es que no podías quedarte quietecita?

Su voz era distinta. Con el volumen y la rabia en aumento, se le había vuelto más aguda y juvenil, como si fuera la de un joven adulto.

—Yo no quería esta mierda, ¿lo captas? Solo quería volver a casa. Sin problemas. Y ahora esto. ¡Joder!

Klara oyó su desesperación, que iba en aumento. Oyó los limpiaparabrisas arañando el cristal como si estuvieran al ralentí, y oyó también su voz interior diciéndole que, al final, había dado con un modo de terminar con su vida sin tener que actuar por su cuenta, porque ese loco disfrazado de Papá Noel ya se iba a encargar de ello. Aun así, suplicó:

—Por favor, déjeme ir.

—¡Joder! Haberlo pensado antes. Ahora ya no puedo.

—Pero si no le hablaré a nadie de usted.

«Ni siquiera sé qué aspecto tiene».

—¿Y esperas que me lo crea? Joder, estoy fichado. Si vas a los maderos, a mí me enchironarán. No, no, no…

Klara, que se apretaba la nariz sangrante con el antebrazo izquierdo como si fuera a estornudar, sacudió la cabeza con sumo cuidado.

—Pero si ni siquiera sé qué aspecto tiene. Por favor, suélteme y déjeme marchar. Solo quería bajarme.

—¡Joder!

Con un grito desesperado, él abrió de un tirón la portezuela y la luz interior se encendió. Aquel punto de la calle Teufelsseechaussee estaba completamente a oscuras; no tenía edificios residenciales ni farolas y, por supuesto, nadie venía de cara ni tampoco los adelantaba. Esa amplia avenida conducía a los lagos con zonas de baño, las pistas de trineo y los miradores, y en invierno, con suerte, solo era frecuentada durante el día por excursionistas.

«A menos que uno quiera despeñarse de la zona de escalada

por la noche, pero incluso entonces uno se acerca ahí en S-Bahn y luego recorre a pie el último tramo».

Klara temblaba. Con el motor parado, el frío roía el interior del coche como un animal hambriento, y eso que Hendrik había vuelto a cerrar la puerta de inmediato.

«¿Está fichado?».

Aunque su disfraz, las armas y las esposas habrían sido indicios suficientes, ahora lo había oído de su propia boca. Estaba sentada en el coche de un delincuente. Maniatada y herida.

En los últimos días, siempre que había imaginado cómo serían las horas previas a su muerte, estaba en ese estado: a merced de otros, impotente, sangrando. Y justamente era ese desamparo lo que había querido evitar.

Años atrás, había escuchado un podcast que trataba de verdades curiosas sobre la muerte. El dúo de presentadores se burló de que hasta los años cincuenta del siglo pasado en Gran Bretaña el intento fallido de suicidio era castigado con la muerte. «¡Al final, el pobre diablo lograba justo lo que quería!», había comentado uno de los presentadores. Pero ya entonces Klara supo que se equivocaba. Porque era completamente distinto morir por cuenta propia que a manos de un verdugo. Sin embargo, a esas alturas era demasiado tarde para actuar de manera autocontrolada. Huyendo de dos peligros mortales, había acabado cayendo en las garras de un tercero.

En un ridículo intento de liberarse, sacudió las esposas, que estaban tan fijas como el asidero situado sobre la ventanilla del copiloto. ¡Qué rápido había logrado sujetarla! No cabía duda de que tenía práctica.

«Experiencia en matar...».

Se estremeció cuando la portezuela del copiloto se abrió y Hendrik surgió de pronto junto a ella. Se apoyó en el techo del coche y se inclinó hacia ella.

«Como una puta de Kurfürstenstraße engatusando a un cliente en la calle», pensó Klara.

—Esto pasa por ser amable —rezongó él. Al hablar, refulgió entre sus manos la pistola que le había quitado, con el cañón reflejando la luz del interior del coche a la vez que le sacudía el arma ante la cara—. Joder, yo no quería todo esto.

—¡Entonces suélteme! —volvió a suplicar—. Se lo ruego.

Hendrik hizo un ademán con la mano como si quisiera abofetearla. Ella giró la cara para apartarse y, al hacerlo, su vista se posó en el salpicadero del coche, que en una cosa era igual que su Mini.

«No tiene llave».

Igual que ella con su coche, Hendrik no necesitaba meter la llave de contacto en la cerradura y darle la vuelta. Bastaba con pulsar el botón START situado junto a la palanca de cambios para que el motor se pusiera en marcha; eso siempre y cuando la llave electrónica inteligente estuviera dentro del coche. «¡O el conductor la llevara encima estando en contacto con el vehículo!».

Sin cuestionarse ni un segundo esa ocurrencia desesperada, Klara encogió la pierna izquierda y la metió en el espacio para los pies del conductor. Por suerte, aquel coche era tan pequeño que podía alcanzar el freno con el pie. Eso era necesario para poder activar el encendido pulsando el botón. Así, antes incluso de que Hendrik pudiera reaccionar y apartarse del techo del coche, se estableció contacto entre la electrónica de a bordo y el radiotransmisor que Hendrik llevaba encima, y el motor se puso en marcha. La ola de euforia que desencadenó esa pequeña sensación de triunfo dio nuevos ánimos a Klara, que entonces, con la mano derecha sujeta al asidero y una pierna metida en el habitáculo del conductor, pasó de apretar el freno a pulsar el acelerador. El coche se movió hacia delante de manera súbita, llevándose consigo a Hendrik por un instante. El vehículo se sacudió como si circulara por un suelo de adoquines, pero los gritos de dolor del hombre le indicaron que, en realidad, había pasado por encima de sus pies.

Con el rugido del motor al acelerar, Klara oyó como si algo

del interior saliera despedido contra el parabrisas y cayera al espacio de los pies desde el salpicadero. Casi al mismo tiempo, la portezuela de copiloto que Hendrik había abierto se cerró con la fuerza del viento, aunque no quedó completamente enclavada en la cerradura.

«Da igual».

Lo único que necesitaba era poner distancia suficiente entre ella y ese loco.

Con las ruedas traseras derrapando y la mano izquierda en el volante, partió a toda velocidad a través de la ventisca. Cincuenta, cien, doscientos metros, hasta que...

«¡Oh, Dios mío! ¡No!».

El motor se apagó; de haberse oído un estruendo, Klara habría pensado que había estallado por sobrecarga. Pero, tal como fueron las cosas, se dio cuenta de que simplemente había cometido un error, desperdiciando así su última oportunidad.

Nerviosa, pulsó de nuevo el botón de arranque. Una y otra vez. En vano.

El motor se había apagado y no se podía poner en marcha de nuevo. Solo los faros y el salpicadero permanecían encendidos.

«Es el fin...».

Había creído que, en cuanto el vehículo hubiera arrancado, no habría vuelto a detenerse. Pero, al parecer, el sistema había detectado que la llave ya no estaba en el coche con ella. O, más probable incluso, Hendrik había utilizado la llave de encendido como mando a distancia para activar el sistema antirrobo.

Fuera como fuera, ella seguía atrapada. Incapaz de avanzar ni siquiera un metro.

Klara miró por el retrovisor y luego se giró para ver dónde estaba Hendrik.

Este se aproximaba lentamente. A Klara le habría gustado echarse a gritar ante aquella visión extraña e inquietante que se le presentaba bajo el resplandor rojo sangre de las luces traseras del vehículo: un Papá Noel avanzando a paso renqueante por la calzada helada a través del aguanieve y con una pistola en la mano. Vociferando imprecaciones e insultos, que quedaban completamente ahogados por el bramido de la tormenta en el exterior y el pavor que ella sentía en su interior.

Klara rebuscó frenéticamente en el interior del Hyundai. Al hacerlo, divisó el objeto que antes había golpeado el parabrisas y que ahora yacía a pocos centímetros de ella. Se le debía de haber caído a él y, desde luego, de forma involuntaria, pues aquel objeto metálico era un manojo con dos llaves diminutas que, si el pánico no la estaba confundiendo por completo, podían corresponderse con las de las esposas.

Sin embargo, las llaves estaban entre el tapizado del asiento y el revestimiento que ocultaba el riel para ajustar la butaca. Klara podía tocarlas, al igual que unas patatas fritas viejas y un céntimo, que en algún momento también debían de haberse deslizado hasta allí. Pero necesitaba un alambre, un palito o, «maldita sea», las dos manos para alcanzar de algún modo con los dedos las llaves de las esposas. Por otra parte, Hendrik estaba demasiado cerca. En un instante abriría la portezuela por el lado del conductor, se sentaría de nuevo al volante junto a ella y la cosería a golpes. O tal vez le haría algo peor después de haberlo herido y haber intentado huir.

Sin embargo, intentó lo imposible. Metió la mano todo lo que pudo entre el asiento y...

«Dios mío, te lo ruego, ayúdame...».

Las yemas de sus dedos rozaron las llaves, llevándolas al menos unos centímetros más en dirección al hueco de los pies. Olía su propio temor, el sudor que le bañaba la ropa; volvió a levantar la cabeza y miró hacia atrás. Vio a Hendrik, que estaba a diez metros a lo sumo. Muy poco tiempo para asir la llave, meterla con la izquierda en su cerradura, girarla, liberarse, salir del coche y correr.

Pero, como no tenía elección, lo volvió a intentar. Se inclinó hacia delante, tiró con todas sus fuerzas de la muñeca, dejó colgar todo el peso de su cuerpo sobre ella, sintiendo como la piel se le desgarraba por la parte más sensible de las venas, que nunca se había atrevido a cortarse (para evitar a la persona que descubriera su cadáver esa visión y toda la sangre), y por fin logró sujetar un extremo de la llave con los dedos meñique y anular. Volvió a mirar hacia atrás, segura de que vería a Hendrik a pocos metros de la ventanilla trasera. Se había equivocado. Para su asombro, solo vio una calzada oscura.

Hendrik, o como fuera que se llamase de verdad aquel criminal convicto que la había encadenado en su coche, había desaparecido.

Klara volvió la vista a la derecha, esperando con horror verlo junto a la portezuela del copiloto, pero también entonces se encontró con el vacío. «Nada». Excepto los abetos de la linde del bosque, con sus ramas rígidas por el frío e incapaces de retener la nieve por el fuerte viento.

Entonces notó un movimiento a su espalda. ¿Acaso ese tipo había tropezado?

«¿Qué demonios...?».

Klara se olvidó de abrir la boca y de echarse a gritar, tenía la mente demasiado ocupada preguntándose cómo era posible que, de pronto, la sombra de Hendrik se hubiera vuelto mucho más alargada y delgada, y por qué se había quitado la gorra y la agitaba hacia ella. Ni pudo gritar tampoco cuando obtuvo la respuesta a todas estas preguntas. El hombre que había surgido de la nada junto al coche, agitando el gorro de Papá Noel como si fuera un trofeo y con una sonrisa diabólica, no era Hendrik.

—¡Ya te he encontrado, puta de mierda! —la saludó.

Klara dio un respingo. Quiso coger el móvil que tenía entre los muslos, pero con los deslizamientos a un lado y a otro se le había caído en el compartimento para los pies. Horrorizada, reparó en que la pantalla del teléfono estaba oscura; sin duda, la conexión con Jules se había interrumpido. Había perdido la comunicación con él. Posiblemente ya no volvería a tener contacto con él en su vida, ni tampoco con Hendrik, que se había esfumado.

El único hombre que la acompañaría en sus últimas horas era el monstruo que desde la ventanilla lateral le apuntaba a la cabeza con la pistola que, sin duda, le había arrebatado a Hendrik. Martin.

Su marido entonces le echó a la cara una amenaza llena de espumarajos, cuyo significado completo y espeluznante todavía no alcanzaba a comprender.

—Lo tienes bien merecido, Klara. ¡Voy a llevarte al corral, zorra asquerosa!

34

Jules

«¡Ya te he encontrado, puta de mierda!».

¿De verdad había oído a un hombre gritando eso al otro lado del teléfono?

Jules subió el volumen de sus auriculares, pero la línea estaba muerta.

«¡Maldita sea!».

La había perdido.

La conexión acústica y emocional frágil con Klara había desaparecido, y aunque antes le había dictado su número privado, era muy poco probable que ella lo volviera a llamar.

«¿Puta de…?».

Intuía que ahora Klara corría más peligro que nunca antes en esa noche, justo cuando él no le podía lanzar ni siquiera un salvavidas digital. Jules dejó los auriculares en el borde del lavamanos sintiéndose un fracasado.

El grifo que goteaba y que lo había llevado hasta el cuarto de baño estaba sucio de restos de dentífrico, lo típico de una casa con niños pequeños.

Antes del incendio en Prinzregentenstraße, cuando Valentin y Fabienne aún alborotaban aquel piso demasiado pequeño para una familia de cuatro miembros, la pasta dentífrica (sabor a fresa o a frambuesa), que en teoría tras el cepillado debía acabar en el lavamanos, alcanzaba superficies y rincones de lo más insospechado. Esparcida por unas manitas, mal o nada aseadas, que no se cansaban de explorar un mundo lleno de secretos, escondites y aventuras.

«Y peligros mortales».

Incluso en su propio hogar.

Tras la mudanza, el piso de Jules tenía mucho más espacio pero menos alboroto, después de que ese día fatal y luctuoso Dajana encerrara a sus hijos y apagara para siempre la luz que brillaba en ella; una luz que él había creído tan brillante como para mostrar el camino a los demás, y tan intensa como para que otros se calentaran con ella.

«¿Cómo pude estar tan equivocado?».

Jules evitó contemplarse en el espejo que había sobre el lavabo, consciente de su apariencia cansada y desaliñada con sus ojeras oscuras y la piel seca en la zona formada por la frente, la nariz y la boca. Se preguntó cuántas veces se debía de haber vuelto a equivocar solo en las últimas horas.

¿Realmente Klara estaba en peligro? ¿Sufría violencia doméstica? ¿O tal vez, como sostenía su padre, buena parte de lo que ella le había contado solo existía en su imaginación?

«Olvida a esa tía. No es trigo limpio. Estuvo, en efecto, ingresada en Berger Hof, pero no como participante de ningún experimento; padece de verdad un trastorno disociativo, o como sea que se llame cuando uno no sabe distinguir el delirio de la realidad».

¿De verdad se había metido esa noche en su coche y había intentado quitarse la vida? ¿Circulaba en ese momento en medio de la noche en compañía de un desconocido disfrazado de Papá Noel?

«¿Y este grifo lleva todo el rato goteando?».

Jules tenía buen oído. Para que él pudiera dormir, todo el

piso tenía que estar en silencio. Dajana se burlaba de su oído de murciélago ultrasónico cuando escudriñaba el dormitorio buscando el pitido electrónico de un electrodoméstico en *stand-by*, o cuando purgaba por enésima vez la calefacción porque el gorgoteo le volvía loco. Le resultaba casi inconcebible no haber oído el goteo en el baño. Había además salpicaduras de agua en el lavamanos de esmalte, señal de que el grifo se había utilizado recientemente y luego no se había vuelto a cerrar bien.

«¿O tal vez no?».

Jules sintió los latidos de su corazón, que se agitaba más rápido de lo habitual mientras acercaba la mano al grifo para cerrarlo. Al hacerlo pensó en el manojo de llaves que llevaba en el bolsillo, en el cuchillo que faltaba y en un consejo de su instructor en el cuerpo de bomberos: «Atended siempre a vuestra intuición, muchachos. Ni el casco, ni el uniforme, ni todo el equipo del mundo os protegerán nunca tan bien como vuestra voz interior, entrenada por la experiencia de la vida. Cuando esa voz os diga: "Aquí hay algo que no va bien", la mayoría de las veces es que algo no va bien».

Jules asintió sin querer. Algo no iba bien. Su voz interior no se lo decía, prácticamente se lo chillaba con una mueca desfigurada: «¡NO ESTÁS SOLO!».

De nada servía que se apretara las sienes con las manos, no lograba acallarla, más bien al contrario; parecía que la presión contra el cráneo le hiciera chillar más alto aún: «NO ESTÁIS SOLOS. NI TÚ, NI LA MARAVILLOSA CRIATURA DORMIDA. PRETENDÍAS SALVARLA DE SUS PESADILLAS Y AHORA LA HAS PUESTO EN PELIGRO».

Por no haber hecho caso a Klara. Por no haber colgado cuando ella se lo pidió.

«Él no creerá que ha sido un simple error. Que me he equivocado de número. Maldita sea, si descubre que le he llamado, también irá a por usted».

—¡BASTA! —gritó Jules propinando un golpe al espejo,

que crujió con un ruido seco en su marco de madera. El desagradable ruido de esa rotura irreparable logró detener esa montaña rusa de pensamientos de Jules y silenciar su voz interior.

«¡Menudas chorradas!».

No había demonios que primero pretendieran acabar con la vida de Klara y luego, tras concluir con éxito su misión, se dispusieran a atacarlo a él.

Jules negó con la cabeza y se burló de su propia insensatez, de las preocupaciones irracionales provocadas por el tintineo de unas llaves, que bien podía deberse a una corriente de aire o a unas pisadas fuertes en el piso de al lado. Bien mirados, esos pensamientos eran tan absurdos como el miedo a su propio reflejo en el espejo al que ahora se enfrentaba. La rotura de esa superficie dividía su cabeza en dos mitades asimétricas, pero, evidentemente, ahí no había ninguna sombra desvaneciéndose a sus espaldas, ni ningún rostro que, dibujando una mueca, asomara de repente, ni sentía tampoco un soplo frío en la nuca.

En cambio, el grifo había empezado a gotear otra vez. Debía de estar estropeado y, por mucho que uno lo apretara, seguiría haciéndolo. Jules intentó cerrarlo de nuevo, pero fue en vano. Al parecer, la tubería también necesitaba una reparación. De pronto, el agua había adquirido un extraño tono sucio.

Y mientras Jules seguía preguntándose por qué de pronto se sentía tan cansado, en el lavamanos seguía goteando más de ese líquido viscoso de olor a hierro, que —entonces se dio cuenta— no salía del grifo.

Le caía de la nariz en forma de grandes gotas de color rojizo.

35

Klara

Mo-rir.

Su-frir.

Do-lor.

En la vida de Klara, muchas palabras de dos sílabas tenían un significado cruel. Sin embargo, ninguna tenía un significado tan horripilante como «Mar-tin». Ninguna le resultaba más odiosa. A ninguna había aprendido a temerla tanto con el paso del tiempo. Ninguna había cambiado tanto con los años. De amante a sádico. De la ternura al tormento.

«... y de eso voy a tener que soportar aún bastante esta noche», se dijo Klara girando la cara para alejarla de Martin. Él se había puesto al volante, por supuesto, sin liberarla del asidero al que seguía atada por las esposas de Hendrik. Martin le había cogido el móvil que estaba en el suelo del coche, y se lo había metido en el bolsillo interior de su americana. La pistola —que le había quitado a Hendrik, además de la gorra— quedaba fuera del alcance de Klara, en el compartimento lateral de la puerta del conductor.

Sin necesidad de mirarlo, notaba la sonrisa sádica de Martin.

Excepto por el insulto con el que la había saludado, no había dicho palabra. Ni al arrancar el motor, ni al partir con los neumáticos patinando sobre la nieve. Al parecer, le había quitado las llaves del coche a Hendrik y, con ello, le había robado también el vehículo con el que ahora se la llevaba en contra de su voluntad.

«A saber adónde».

Lo único que ella sabía sobre su destino era ese grito críptico que él había proferido: «¡Te voy a llevar al corral, zorra asquerosa!».

«¿Adónde vamos? ¿Qué le has hecho a Hendrik?». A Klara le habría gustado preguntárselo, pero sabía que la única respuesta que obtendría sería una bofetada o algo peor. A pesar de su miedo, aún podía pensar de forma lógica. En la cabaña, no había huido de Yannick, sino de su marido.

«Martin me ha seguido mientras yo vagaba por el bosque; se ha esperado un rato en el coche en Teufelsseechaussee, el único camino que conduce del bosque de nuevo a la civilización. Ha seguido a una distancia prudencial al único vehículo que ha salido de la espesura por un camino furtivo y conmigo en el asiento de copiloto. Ha visto que yo discutía con ese conductor disfrazado de un modo tan raro y que intentaba escapar. Y ha aprovechado ese momento para derribar a Hendrik en plena calzada».

Solo así Klara se explicaba por qué Hendrik había desaparecido de la faz de la tierra mientras ella se intentaba liberar desesperadamente de la atadura.

Probablemente yacía inmóvil sobre la calzada helada, amenazado por dos peligros: morir congelado estando inconsciente o ser atropellado por otro coche en la oscuridad. Una vez más, Klara tuvo la sensación de que su vida estaba atrapada en un bucle sin fin, deslizándose de una desgracia a la siguiente, que convertía el padecimiento anterior en algo siempre más leve.

De haber podido elegir, habría preferido seguir en las garras de ese desconocido a quedar sometida a la brutalidad de su marido, quien, a pesar de la intensa ira de su mirada, resultaba tan escandalosamente atractivo como el día en que ella se enamoró de él. Martin llevaba una barba de tres días bien recortada, el pelo espeso perfectamente peinado gracias al corte quincenal de cien euros, y sus bonitas manos lucían una manicura reciente. Ni siquiera el aguanieve había logrado afectar su apariencia. Con su traje a medida, que llevaba ceñido al cuerpo musculoso, y su camisa blanca con los puños asomando bajo su americana oscura, tocada con un pañuelo de bolsillo de color rosa, parecía un modelo de camino a un rodaje para una campaña publicitaria de artículos de lujo para hombres maduros: relojes de pulsera, coches deportivos, yates. En cambio, su voz parecía la de un asesino a sueldo:

—¿Quién era ese? —le preguntó a Klara. Frío. Duro. E implacable.

Aceleró y lanzó una segunda pregunta:

—¿De quién es este coche?

—No lo sé.

El golpe fue duro, pero no inesperado, y lo siguió el sabor, demasiado familiar, de la sangre que le brotó del labio partido.

—Menuda mierda de día, joder. Primero me encuentro con que me han reventado el coche. Pero a mi mujer esas cosas le dan igual, no quiere hablarme, ni siquiera se digna a responder al teléfono… —Entonces bramó de nuevo—: ¡Porque se está follando a un desconocido!

Hilillos de saliva salieron despedidos hacia la cara de Klara.

—No, yo…

—¿Te lo tiras en nuestra cabaña?

—No, yo no…

—Claro, claro, no es lo que parece —se burló Martin y volvió a golpearla, esta vez con el canto de la mano en la boca del estómago. Klara quiso doblarse de dolor, pero las esposas se lo impidieron. Cuando Martin cambió de carril, sufrió una sacudida hacia la izquierda.

—¿Disfraces y esposas? —La miró con desdén—. Creía que no te iban los juegos de rol.

Klara resolló, sin aire para responder. Necesitaba toda la concentración posible para no orinarse en el asiento. Tras el golpe, el dolor se le había hundido, como un pico, en el abdomen, ensañándose con sus tripas y abrasándola ahí con una intensidad que apenas remitía.

Martin aceleró para cruzar el semáforo en amarillo de Heerstraße; seguramente no quería arriesgarse a detenerse junto a un coche cuyo conductor mirara con curiosidad el asiento del copiloto, aunque probablemente detrás del cristal empañado solo vería a una mujer asustada aferrada al asidero de la puerta.

—He estado pensando en nosotros.

De pronto, Martin cambió tanto de humor como de tema. Según como se viera, ese era su don o su mal. Klara odiaba esa capacidad suya para pasar de un tono agresivo a un tono patriarcal.

—Mejor dicho, he pensado en lo que me has preguntado.

Giró en la rotonda de la plaza Theodor-Heuss, y Klara apretó la frente contra la ventanilla.

«¿A cuál de mis preguntas te refieres? ¿A por qué en Nochebuena me arrojaste la base del árbol de Navidad y me rompiste el dedo gordo del pie? ¿O a por qué me rociaste el cuerpo con agua ardiendo hasta el punto de que no pude ir a trabajar durante una semana y luego tuve que simular un "descuido" en el solárium?».

Naturalmente, no formuló ninguna de estas preguntas.

Había aprendido a guardar silencio. A no rellenar ni siquiera las pausas largas de la conversación con otras preguntas. Por mucho que se esforzara en aparentar desinterés, siempre corría el peligro de interrumpir uno de los pensamientos de Martin y ganarse otro moratón en la espalda.

—¿Te acuerdas el año pasado, cuando te llevé a urgencias en Potsdam?

Ella asintió. «Porque ya habíamos estado en todos los hospitales de Berlín y temías que alguien se diera cuenta de que tu mujer, "esa torpe", se "caía de las escaleras" con excesiva frecuencia».

Ese día, él le había revisado el móvil (hacía años que le había prohibido usar un PIN) y había dado con un chat con Toni: «Cielo, ¿almorzamos mañana?».

Esas tres palabras y la negativa de Martin a creerse que Toni no era el nombre de un hombre, sino el diminutivo de Antonia (su compañera de trabajo), le habían costado una rotura de vértebras cervicales a causa de la violencia con la que le había golpeado la cabeza contra la pared.

—Cuando regresamos y te preparé tu comida favorita, me preguntaste, tal vez por enésima vez, por qué no iba a terapia si siempre me sentía tan mal después de nuestras discusiones.

Se aclaró la garganta y atravesó otro semáforo en ámbar.

—¿Sabes? La verdad es que fui a terapia. Fui a un loquero, y no de los malos. Se llama Haberland. Es viejo, y casi no ejerce. Cuando lo hace, acepta solo casos muy especiales y estimulantes. Me rechazó.

Ella se atrevió a dirigir la vista hacia él.

—Dijo que yo era demasiado común. Un delincuente estándar, por así decirlo, en lo que se refiere a violencia en el matrimonio. —Martin se echó a reír—. Como ves, no tengo ningún reparo en decirlo. Si hubiera un grupo de apoyo, como el de Alcohólicos Anónimos, en el que primero hay que presentarse, iría. Me pondría en pie y diría: «Hola, me llamo Martin Vernet. Tengo cuarenta y ocho años, soy dentista y maltrato a mi mujer».

Ella lo miró.

«Te equivocas, Martin. No la maltratas. La matas. Puede que no en el sentido penal. Pero las palizas destrozan el alma de tu esposa y, sin alma, solo es un envoltorio sin vida».

—Solo tuve una consulta con Haberland, luego me remitió a

otro medicucho. Pero aquel también se limitó a decirme lo que yo sabía desde hacía tiempo: que la violencia doméstica no es más que una falta de confianza en uno mismo. Y que en hombres como yo es prácticamente una consecuencia lógica.

—¿Hombres como tú? —dijo ella sin querer.

Sorprendentemente, no la regañó por su intervención, sino que incluso le respondió.

—Ya te conté lo mal que lo pasó mi padre cuando mi madre lo abandonó.

Klara asintió. Al principio de su relación, ella había interpretado como una señal de confianza que Martin compartiera aquel secreto con ella. Se había compadecido de él al saber lo mucho que se había resentido de esa separación.

¿Qué clase de madre podía abandonar a su único hijo?

En aquel momento, no había sabido dar con una respuesta. Ahora, en cambio, lo entendía muy bien, aunque su situación no era comparable con la de la madre de Martin. Mientras que ella, en principio, ya no podía concebir una vida marcada únicamente por preocupaciones, miedo y dolor, la madre de Martin se había sentido completamente encerrada en la jaula del matrimonio que había elegido. No había sido ella, sino el padre de Martin, quien había querido tener un hijo. Y, por desgracia, ella había accedido a la presión poco antes de ser aceptada como bailarina del Friedrichstadtpalast.

En consecuencia, desde el primer día se había sentido abrumada por su vida como ama de casa y madre, lamentando el fin de su carrera como artista en los escenarios. Visto en retrospectiva, era sorprendente que aguantara diez años, hasta que conoció a un hombre mucho más adecuado para ella: un director teatral creativo y poco convencional con el que comenzó una nueva vida. Sin dinero ni ingresos fijos, abandonó a su hijo, que entonces tenía diez años, con su padre, que, con su salario como apoderado de una empresa mayorista de bebidas, al menos ganaba lo suficiente para asegurarle a su hijo un nivel de vida razonable. Sin embargo, carecía de lo que el pequeño más necesitaba entonces: dulzura. Consumido por la autocompasión, el padre de Martin no halló en sí mismo la culpa de la separación, ni en su irascibilidad ni en la prisión conyugal en la que había intentado retener a su dinámica esposa, al prohibirle, por ejemplo, actuar con su banda de jazz, o recortándole el presupuesto doméstico hasta el punto de obligarla a prescindir de sus clases de piano. Según él, el matrimonio había fracasado por dejarle «la correa demasiado larga», lo cual, al parecer, había propiciado el despliegue de «la maldad inherente al sexo femenino».

«Las mujeres son como llamas», había filosofado el padre de Martin ante su hijo; él repetía sus palabras tan a menudo que Klara ya se las sabía de memoria. «Son hermosas a la vista, cálidas y maravillosamente atrayentes. Pero, ay de ti si te acercas demasiado a ellas, porque queman. Las mujeres se alimentan del cuerpo y el alma de los hombres. Y cuando te han devorado y tú, como hombre, ya estás completamente consumido, ellas, fortalecidas, siguen propagándose. Más brillantes, mayores y más calientes que antes, atraen a nuevas víctimas».

Klara cerró los ojos, pero las palabras del padre de Martin que lo habían intoxicado de pequeño no callaban en su mente: «Lo único que puedes hacer para protegerte de las mujeres es contener su fuego. No les des mucho espacio. Ni tampoco mucho oxígeno. Ten siempre algo a mano para apagar la llama o, si es necesario, sofocarla. Tú ya me entiendes».

Su cuerpo sufrió un bandazo hacia la derecha en una curva y abrió los ojos. Estaba completamente desorientada. La calle ahora era más estrecha y más burguesa que las calles principales previas. Se encontraban en una zona residencial con cafeterías, boutiques y tiendas de alimentos ecológicos ubicadas en la planta baja de antiguos edificios de apartamentos.

—Por aquel entonces, yo asentía siempre con la cabeza sin comprender el significado de lo que me decía —dijo Martin—. Pero hoy he entendido su lección por completo. A las mujeres hay que someterlas. Si es preciso, debo quebrantar su autoconfianza para evitar que me destrocen. Me han condicionado así desde pequeño.

Klara cerró los ojos para que Martin no viera que los ponía en blanco.

«Si ahora además me cuentas que, como hombre, ya no sabes desenvolverte en una sociedad cambiante, vomitaré».

Martin entonces se echó a reír, de nuevo su ánimo había mudado. Su voz se volvió más ahogada, más sibilante, confiriendo así un matiz más agresivo a sus palabras.

—Pero, ¿sabes? Mi viejo tenía razón. Las últimas semanas he bajado la guardia. Te permití participar en un experimento, abandonar la ciudad. Soporté, sin queja, la doble carga del trabajo y de Amelie. Cuando regresaste, dejé que pasaras más rato en la biblioteca. Y entonces, llegó un momento en que me dije: «Mmm. ¿No se estará aprovechando de tu bondad?».

La miró.

—«No», me dije. Mi Klara, no. No mi mujer, que tan bien he educado. Resistí la tentación de examinar a fondo tu móvil, aunque me daba cuenta de que habías cambiado. Por ejemplo, de pronto, empezaste a poner el móvil sobre la mesa con la pantalla hacia abajo. ¿Acaso temías la llamada de ese payaso navideño?

Klara sacudió la cabeza.

«No. Aunque no me creas, yo no le conozco».

—Incluso después de que me vinieras con ese cuento chino tuyo de la agresión, cuando, para nuestra vergüenza, te encontré en un estado lamentable en el jardín, me contuve y me limité a castigarte un poco con el cinturón. Pero, por supuesto, tomé mis precauciones. Como decía mi padre: «Controla todos los pasos de tu mujer o perderás el control de tus propios pasos».

Se detuvieron bajo un puente por donde pasaba el S-Bahn y Klara reconoció el lugar. A Amelie le encantaba el parque infantil de Savignyplatz. Sin embargo, a estas horas, bien entrada la noche, jamás se acercaría ahí con su hija. La amplia acera bajo la bóveda del puente estaba flanqueada por colchones sucios y mojados sobre los cuales numerosos sintecho habían desplegado su campamento para pasar la noche.

«¿Por qué nos paramos aquí?», se preguntó temerosa, sin atreverse a formular la pregunta en voz alta por temor a la respuesta. Intentó distraer a Martin y hacer que siguiera hablando.

—¿Me pinchaste el móvil?

Se preguntó si era realmente posible que Yannick y su marido hubieran instalado, cada uno por su cuenta, dos programas distintos de vigilancia en su móvil que el friki de la tienda de telefonía no hubiera detectado.

Martin negó con la cabeza.

—Me pareció demasiado complicado. Llevas un transmisor GPS en el coche. Se pueden comprar en internet por cuatro cuartos y se adhiere perfectamente a los bajos del vehículo con un imán.

Mientras decía esto, la ventanilla del lado de Klara se deslizó hacia abajo. El aire helado llenó de pronto el minicoche. A Klara el corazón le latía muy fuerte. Martin se metió dos dedos en la boca y silbó una vez muy fuerte.

—¡Eh, profesor!

Para horror de Klara, una figura de uno de los colchones se revolvió.

Un hombre se apartó del cuerpo una lona de plástico y salió trabajosamente de su saco de dormir.

—¡Vamos, profesor! No tengo todo el día.

El pordiosero se acercó arrastrando los pies. Andaba encorvado, aunque no por el aguanieve que le azotaba la cara. Todo en él indicaba que la vida en la calle lo había destrozado.

—¿Quién es ese? —susurró Klara. Pero, en realidad, no deseaba tener una respuesta a esa pregunta.

Cuanto más se acercaba ese anciano, más lamentable era su apariencia. Todo lo que de lejos solo se atisbaba de forma borrosa bajo la penumbra de las farolas de cerca transmitía una impresión que Klara solo podía expresar con una palabra: enfermizo.

El pelo, grisáceo y mate, parecía el de un paciente sometido a radiación; las greñas parecían sueltas, como si fueran a desprenderse a poco que el hombre sacudiera la cabeza. La piel presentaba el tono gris verdoso de un cadáver ahogado, a juego con el color de la parka, que llevaba como un poncho, sin meter los brazos por las mangas, que le colgaban sin más.

—¿Doctor Vernet? —preguntó el hombre cortésmente cuando estuvo a apenas dos pasos de la ventanilla de Klara. El hedor que acompañaba a sus palabras concordaba con el amarillo putrefacto de sus dientes, la mayoría solo en la mandíbula superior. En la inferior, brilló un incisivo solitario.

—¿Te apetece ganarte unos euros? —preguntó Martin al desharrapado, que asintió tan enérgicamente como si le hubieran preguntado si quería pasar el resto de su vida en la suite de un hotel de lujo.

Klara volvió a tener la sensación de que un pico se le clavaba en las entrañas porque intuyó lo que iba a venir, y Martin, en efecto, le dijo a ese hombre que apestaba a excrementos, orina y podredumbre:

—Entonces pasa y ponte esto.

Arrojó entonces al asiento trasero el gorro de Papá Noel que le había robado a Hendrik.

—Esta noche, mi esposa tiene ganas de juegos de rol pervertidos.

36

Jules

«No inclinar jamás la cabeza hacia atrás».

Era algo que hacía mal la mayoría de las personas con poca experiencia en hemorragias nasales. En los últimos meses, Jules había sufrido de ello tan a menudo que hacía tiempo que había interiorizado la conducta apropiada según el doctor Google: sentarse erguido e, incluso, si uno no quería marearse o que la sangre pasara a las vías respiratorias, en lo posible, dejar caer la cabeza hacia delante.

—¿Dónde estás? —preguntó, con un manojo de papel de cocina mojado en la nuca.

—Pues ahí donde me has hecho ir a toda prisa —dijo su padre, que había llamado en cuanto Jules había regresado a la cocina.

—Estoy en el vestíbulo de Le Zen. Un antro de lo más elegante. Demasiado sobrio para mi gusto, aunque los aseos son de lo más. Tenía muchas ganas de cagar, y para eso no hay mejor lugar que un hotel de cinco estrellas. No entiendo que la gente se tenga que poner en cuclillas sobre las tazas del McDonald's cuando justo al lado...

—Déjate de chorradas —Jules interrumpió bruscamente

a su padre—. Atiende bien. Utiliza todos tus encantos para encandilar a la recepcionista, si es que la hay, y averigua algo por mí.

—¿Jules?

Sorprendido de que su padre de pronto se dirigiera a él por su nombre de pila, y además con tanta vacilación, Jules se apartó el móvil de la oreja y comprobó la intensidad de la señal de conexión. Cuatro barras, una recepción prácticamente perfecta.

—Sí, ¿me oyes?

—Perfectamente. Y justo eso es lo que me preocupa.

Jules entrecerró los ojos.

—¿Por qué?

Su padre parecía realmente preocupado.

—¿Qué te ocurre, muchacho?

—¿Qué quieres que me pase?

Jules miró el pasillo a través de la puerta abierta de la cocina. Había dejado entreabierta la puerta de la habitación de la niña, por si, en el peor de los casos, alguien se colaba ahí sigilosamente.

—Estoy bien —dijo Jules, recibiendo como respuesta un molesto chasquido de lengua de su padre.

—Mientes tan mal como siempre, muchacho. Hace media hora eras todo energía. Ahora, en cambio, hablas con la voz de la rana Gustavo con mocos. ¿Otra vez te sangra la nariz?

«¿Otra vez?».

Jules se sintió tentado de escudriñar el techo de la cocina por si había alguna cámara oculta. ¿Cómo podía haberlo adivinado su padre?

Hacía meses que no se veía con él, y, en todo caso, nunca hablaba con él de cuestiones personales.

—No soy idiota —le explicó su padre—. ¿Te acuerdas de esa vez que tuve que llamar al cerrajero por ti porque el vecino de abajo creía que se te había reventado una tubería?

Jules asintió. Solo el temor a que la hemorragia que acababa de detener se reactivara le impedía soltarle una bronca a su padre.

Sospechaba que el viejo había aprovechado esa falsa alarma para hacer un examen a fondo de su piso, aprovechando su presencia ahí. A fin de cuentas, tiempo atrás, aquella había sido la residencia de la familia Tannberg, y, sobre el papel, aún era propietario de una parte.

Su padre habló con franqueza:

—Lo admito, sentía curiosidad. Quería saber cómo te habías instalado. Nunca me invitas. Lo de fisgonear lo llevo en la sangre.

—¿Revisaste mis cosas?

Tras una breve pausa, durante la cual en la línea se impuso una música relajante japonesa que solo podía proceder del vestíbulo de Le Zen, su padre admitió:

—Cuando vi los pañuelos ensangrentados en la basura, sí. Esos medicamentos del baño…

—No es asunto tuyo…

—¿Cuánto tiempo llevas tomando eso?

El saco lagrimal de debajo del ojo izquierdo de Jules empezó a temblar como una piel de tambor golpeada a intervalos irregulares.

—¿A qué te refieres?

¿Acaso había consultado en Google todo lo que guardaba en el botiquín?

—Venga ya. Tus antidepresivos. Me he informado. Esos inhibidores de la recaptación de serotonina pueden provocar hemorragias graves. Si te operan, tienes que informar al médico.

«Citalopram. 10 mg». Las pastillas eran más pequeñas que la punta de un alfiler. A Jules le parecía increíble que esas diminutas motas de polvo pudieran hacer algo en el organismo. Por desgracia, en su caso, los efectos secundarios eran excepcionalmente notorios y más fuertes que los efectos positivos previstos.

—¿Llevas tomando esta psicomierda desde que murió Dajana?

—¿Qué parte de «esto no es asunto tuyo» no entiendes?

—Yo solo digo que quizá la depresión no sea tu único problema.

—¿Adónde quieres llegar?

—Bueno, me envías a un hotel de lujo en mitad de la noche, desvarías sobre una tal Klara que dices que está amenazada por el Asesino del Calendario, y entretanto te vas viniendo abajo de forma claramente audible...

Jules le interrumpió de forma brusca:

—¿A qué viene eso de que desvarío? Si tú has estado escuchando mi conversación con ella.

—No lo he hecho.

—¿Cómo dices?

Entrecerró los ojos en un gesto inútil, como si el gesto le pudiera ayudar a entender mejor a su padre.

—Antes me has preguntado si he entendido algo y te he dicho que no. Durante minutos solo ha habido estática y crepitaciones en la línea, de vez en cuando algunos murmullos, pero lo único que he oído es a ti, muchacho. Y no me ha hecho ninguna gracia.

—¡Estás diciendo tonterías!

¿Qué intentaba hacerle creer su padre? ¿Qué se había inventado la conversación con Klara?

—Un momento, espera. —Jules recordó algo—. Si tú mismo me has dicho que la gente de la clínica se acordaba de Klara.

—Sí, de una tía a la que se le fue la olla allí, sí. —Su padre tosió incómodo. En voz baja, como si le avergonzara acusar a su hijo de tener una anomalía psíquica de la percepción, dijo—: Pero es algo que Dajana pudo haberte contado en su momento, si coincidió en Berger Hof con esa persona. Por otra parte, en la clínica no me pudieron confirmar su nombre.

—Esto es absurdo...

—Chico, lo único que a mí me parece absurdo es nuestra conversación. No he podido confirmar nada de lo que me has pedido que comprobara. Vamos, hablemos con franqueza. Desde que tomas psicofármacos, ¿has sufrido algún otro síntoma aparte de las hemorragias nasales?

—No.

—¿Alguna percepción sensorial perturbadora?

«¿Te refieres, por ejemplo, al miedo por el tintineo de un juego de llaves? ¿A que falten cuchillos en la cocina y goteen los grifos?».

—No sufro alucinaciones —siseó Jules, y sus ojos se posaron en la botella de plástico que había sobre la encimera de la cocina. Se llevó la mano a la garganta, en donde sintió como si un lazo de alambre invisible le apretara. «¿Qué demonios...?».

Levantó la botella, de la que solo quedaban unos sorbos, y la sostuvo a contraluz.

«¿Acaso esto es...?».

Inclinó con cuidado la botella para que el líquido amarillo del zumo de naranja regresara de nuevo lentamente hasta el cuello de la botella. Si hasta entonces había estado buscando una explicación inofensiva, ahora ya no había duda alguna.

Lo que había visto flotando en el zumo no era pulpa. ¡Eran pastillas!

Unas píldoras blancas y planas, con la superficie algo disuelta, pero fácilmente reconocibles como medicamentos.

«¿Cómo habían llegado hasta ahí?».

—... hablar con esa tal Klara —dijo su padre. Jules se había distraído tanto que tuvo que pedirle que repitiera de nuevo la frase—. He dicho que, si es así, me dejes hablar a mí con Klara. Quiero hacerme una idea por mí mismo. Úneme a vuestra conversación.

Jules tragó saliva, con los ojos clavados en el auricular que tenía en el borde del lavamanos.

—No puedo —le confesó a su padre.

—Entonces, al menos, vuelve a ponerla por los altavoces.

Jules mantuvo los ojos cerrados durante dos segundos. Sabía lo que pensaría su padre cuando dijo:

—La he perdido. Ha colgado.

—Mmm.

Hans-Christian pareció condensar en ese único sonido todas sus sospechas.

Jules notó que empezaba a dudar de sí mismo. Que el suelo bajo sus pies, los cimientos sobre los que había erigido todas sus certezas, empezaban a desmoronarse. Y, mientras se disparaba en él el terror a entrever en sí mismo algo aterrador, le vino a la cabeza un pensamiento al que se aferró en el último segundo:

—¡El ascensor!

—Sí, ¿qué pasa con él?

—Ahí, donde estás, en Le Zen. ¿Ves un cuarto ascensor? En el vestíbulo junto a los otros tres, un poco escondido. A primera vista parece una puerta tapizada con papel de seda que da a un cuarto.

Primero su padre dijo que no, pero luego, al parecer, dio unos pasos por el vestíbulo hasta que, de pronto, exclamó emocionado:

—Así es, muchacho. Sí, hay otro ascensor.

¡Entonces no todo era producto de su imaginación!

«¡Gracias a Dios!».

Jules suspiró aliviado.

—Cógelo. Sube a la planta 20.

37

Klara

En su bestseller mundial, titulado *Un café en el fin del mundo*, John Strelecky plantea la pregunta definitiva que ha quitado el sueño a miles de millones de personas interesadas en la filosofía: «¿Por qué estás aquí?».

En el aparcamiento debajo de los arcos del S-Bahn de Savignyplatz, Klara —metida a la fuerza en un Hyundai robado y diminuto, secuestrada por su marido sádico y con un vagabundo en el asiento trasero que, a juzgar por su hedor, prácticamente estaba muerto— era incapaz de encontrar una respuesta a la razón de su existencia.

A menos que Dios fuera un psicópata que hubiera creado una orgía de violencia estrafalaria llamada universo a modo de *reality show* para entretenerse observándolos a todos desde la distancia y para su propio placer perverso, Él los debía de haber dado a todos por perdidos desde hacía tiempo. Estaba segura.

Lo más probable era que Dios no existiera. Ningún ser bondadoso y omnipotente podría permitir que Martin se volviera hacia el vagabundo en el asiento trasero y le entregara unos alicates plateados que por alguna razón llevaba en el bolsillo interior de la americana.

—¿Qué se supone que debo hacer con esto? —preguntó el sintecho. Por su tono de voz parecía avergonzado, y no solo porque Martin le hubiera obligado a ponerse el ridículo gorro de Papá Noel de Hendrik. Le incomodaba toda esa situación, tal y como Klara comprobó por las miradas inseguras que le dirigía con sus ojos tristes desde su sitio en el centro del asiento trasero. Aquel pobre hombre no se atrevía a mirarla mucho rato, y también evitaba dirigir la vista hacia el brazo que ella tenía inmovilizado. Sin duda, le habría gustado apearse y escapar de aquella situación desagradable, pero el calor del coche y la perspectiva de ganarse un dinero eran demasiado tentadores.

—Me gustaría comprarte una cosa, profesor. —Martin se volvió hacia Klara—. Era profesor de informática en la Universidad Técnica de Berlín, la TU. Hace años, le hice algunos empastes. Eso fue, claro está, antes de que su mujer le abandonara, se quedara con todo después del divorcio y le dejara tiempo suficiente para emborracharse hasta perder el trabajo y la cabeza a base de vino barato del Lidl.

Se volvió de nuevo hacia el vagabundo:

—Te daré doscientos euros.

—Pero ¿a cambio de qué? No tengo nada que vender.

Martin asintió con un gesto comprensivo.

—En sentido estricto, tienes razón. De hecho, solo quiero que me devuelvas algo que te di hace mucho tiempo.

El profesor se secó algunas gotas de lluvia de sus cejas pobladas con un movimiento brusco del antebrazo.

—¿Usted me dio alguna cosa?

—Quiero tu uno cuatro.

—¿Cómo dice?

No preguntó «¿Qué?» ni «¿Eh?». A pesar de que la vida en las calles lo había convertido en un muerto viviente, aquel sintecho seguía siendo educado, incluso entonces, cuando la agresividad de Martin era tan palpable como el estruendo de un volcán antes de entrar en erupción.

—Lo dicho, el uno cuatro, imbécil.

—Discúlpeme. Me temo que no le acabo de comprender.

Martin soltó un gran suspiro y señaló la boca del hombre, que estaba rodeada por una barba, la cual seguramente era el hábitat de una gran variedad de microorganismos.

—Debe de hacer diez años que te hice un empaste de cerámica en el premolar del maxilar superior derecho.

Klara contempló horrorizada los alicates, que empezaron a temblar en las manos sucias del pordiosero.

—Se lo ruego, yo...

—No me vengas con hostias. Me estás apestando el coche con cada palabra que dices, así que date prisa.

Entonces el profesor por fin volvió la vista hacia Klara. Su mirada suplicante hizo que a ella los ojos se le llenaran de lágrimas de rabia contra Martin.

—Déjalo en paz, cabrón —le espetó a su marido. Al cabo de un instante, su cabeza golpeó el cristal de la ventana. Esta vez ni siquiera había visto venir el puño rápido de Martin. Sentía que la sangre le corría por los labios; aun así le dijo a aquel anciano:

—No está obligado a hacer esto. Bájese del coche.

Martin se rio.

—No, la cuestión no es estar obligado. ¡La cuestión son doscientos euros!

Su marido se deslizó un poco a un lado para sacar la pinza para billetes que llevaba en el bolsillo del pantalón. Martin se relamió contando los cuatro billetes de cincuenta euros y los sostuvo ante la nariz del vagabundo.

—Esto es a cambio de tu muela. ¿Qué? ¿Hay trato?

Ahora fue Klara la que contemplaba al vagabundo con mirada suplicante mientras este se acercaba los alicates a la boca.

—No, no haga eso. Se lo ruego.

—Doscientos euros me mantendrán con vida varias semanas —dijo el profesor, que, al contrario que Klara, parecía encontrarle aún algún sentido a su miserable existencia.

—Exacto. Es un buen trato. A fin de cuentas solo quedan unos pocos dientes en esa mandíbula asquerosa tuya. De hecho, deben de ser un estorbo al empinar el codo, ¿no?

—Martin, por favor. Desahógate conmigo. Él no te ha hecho nada...

Su marido apretó los dientes y siseó con rabia:

—Vaya, ¿hemos vuelto al modo «Klara salva el mundo»? No lo entiendes. Este desgraciado debería estarme agradecido. Nadie más le ofrecerá un trato tan bueno. En esos dientes suyos podridos no tiene ni siquiera un empaste de oro.

Horrorizada, Klara se olvidó de darse la vuelta.

—Tienes que retorcer, no tirar de la pieza —dijo Martin claramente excitado al ver que el profesor cumplía la sádica instrucción que le había dado y se colocaba los alicates.

No había nada que le excitara más que tener poder sobre los demás.

Klara cerró los ojos y le pareció que oía crujidos y chasquidos, como cuando a los dieciséis años había ido al dentista y la muela del juicio se le partió en dos durante la extracción. Sin embargo, lo único que llegó a sus oídos en tiempo real, y sin tener en cuenta lo que se imaginaba, fue el gemido lleno de dolor del vagabundo, seguido de un grito agudo que fue sustituido por el aplauso de Martin.

—¡Ya está, no ha sido tan difícil!

Klara abrió los ojos y vio que Martin le arrebataba los alicates al hombre y examinaba la muela ensangrentada bajo la luz del espejo parasol.

—Duele —murmuró el profesor mientras la sangre, lechosa y de color marrón, le rezumaba por la barba.

Martin, tras perder el interés por la pieza extraída, la arrojó al compartimento lateral de la puerta del conductor junto con los alicates.

—Vale, pues, me gustaría marcharme —dijo el profesor.

Klara no podía ni quería mirar a esa miseria humana que

ahora hablaba como si tuviera una patata caliente en la boca. Sintió que el asco crecía en su interior. No por ese hombre humillado y maltratado, sino por Martin. No había creído posible que las emociones negativas que sentía hacia él pudieran ser aún peores, pero pronto vio lo equivocada que estaba, cuando su marido tomó los doscientos euros de la mano del vagabundo y sacudió los billetes en dirección hacia Klara.

—Antes debes besarla.

«¡Miserable bastardo!».

—Ese no era el trato —murmuró abatido el profesor, mientras Klara, fuera de sí por la rabia, volvía a tirar de las esposas.

—Por supuesto que sí —objetó Martin—. Cuando has entrado, te he dicho, «Esta noche, mi esposa tiene ganas de juegos de rol pervertidos». Lo he hecho, ¿no?

Miró alternativamente a Klara y al profesor.

—Por favor, no puedo, no…

—Seguro que sabrás meter la lengua en la bocaza de la puta de mi mujerzuela. Porque eso es lo que es. Mírala, una puta. Hace media hora la pillé dejándose atar en el coche para jugar a juegos sexuales pervertidos con su amante, ¿te lo puedes creer?

—¡Eso no es verdad, idiota perturbado! —gritó Klara. Sin embargo, se giró hacia atrás sobre su asiento. A sus ojos, aquel vagabundo merecía mucho más respeto y cortesía que su marido. Agarró al profesor por el cuello de su abrigo apelmazado y se acercó ese peso mosca.

—No, no haga eso. Se lo ruego.

Los papeles se habían invertido. Ahora era el profesor quien intentaba impedir que ella hiciera algo en contra de su voluntad.

Klara contempló la cara, de expresión profundamente triste, de aquel hombre, que en otros tiempos era probable que no hubiera sido guapo, pero cuyos ojos grandes y oscuros le habían dado una apariencia inteligente y amable.

—Si no, él no le dará el dinero. —Le señaló la boca, que le

sangraba, con la mano que tenía libre—. Y todo habrá sido en vano.

—Eso es. Mi mujer es una zorra, pero una zorra inteligente. Sin beso no hay dinero.

El vagabundo respiraba con dificultad y el aliento le olía a moho. Klara abrió la boca.

Pensó en los hombres que la habían maltratado en Le Zen, en el vídeo que Martin había colgado en internet. En todo lo demás que él había «experimentado» con ella, en los «juguetes», que costaba encontrar incluso en tiendas de material de construcción; para hacer eso le ayudó recordar que había estado expuesta a personas mucho más repugnantes que un académico destrozado psicológica y físicamente.

Le ayudó también cerrar los ojos y abrir la boca. Le ayudó reprimir las ganas de vomitar, tragarse de nuevo el almuerzo que sintió que le trepaba por la garganta, y apretar los labios contra algo que apestaba a pus, sangre y alcohol y que parecía un trapo mohoso. Le ayudó ignorar la sensación que le produjo sentir la barba enmarañada y mohosa, así como la imagen de unos gusanos retorciéndose en las encías de la mandíbula desdentada cuando tocó la lengua del profesor con la suya.

El dolor que sintió poco después fue como una liberación para ella.

—¡Menuda cerda estás hecha! —rugió riendo Martin, que la había apartado del vagabundo asiéndola por el pelo—. Realmente te follas cualquier cosa que tenga polla, ¿eh?

Le escupió en la cara.

—Bien, ¡ahora, largo! —le ordenó Martin al vagabundo.

—Sí, pero mi dinero…

El profesor extendió la mano suplicante. Martin también escupió en ella.

—¡Que te largues, he dicho!

—Se lo ruego, doctor Vernet, he hecho todo lo que me ha pedido.

—Pues sigue así y sal del coche.

—Por favor, necesito…

A Klara le brotaron lágrimas de los ojos. Se deslizaron por las mejillas y se mezclaron con el escupitajo que tenía en la barbilla. Debería haberlo sabido. Martin no había tenido suficiente con hacer que alguien desesperado por vivir se quitara un diente de su propia mandíbula. Ni tampoco le ponía obligarla a besar a un vagabundo que olía a orina y podredumbre. Su verdadero placer venía de acabar con la última pizca de esperanza de los individuos a los que atormentaba tras humillarlos.

—Largo de aquí o llamaré a la policía y diré que has intentado robarme.

Se inclinó hacia atrás y abrió la portezuela lateral.

—¡FUERA! —le gritó al oído del profesor, que se resignó a su suerte.

Aquellos gritos hicieron regresar a esa alma en pena con los demás desdichados. Salió al frío para meterse en el campamento húmedo hecho con colchones. Klara lo vio cerrar la portezuela del coche a pesar de su humillación, coger la lona de la acera para volver a usarla de manta y acostarse de nuevo esa noche en la que no solo le habían arrebatado un diente, sino tal vez también su último vestigio de dignidad.

—Eres un demonio —le dijo a Martin, que arrancó el motor del coche y giró el vehículo bajo el puente del S-Bahn.

«Yannick tenía razón. No debería haber intentado acabar con mi vida, sino con la tuya».

—Oh, ¿acaso sientes compasión? Ahórratelo. Tampoco a ti te ayudará nadie.

Puso el intermitente para tomar la Kantstraße en dirección al zoo después del semáforo.

—¿Adónde pretendes llevarme? —preguntó.

—¿Es que nadie me escucha hoy? Ya te lo he dicho: voy a llevarte al corral.

38

Jules

«Un momento, por favor. Servicio de emergencias de la policía de Berlín. Todas las líneas están ocupadas. No se retire, por favor. Please hold the line. Police Emergency Call Department. At the moment...».

Jules tamborileó nervioso los dedos sobre la encimera de la isla de la cocina y consideró la posibilidad de colgar. A estas horas, podría pasar mucho rato antes de que alguien le atendiera en la centralita de llamadas del 110.

Los sábados por la noche, con los ánimos caldeados por la borrachera del fin de semana, los gamberros recorrían las calles de la capital al amparo de la oscuridad, de modo que durante los turnos, siempre escasos de personal, se denunciaban agresiones de todo tipo. Sin duda, ese día las condiciones meteorológicas habían añadido numerosos accidentes de tráfico a los excesos de los turistas. Probablemente, solo para los incidentes en torno a la zona de Alexanderplatz y Warschauer Brücke se podía abrir un número especial de emergencias. Por eso Jules se alegraba de haber logrado contactar, ya que, cuando más de treinta y cuatro personas marcaban el 110 al mismo tiempo, el sistema se colapsaba.

El objetivo de la policía era atender todas las llamadas en menos de doce segundos. El año pasado eso solo se consiguió en el setenta y cinco por ciento de los casos, y en esa ocasión pasaron también algo más de treinta segundos hasta que el anuncio grabado con la voz masculina fuera interrumpido por la voz infantil de una agente.

—Urgencias de la policía de Berlín, ¡buenas noches!

Jules enderezó la espalda y se irguió en su asiento para tensar un poco el cuerpo, esperando así poder imprimir algo más de énfasis a su voz cansada.

—Jules Tannberg al aparato, desde Charlottenburg, 14057. Llamo por la presencia de un intruso en la calle Lietzenseeufer, 9A, tercer piso.

Oyó el chasquido de las teclas, acompañado por el murmullo de voces de los agentes de los asientos contiguos. La banda sonora típica de un centro de control.

—¿El intruso sigue en el piso?

Jules sabía por experiencia que en ese momento todo dependía de él. Según cómo describiera la emergencia, aquella joven daría prioridad a esa intervención o no. Si, por ejemplo, dejaba caer la palabra «arma de fuego», acudiría de inmediato a la casa una brigada especial de la policía. Si se ceñía a la verdad, iba a tener que contar con una espera de varias horas hasta que pasara una patrulla. Sin embargo, por el momento decidió describir la situación con la máxima sinceridad posible:

—Tengo la sensación de que hay un desconocido en la casa. Aún no lo he visto, pero cada vez hay más indicios de que mi hija y yo corremos peligro.

—¿Qué indicios?

La máquina de cubitos de hielo del frigorífico crepitó, en consonancia con la incesante nevada que caía al exterior de las ventanas de la cocina. Jules trató de clavar la mirada en algunos copos de nieve antes de que, iluminados por la luz de la farola que había delante de la casa, se estrellaran contra el cristal convirtiéndolo en un espejo deformante.

—Me da la sensación de que alguien ha estado toqueteando la puerta. Además, en la cocina faltan objetos. Creo que alguien ha usado el lavabo del baño y... —Jules no terminó la frase porque temió que la agente lo incluyera en la categoría de los pirados del «mi vecino prepara gases tóxicos». De hecho, iba a decir: «... y de pronto en mi zumo de naranja me he encontrado unas pastillas flotando. ¿Eso podría explicar mis hemorragias nasales?».

—¿Vive usted con su hija en Lietzenseeufer 9A? —repitió la agente.

—Sí.

—¿Qué edad tiene?

—Siete.

—¿Su hija podría ser el motivo de que faltaran objetos? —preguntó la mujer policía.

«¿Porque es una sonámbula con debilidad por los cuchillos de cocina?».

Jules se apartó de las ventanas y contempló el pasillo a través de la puerta abierta de la cocina, como hacía cada tres minutos. Desde su puesto junto a la encimera, tenía una visión perfecta. Si en el piso había algún peligro escondido, no podría colarse en la habitación de la niña sin que él lo viera. La puerta, que estaba entreabierta, no se había movido ni un milímetro.

—No, está profundamente dormida.

«Por desgracia, hoy tiene un poco de fiebre, aunque esta vez no es mucha».

La agente dejó de teclear un momento.

—Si le he entendido bien: ¿usted no ha visto ni ha oído al posible intruso?

«Excepto por el tintineo del manojo de llaves...».

Sin darse cuenta, Jules se palpó el bolsillo del pantalón y dijo:

—Escuche, sé que a usted, ahora mismo, esto no le parece una emergencia. Estuve una buena temporada al otro lado de la línea, atendiendo al 112 en Spandau.

—¿Ah, sí? —La agente adoptó un tono de voz escéptico.

—Sí. Y por eso entiendo que en mi caso usted no va a enviarme una patrulla de inmediato; por eso me gustaría que me abriera un T7.

—Ya veo —dijo ella, con un tono casi convencido.

Al mencionar esa abreviatura, él le había dado a entender que: a) él era de verdad un compañero que sabía de lo que hablaba; y b) quería que le abrieran un «caso» en el sistema para que, si la situación alcanzaba un punto dramático, él no tuviera que volver a dar a conocer todos los hechos ni la dirección al encargado de tramitar la segunda llamada.

—Lo haré, señor Tannberg. Una pregunta más: ¿qué tamaño tiene su piso?

En ese segundo, notó un soplo frío en las mejillas y la puerta de la habitación de la niña se cerró de golpe.

«Dios mío…».

De haber tenido otro vaso en la mano en ese momento, de nuevo lo habría dejado caer, esta vez del susto. En alguna parte se debía de haber abierto una ventana o una puerta, provocando esa corriente de aire.

—Unos ciento cuarenta metros cuadrados, en un edificio antiguo —respondió Jules, levantándose de su taburete—. Seis habitaciones.

—¿Ya las ha registrado todas?

—Sí —respondió, aunque con una verdad a medias.

Justo antes de la llamada había abierto todas las puertas, pero no se había dedicado a mirar dentro de todos los armarios ni detrás de cada butaca. Eso era algo que seguramente tendría que hacer ahora. En cuanto averiguara qué era lo que había cerrado de golpe la puerta de la habitación de la niña.

Todavía en calcetines, recorrió el pasillo con el móvil en la mano.

—¿Qué es lo que ha desaparecido?

—Un cuchillo de cocina.

—¿Tiene algún valor especial?

—Es de Ikea.

—Ya veo —volvió a decir la agente abusando un poco de esa muletilla—. Entonces, ¿advierte usted una situación de amenaza grave? —quiso saber de nuevo, mientras repiqueteaba en el teclado—. Quiero decir, ¿tiene usted alguna disputa o problema o alguna otra sospecha razonable de por qué alguien podría estar en su piso sin su consentimiento?

Jules se encontraba entonces frente a la habitación de la niña y apretó suavemente la manija de la puerta. Mientras lo hacía, se preguntó cómo reaccionaría la agente si le dijera lo siguiente:

«Bueno, ¿cómo se lo digo? Una mujer que está a punto de suicidarse antes de que el Asesino del Calendario la mate me ha predicho que el asesino más buscado de Alemania iba a pasar por mi casa para acabar también conmigo».

Si había una frase que catapultara su intervención policial al final de la lista de espera, probablemente sería esa, así que Jules respondió:

—No, no me siento amenazado, y no sabría decirle quién podría querer jugarme una mala pasada.

Abrió la puerta y pensó que perdería la cabeza si se encontraba de pronto con la ventana abierta de par en par. Y la silla delante de ella. Y la cortina, agitándose hacia él movida por el viento ululante y cargado de nieve, como haciéndole señas para que se acercara diciéndole: «Ven. Mira cómo ha saltado Fabienne».

Pero cuando entró en la habitación, la niña estaba tumbada como antes, respirando profundamente y durmiendo aún más profundamente. El portazo no la había despertado, la ventana estaba cerrada. Entonces, ¿qué había provocado esa corriente de aire?

—Entonces ¿no tiene enemigos?

—Por eso resulta tan inquietante —respondió Jules en un susurro mientras comprobaba la ventana del cuarto de la niña—. Créame, normalmente no soy una persona miedosa.

Como para desmentirse a sí mismo, se sobresaltó al oír de pronto una melodía.

A sus espaldas. Unos acordes en tono menor melancólicos, profundamente tristes. Enmudecieron con la misma rapidez con la que habían empezado a sonar.

«Pero ¿qué...?».

—En ese caso, me temo que poco puedo hacer, salvo registrar sus datos —dijo la agente, aunque él solo la oía a lo lejos, concentrado con todos sus sentidos en si de verdad lo que acababa de oír era Chopin—. Llame de nuevo si surge algún motivo más de preocupación.

—Mmm.

Jules se sentía abrumado. Por educación debería haber dado las gracias por lo menos antes de colgar, pero, por un lado, estaba ocupado preguntándose si esa música clásica de piano realmente venía del pasillo. Por otro, en ese momento vio que su padre le estaba llamando.

Sin despedirse, puso fin a la llamada de emergencia, cerró tras de sí la puerta de la habitación de la niña y atendió la llamada de su padre en el pasillo.

—¿Qué has averiguado?

—No vuelvas a llamarme nunca más, muchacho.

Jules se estremeció, pero no por la corriente de aire que había desaparecido, al igual que la música. La voz de su padre era como en otros tiempos justo antes de que en casa estallara la violencia: llena de rabia y agresividad. Y eso a pesar de que hablaba entre susurros. Jules apenas lo entendía. El aullido de un perro al fondo hacía que la conversación resultara incluso aún más extraña.

—¿Qué ocurre? —quiso saber Jules—. ¿Te has vuelto loco?

Su padre tosió y entonces susurró aún con más énfasis:

—Voy a borrar tu número. No quiero volver a tener nada que ver contigo.

39

El zumbido en el oído de Jules quedaba enmascarado por los silbidos y siseos que inundaban la línea cada vez que su padre hacía una pausa. El aullido del perro desapareció poco después de que Jules oyera una puerta pesada cerrándose con una reverberación sorda.

—¿Has vuelto a beber?

—No, pero será lo primero que haga en cuanto llegue a casa.

Ahora él hablaba en voz más alta, aunque seguía conteniendo la voz.

—Dime qué ocurre. ¿Has estado en la planta 20?

—Ni siquiera he podido montarme en el ascensor.

—¿Pero?

—Cindy dice que eso es solo para miembros.

—¿Cindy?

—La de la recepción, pero eso importa una mierda. Ella acababa el turno y la he abordado al salir de Le Zen, cuando iba a coger el metro.

Jules oyó el crujido de las suelas de cuero de su padre. Por el eco, parecía estar desplazándose por una estancia de techo muy alto y baldosas duras.

—Cindy me ha contado que en la planta 20 hay una especie

de club, y que para subir hace falta una invitación de una tal Lousanne o algo así.

—Exacto —dijo Jules—. Klara también me habló de ella.

—¿De veras? ¿Y te ha contado también lo que pasa ahí arriba?

De nuevo Jules oyó un crujido, aunque en esta ocasión no era de suelas de zapato. Sonaba más bien como el marco de una puerta rozando un suelo de cemento. Entonces volvió a oír el aullido del perro.

«¿O acaso había varios?».

—¡Pues resulta que sí que lo sé! —le replicó a su padre—. Fiestas sádicas. Todos los últimos sábados de cada mes. Allí fue donde Klara fue abusada brutalmente. De hecho es por eso que quiere huir de su marido.

«¡Y precipitarse a la muerte!».

—¡Y una mierda! —susurró con rabia su padre, volviendo a hablar en voz baja. Jules sabía exactamente qué aspecto debía tener en ese momento. La mandíbula inferior hacia delante, desafiante, gesticulando con una mano de un lado a otro con una vena hinchada de rabia en la frente—. Esa no hace más que contarte mentiras.

—Le Zen, ascensor, planta 20, Lousanne, *violence play* —Jules repitió los datos que conocía por lo que le había explicado Klara.

—Vale, en esto tal vez te haya contado la verdad.

—¿Y en qué no?

—No disimules.

Jules se detuvo al final del pasillo, frente a una pequeña cómoda, sobre la que colgaba un espejo con un marco dorado en forma de rayos de sol.

—Te juro que no tengo ni idea de lo que estás hablando. ¡Maldita sea! ¡Si ni siquiera sé dónde estás!

—En la escalera del aparcamiento de los horrores.

—¿Has ido en coche?

Bajo la penumbra de la débil luz nocturna, Jules vio en el espejo que en la nariz aún tenía costras de sangre. Pero antes de limpiarse en el baño, quería registrar una por una todas las habitaciones de esa vivienda antigua. Aunque no sabía ni cómo ni por qué alguien se podía haber colado allí, empezó por la habitación del piso que antes se había saltado: un pequeño trastero situado a mano derecha.

—No, he cogido un taxi para acercarme aquí. Pero, chico, me debes mucho más que los veinticinco euros que me ha costado. Gracias a ti y a esa amiguita tuya psicópata, voy a tener que ir al loquero. No conseguiré borrar de mi disco duro esas imágenes. Me temo que ya se me han quedado grabadas a fuego en las retinas.

Mientras Jules empujaba hacia abajo la manilla del trastero, de nuevo al otro lado de la línea se volvió a oír el borde de una puerta rascando el suelo. Y otra vez Jules oyó el aullido, aunque esta vez más agónico. Además, por primera vez le pareció oír voces humanas. Murmullos, risas. «¿Y gemidos?».

En su mente, vio a su padre en el hueco de la escalera abriendo la pesada puerta cortafuegos que daba a la planta de un aparcamiento y observando cómo un grupo de personas torturaba a un perro. Pero, para espanto de Jules, de pronto ese aullido sonó distinto. Ese no era el aullido de un animal. Parecía de persona.

—¿Qué está ocurriendo ahí?

La puerta que daba al trastero estaba atrancada.

—Cindy me ha dicho que corre el rumor de que el evento de los sábados por la noche en Le Zen es apenas una fiesta infantil comparada con la fiesta que tiene lugar luego, y que se celebra a una manzana de distancia de ahí, en un aparcamiento abandonado. ¡Sabías lo que les hacían aquí a las mujeres y, aun así, me has enviado!

«Hipócrita hijo de puta», a Jules le hubiera gustado gritarle. «En su momento los gritos de mamá también te ponían, y ahora vas de guardián de la moral», pero entonces su padre le habría colgado y le habría bloqueado el contacto en el móvil; aunque eso solo duraría un día o dos, esa noche él dejaría de ser de ayuda. Por mucho que Jules le despreciara por todo lo que había hecho, esta noche lo necesitaba.

—¿Dónde demonios estás?

Sacudió la puerta del trastero con más fuerza aún, pero parecía cerrada con llave.

«¿O como si alguien la mantuviera cerrada por dentro?».

Jules se dio cuenta de que no llevaba nada que pudiera utilizar para defenderse en caso de necesitarlo. En un gesto de impotencia, sacó el manojo de llaves que llevaba en los pantalones para utilizarlo como nudillo de acero si hacía falta.

—Me he colado detrás de un vehículo antes de que la verja enrollable volviera a cerrarse. El garaje se encuentra detrás del Europa Center en un edificio que va a demolerse, a un tiro de piedra de la entrada del acuario. Según los indicadores, en dos meses la bola de derribo acabará con él. Hasta entonces solo funciona la séptima planta.

—¿Y qué ocurre ahí?

—No te hagas el inocente.

Jules se abstuvo de comentar algo para no desviar en otra dirección el nuevo arranque de locuacidad de su padre. De hecho, le habría encantado gritarle: «¡Al grano!». Simultáneamente, se preguntó si debía atreverse a abrir la puerta a la fuerza. Era de madera, no muy resistente, pero el ruido y los crujidos al sacarla de sus goznes despertarían a todo el edificio.

—Aquí debe de haber seis coches por lo menos, cada uno con una mujer dentro. Bueno, de hecho, en el maletero. Hay, por lo menos, media docena de hombres por coche dando vueltas por ahí.

Jules hizo una pausa y pensó. En su cabeza se agitaba un enjambre de sensaciones y pensamientos distintos, tan descontrolados como la nieve que caía frente a las ventanas.

—Vale, la ciudad está repleta de pervertidos —murmuró.

—Puede que para ti eso no sea una novedad —dijo entre dientes su padre—. Pero es posible que gracias a Cindy haya descubierto algo que te sorprenda.

—¿El qué?

—El verdadero nombre de Lousanne. El que figura en el contrato de alquiler de la planta 20.

—¿Cuál es?

—Tienes tres intentos.

Jules cerró los ojos, con los dedos aún apretados en la manilla, que parecía estar cada vez más y más caliente, como si fuera un hierro candente que quisiera grabarse en su mano.

—¿Cómo se llama?

No quería oír la respuesta, pero, por supuesto, su padre no se la ocultó:

—Klara Lousanne Vernet.

40

Klara

El trayecto desde los arcos del S-Bahn no duró más de cinco minutos. No hacía falta más para ir del purgatorio al infierno situado detrás de la plaza Breitscheidplatz.

—¡Agáchate! —ordenó Martin.

Sin darle tiempo para obedecer la orden, le empujó la cabeza hacia delante, de modo que se dio con la frente contra el revestimiento de plástico. Las esposas, de las que Martin no parecía querer librarla esa noche, se le volvieron a clavar dolorosamente en la muñeca.

«Otra rozadura», pensó con la cabeza apoyada en el salpicadero. «Si hubieras tenido valor y hubieras saltado de la zona de escalada, te habrías ahorrado esta herida y todas las que hoy seguirán».

¿La obligaría también a sacarse un diente?

Klara notó una fuerza centrífuga sacudiéndola mientras Martin subía a toda velocidad con el coche por una especie de tramo en espiral. El motor del pequeño vehículo chirriaba como el de una máquina de coser barata. Klara se estaba empezando a marear cuando Martin frenó en seco.

Notó crujidos en los oídos cuando él le volvió a tirar con

fuerza del pelo para levantarle la cabeza. Con la mirada bañada en lágrimas, intentó hacerse una idea de su nueva situación.

—¿Qué es este sitio?

—¿A ti qué te parece?

«Un tópico».

El típico lugar donde las mujeres temían que las violaran. Y precisamente por eso Martin lo había escogido.

Su coche se encontraba aparcado en diagonal en la planta desierta de un garaje de superficie, encajado entre dos pilares de hormigón que se levantaban contra el techo bajo.

Excepto por un VW Escarabajo polvoriento y sin llantas aparcado cinco plazas más allá, en esa superficie, que debía de tener la extensión de cuatro pistas de tenis, no había ningún otro coche. La mayoría de las marcas de aparcamiento apenas se podían reconocer a causa de la suciedad y los excrementos de ave. Las paredes grises de hormigón estaban cubiertas de grafitis y la iluminación del techo no funcionaba; seguramente hacía tiempo que se había cortado la corriente. Si se podía vislumbrar alguna cosa era gracias a dos focos de obra. Uno estaba situado a la derecha de ella, cerca de la puerta de salida de emergencia, y el otro a su izquierda, delante de un gigantesco muro hecho de lona verde grisácea que impedía que Klara viera la calle. Desde abajo, los transeúntes debían de pensar que se estaban haciendo trabajos nocturnos. Ajenos al verdadero horror que tenía lugar ahí.

—La fiesta de verdad es en la séptima planta —le explicó Martin, desabrochándose el cinturón—. Pero tenemos un corral aparte para nosotros.

—¿Un corral?

—¿Adónde crees que llevan a las yeguas en celo para meterlas en vereda?

«¿A un garaje en demolición?».

—Por lo general, pueden domarte hasta ocho hombres a la vez —le explicó con tono formal, como si estuviera explicándole las reglas de un juego de salón—. Y es aconsejable también acudir con un todoterreno o un coche familiar para que los sementales dispongan de más sitio. Pero cuando se improvisa, no se puede ser exigente.

Martin dio unas palmaditas en el volante.

—Por favor —Klara intentó lo imposible y se humilló suplicándole a su marido—: Déjame marchar. Puedes quedarte con Amelie, sé que eres bueno con ella. Yo solo te causo problemas. Te prometo que, si me dejas marchar ahora, no volverás a verme en tu vida.

—No lo entiendes. Nunca me has comprendido.

Le dirigió una mirada triste, como si realmente se creyera la locura que decía.

—Te quiero. Incluso cuando cometes errores. Como cuando me llevas a la cama tostadas de centeno a sabiendas de que solo me gustan las de trigo. O cuando metes los cubiertos en el lavavajillas con los mangos hacia arriba a pesar de que te he explicado más de cien veces que así no quedan tan limpios. E incluso después de castigarte por ello y odiarme a mí mismo porque de nuevo me has obligado a hacerlo. Incluso entonces te quiero.

—Ningún hombre que ama a su mujer le hace estas cosas.

—Te equivocas. Solo los hombres débiles permiten que sus esposas se descuiden. Es como con los niños. Necesitan normas. Pasárselo todo por alto no es señal de amor, sino todo lo contrario. Si los padres no atienden a los modales, es gandulería y debilidad. En el fondo, es casi un delito, porque más adelante los hijos de esos padres antiautoritarios no sabrán enfrentarse a la vida y ellos mismos se convertirán en unos padres malos, que a su vez tendrán hijos gandules e incapaces de enfrentarse a la vida.

—Tú no eres mi padre.

—Y, aun así, trato de corregir la dejadez de los tuyos al educarte.

—No, Martin. Tú estás enfermo. Eres un gilipollas sin pelotas al que le carcomen sus complejos de inferioridad y que permite que otros peguen a su esposa. Permites que la humillen para romperle las alas. Porque no podrías soportar que tu mujer, hermosa, inteligente y segura de sí misma, te abandonara. Crees que así me tienes controlada. Pero esto no es más que un suicidio por temor a la muerte.

Paradójicamente, Klara sonrió mientras, por primera vez en su tóxico matrimonio, le decía a su marido la verdad sin rodeos. Sin darse cuenta, había citado las palabras que escuchó decir a Jules en el teléfono de acompañamiento.

—Gracias —dijo Martin dándole unas palmaditas en la mano—. Gracias por facilitarme tanto las cosas. Porque, créeme, lo que va a ocurrir tampoco es divertido para mí. No lo veré. Me partiría el corazón. Pero, quién sabe, tal vez algún día analicemos juntos el vídeo.

Klara miró a su alrededor, pero no vio ninguna cámara.

—Ahora vendrá —dijo Martin, adivinándole el pensamiento—. Las reglas del corral son muy simples. Quien más paga, más derechos tiene. Si luego quiere volver a verlo, se le proporciona una GoPro.

—¿Ocho hombres?

—En la planta siete. Le reservé a Lousanne el corral de doma salvaje. Es para las yeguas más rebeldes. Las que necesitan algo más que un escarmiento. De la mano de un solo hombre que puede proceder con la máxima severidad.

Martin no necesitó decir nada más. Klara leyó en su mirada enojada lo que él no dijo en voz alta:

«Ahí, a las mujeres no solo se las destroza. Se las destruye».

—Recibirás la visita del mejor postor —le explicó, como deleitándose con el terror que le vio en la mirada. «Me ha subastado. Este cerdo desquiciado y demente me ha puesto en puja».

Al hacerse miembro del «club de caballeros» de Lousanne, se obtenía una cuenta de un servicio de transferencias al extranjero que permitía abonar las «cuotas del club» en tiempo real, o eso le había explicado Martin de camino a casa tras aquella noche en Le Zen, como si, en el estado lamentable en el que se encontraba, aquello pudiera ser información relevante para ella. Era propio de él. En cuanto su marido dejaba de sentirse sexualmente excitado, empezaba a lamentar sus excesos y se volvía locuaz. Era casi como si creyera que un abuso era menos atroz si se trataban de forma abierta ante la víctima todos los detalles de su ejecución y realización.

—Espero que este tratamiento exclusivo te sirva de lección —dijo Martin y se bajó del vehículo. Klara vio y oyó que estaba excitado.

—¡Cerdo asqueroso! —le gritó. Consciente de que la situación en la que se encontraba no podía ser peor, ya no tenía miedo a empeorarla. Se iba a enfrentar exactamente a aquello que le había llevado a plantearse el suicidio—. ¡Cerdo pervertido y demente! —chilló aún más fuerte, pero Martin ya estaba tan lejos que no podía oírla.

Bramó, pataleó, lloró, siguió rasgándose la piel de la muñeca y estuvo a punto de dislocarse el hombro al colgarse del asidero con todo su peso; sin embargo, no pudo hacer nada por cambiar su situación desesperada. Agotada y sin aliento a causa de sus esfuerzos inútiles, agachó la cabeza. Pensó en las llaves de las esposas, inalcanzables junto a su asiento, y se preguntó si podría hacerse con ellas dislocándose el hombro, pero negó con la cabeza porque no podría resistir jamás ese dolor. Y al sacudir la cabeza, en el momento en el que oyó que se cerraba una puerta pesada a su derecha, cayó en la cuenta de una cosa.

Miró a la izquierda. Al lado del conductor.

¿Era posible?

Unos pasos se aproximaban. La mitad de rápidos que los latidos de su corazón, que iban en aumento.

«No puede ser... ¿o tal vez sí?».

Klara se mordió el labio inferior para no gritar de emoción. Si no se equivocaba, Martin había cometido un error fatal.

41

Jules

Jules se lanzó contra la pared en el momento en el que su padre se echaba a correr.

Tiró con tanta fuerza de la puerta del trastero que la manilla se soltó y él se tambaleó hacia atrás con la manilla en la mano. Al hacerlo, se golpeó el hombro y el dolor le hizo soltar las llaves, que llevaba en el puño convertido a modo de nudillo de hierro. No soltó el móvil, pero la conexión con su padre estaba a punto de interrumpirse. Crujidos, chasquidos, rasguños. Pisadas sonoras sobre un suelo duro.

Por los ruidos que se oían, supuso que Hans-Christian Tannberg se había metido el teléfono en el bolsillo del pantalón y se había echado a correr por la escalera del aparcamiento.

—¿Papá?

Solo oyó un «mierda» seguido de otras imprecaciones, todas amortiguadas y ahogadas por el ruido de fondo de la tela rozando el cuerpo al andar.

Aunque resultaba difícil de entender lo que decía, Jules comprendió que su padre estaba en problemas. Seguramente se había asomado demasiadas veces por la rendija que daba al garaje. Tenía a alguien que le perseguía, dispuesto a atrapar a ese testigo que se había colado en la «fiesta» sin estar invitado.

—¿Qué ocurre?

—Estoy... en... la... escalera... —dijo su padre con la respiración entrecortada. Y luego—: Oh, no... cerrado...

Y en el momento en que a Jules le pareció oír un golpeteo metálico, como de alguien sacudiendo una valla metálica, la conexión se interrumpió.

—¿Hola?

Jules se frotó el hombro dolorido y miró la pantalla de su móvil.

LLAMADA PERDIDA decía. Como si nunca hubiera hablado con su padre y esa llamada nunca se hubiera realizado. Jules se preguntó, y no por primera vez, la razón de ese mensaje, en sí erróneo, que asomaba cuando una llamada se interrumpía por falta de cobertura.

Pulsó el botón de rellamada y dejó que sonara. Una vez, diez veces. Veinte. Su padre no tenía buzón de voz; al cabo de treinta pitidos, el operador telefónico pasó automáticamente la línea a *ocupado* y Jules tuvo que volver a intentarlo.

Entretanto, abrió la puerta de la habitación infantil por quinta vez esa noche; ahí todo seguía tranquilo y en silencio.

Ni intruso, ni cama vacía ni ningún cambio.

—Mi pequeña —susurró Jules sentándose en la cama de la niña. Aunque respiraba con algo de dificultad, era constante. Las pesadillas de antes parecían haber finalizado. Le subió el edredón para abrigarla cuando le sobrevino un pensamiento que le hizo estremecer.

¿Y si lo que tienes no es un simple resfriado?

Le palpó la frente empañada y pensó entonces en las pastillas del zumo de naranja.

Jules cogió la botella de agua con el dibujo de Hello Kitty que había junto a la cama y la sacó del dormitorio para examinar bajo la luz clara de la cocina si presentaba algún residuo, lo cual, de hecho, era un absurdo. No había visto a nadie en el piso, no había oído pasos, y la puerta de la habitación de la pequeña no se había movido ni un milímetro.

Con todo, Jules estaba convencido de haber pasado por alto alguna cosa.

¿Qué podía ser?

Apenas entraba en el pasillo, la vibración de su móvil, como el cascabel de una serpiente anunciando peligro, le indicó una llamada entrante.

—¿Papá?

—El que viste y calza. ¡Señor! ¡De qué no lo cuento!

—¿Dónde estás?

—De nuevo en un taxi. Yo solo quiero largarme de ahí. Han estado a punto de pillarme con la puerta enrollable, estaba tan hecha polvo que he podido apartarla a un lado y escabullirme.

Su padre se reía eufórico, evidentemente animado por la emoción de haberse librado de un peligro en el último segundo.

—Saltaba a la vista que esos iban a darme una paliza.

—¿A quiénes te refieres con «esos»?

Jules se alejó de la habitación de la niña, cuya puerta hubiera preferido cerrar con llave. Excepto la puerta de la entrada y la del baño, en el piso no había más cerraduras con llave. De ahí que aún resultara más extraño que no pudiera abrir el trastero.

—Pues a esos pervertidos de la fiesta del garaje. Ni idea de quiénes eran. Tres tíos. Todos con pasamontañas.

—¿Alguna característica especial?

—Sí. Hay uno que te lo puedo describir exactamente. Pero no te hará ninguna gracia.

Jules estaba tan nervioso que estuvo a punto de tomar un sorbo de la botella de Hello Kitty.

—¿Qué quieres decir?

Oyó que su padre se quejaba de la ruta que tomaba el taxista («No me importa que la autopista de circunvalación sea más rápida, es más cara, caradura»), y luego dijo—: Tenía el cabello claro, rubio, con una melena corta. Como de hippie. Le salía por debajo de la máscara. Delgado, de complexión atlética, más o menos de tu edad. ¿Te suena?

—No.

—Sostenía una tonfa en la mano derecha.

—¿Y?

Jules llegó a la cocina crispado y puso la botella junto al fregadero.

Cualquier lunático podía pedir por internet una porra como las de la policía. A Jules cada vez le fastidiaba más tener que sacarle a su padre la información con pinzas.

—No entiendo lo que intentas decirme.

Levantó la botella transparente hacia la luz del techo y no vio nada. Ni suciedad, ni pelusilla, ni, desde luego, pastillas. Sin embargo, cuando su padre continuó hablando, fue como si estuviera repleta de veneno y él acabara de beber un buen trago, porque Hans-Christian Tannberg entonces le espetó:

—¿Sabrás de quien se trata si te digo que el tipo llevaba tatuado el signo del párrafo en el dedo corazón?

42

A Jules, que solo pretendía dejar la botella junto al fregadero, se le congeló el gesto, como Fabienne y Valentin solían hacer antes en las fiestas de cumpleaños infantiles cuando jugaban al juego de bailar y quedarse inmóviles cuando la música se detenía.

—Eso es imposible.

—¿Por qué?

—Porque Caesar va en silla de ruedas.

—¿Desde cuándo, chico? ¿Acaso estuviste presente cuando los médicos le dieron el alta tras el accidente? ¿Acaso has leído su historial médico?

—No, pero...

El acúfeno de Jules, ese pitido que le acompañaba indicando su estrés, volvió a hacerse presente.

—No, no lo has hecho —le interrumpió su padre—. No sería el primero en fingir estar confinado en una silla de ruedas. Ni te imaginas la de defraudadores de seguros que he pillado con este timo.

—Caesar está en una cita. Me lo ha contado. La chica que le gusta también va en silla de ruedas.

—Eso es lo que dice. —Su viejo suspiró—: Si no me crees, muchacho, llámale.

—¿Y qué se supone que demostrará eso? —Jules iba de un

lado a otro por la cocina—. Si no contesta, es que está ocupado con Ksenia.

—A ti te da miedo la verdad —le dijo su padre con el peculiar soniquete que incluso de niño le sacaba de quicio. Con su sonrisa de suficiencia, como si él fuera muy listo.

—¡No cuelgues! —le gritó Jules a su padre. Luego, lo puso en espera y marcó el número de su mejor amigo desde la memoria de favoritos. Tuvo que esperar un instante a que se estableciera la conexión. Antes se oyó una breve estática, como las llamadas a larga distancia de otros tiempos.

«Menuda gilipollez...».

Por supuesto, Jules sabía que su padre se tenía que haber equivocado. Ni de broma Caesar estaba en ese garaje. Y menos aún sin su silla de ruedas.

Pero entonces, cuando por fin se estableció la comunicación, Jules tuvo una experiencia casi extracorpórea. El móvil no solo sonaba en su oído, sino que, con el primer timbre, se volvió a oír la música que apenas unos minutos atrás lo había asustado.

Música clásica.

Unos tonos menores, tristes y melancólicos.

«¿Chopin?».

De pronto Jules se sintió transportado a ese momento espantoso, cuando el día de la tragedia de Prinzregentenstraße había echado a un lado a los agentes para entrar en su propio piso. Impulsado por la certeza de estar a punto de descubrir algo horrible. Su sensación fue muy parecida cuando se dio cuenta de que el origen de esa melodía de piano estaba apenas a unos metros de él.

Jules parpadeó, se restregó los ojos y de buena gana los habría mantenido cerrados durante mucho tiempo. Entonces se acordó también del título de la pieza: *Preludio número 4.*

La pieza que a Caesar le gustaba tanto que la tenía como tono de llamada desde hacía una eternidad.

43

Jules miró la pantalla y comprobó de nuevo si realmente había marcado el número correcto; y, en efecto, ahí decía «CAESAR (Magnus Kaiser)». Y esta vez no cabía duda de dónde procedía el tono de la llamada.

Volvió a recorrer el pasillo, unos pocos pasos en dirección a la habitación de la niña. Anduvo despacio, colocando con cuidado cada pie, como procurando no resbalar en un trozo de hielo resbaladizo.

«Es imposible. No puede ser».

La melodía se oía más fuerte cuanto más se aproximaba a la puerta principal. Al llegar junto a ella, se detuvo un momento; luego, introdujo la llave en la cerradura y abrió la puerta. Normalmente, aquel movimiento de por sí activaba los sensores del hueco de la escalera, pero incluso cuando Jules traspasó el umbral, la lámpara abombada del techo que solía inundar el pasillo con una luz de un tono amarillo azufre permaneció apagada.

La oscuridad enfatizó el efecto aterrador que la visión de la fotografía de la pantalla tuvo en Jules.

Era una instantánea tomada dos años atrás, en el Estadio Olímpico, en un partido del Hertha contra el RB Leipzig. Jules llevaba, por provocar, una bufanda del Union y, como Caesar, estaba gritándole algo al equipo o al árbitro con una cerveza en la mano. Jules se acordó de que aquella fotografía la había tomado Dajana y le rompió el corazón darse cuenta de que Caesar la había elegido como imagen de fondo para las llamadas entrantes de su mejor amigo.

«Pero ¿de verdad lo somos? ¿Mejores amigos?».

Jules interrumpió su intento de llamada, e inmediatamente el teléfono móvil que había en el felpudo frente a la puerta de entrada dejó de sonar. Chopin se apagó, la pantalla se oscureció y la imagen de los dos amigos viendo fútbol desapareció. Y, con ello, la esperanza de que hubiera una explicación inocente para eso, una que Jules tenía que esforzarse por encontrar.

—¿Caesar? —llamó por la escalera.

Más incluso que por el móvil, le maravillaba no haber oído el viejo ascensor, cuya puerta corredera con marco de latón restallaba en la casa como un látigo cuando alguien la abría.

«No sería el primero en fingir estar confinado en una silla de ruedas. Ni te imaginas la de defraudadores de seguros que he pillado con este timo». Al pensar en la afirmación inaudita de su padre, reparó en que su llamada seguía en espera.

—¿Sigues ahí? —preguntó, dirigiéndose de nuevo a él mientras volvía a entrar en el piso con el teléfono de Caesar en la otra mano. Intentó desbloquearlo para ver cuándo se había utilizado por última vez, pero estaba asegurado con reconocimiento facial.

—Déjame adivinar, no ha contestado —dijo su padre.

—Es peor que eso —respondió Jules.

Y con ello no se refería al hecho de que hubiera encontrado el móvil de su mejor amigo en la puerta del piso. Ni tampoco a la pregunta de cómo y, sobre todo, por qué Caesar lo había dejado allí con sigilo. Su respuesta hacía referencia a la puerta del trastero, cuya manija antes se le había quedado en la mano porque se había atascado.

«¿O tal vez estaba cerrada con llave?».

Ahora la puerta estaba abierta.

44

Klara

«No es sí».

Sin duda, el comentario más insidioso de los hombres cuando se les preguntaba por qué habían continuado a pesar de que su pareja les había pedido que pararan.

«Por favor, me haces daño».

«Para».

«¡No quiero!».

Klara sabía que en unos segundos, en cuanto el «mejor postor» estuviera con ella, aquellas frases dejarían de tener sentido. Le había dado la impresión de que aquella subasta de esclavos de Martin había durado menos de diez minutos, y ahora un hombre alto se acercaba lentamente a su coche desde la puerta de la salida de emergencia. Unos segundos más, y ese tipo de hombros anchos y andar de marinero achispado la «utilizaría» y, al hacerlo, solo oiría lo que él quisiera oír:

«Sí».

«¡Sigue!».

«¡Más fuerte!».

En una ocasión, durante una pausa para almorzar, una de sus compañeras de trabajo se había burlado de las «gallinas codiciosas» que esperaban años para denunciar una violación, la mayoría de las veces si había dinero de por medio, cuando el «presunto criminal» había logrado fama y gloria. Klara se sintió tan mal que tuvo que vomitar el bocadillo que se había traído de casa en el lavabo de la consulta. Fue incapaz de contarle a esa colega que, por propia experiencia, cuando notas el esperma saliéndote de la vagina en las bragas ensangrentadas te sientes como una mierda. Que preferías pasarte un año quemándote la piel a cien grados de temperatura bajo la ducha a dejar que un desconocido documentara la violación inmediatamente después del crimen; que solían ser hombres los que tomaban declaración de lo ocurrido, pero que tampoco tolerabas sentir unas manos de mujer sobre tu cuerpo violado recabando pruebas. Para un juicio en el que se enfrentaría una declaración a la otra; en el que la otra parte intentaría presentarte como una zorra (hay incluso vídeos de ella siendo azotada por otros tíos), y, al final, si las cosas iban muy muy bien, el hombre saldría del tribunal con una suspensión de la pena, mientras tú acarrearías la vergüenza durante toda la vida.

Klara sacudió la cabeza y se echó a llorar.

No, hoy tampoco diría nada. Aunque ese tipo, que pese al frío de la noche solo vestía una camisa blanca de manga larga y unos vaqueros negros, le rompiera todos los huesos del cuerpo.

Klara pulsó por enésima vez el botón del bloqueo interior del vehículo, un gesto que sabía inútil porque Martin, con una previsión abismal, había abierto un poco el maletero para asegurarle el acceso al vehículo al mejor postor.

El «jugador» (así se llamaban los participantes de esas veladas depravadas) había cumplido su parte del trato. Según las normas, su cuenta debía haber notificado ya de forma telemática la recepción del dinero. Había transferido a Martin el dinero para esclavizarla, y eso significaba que podía hacerle cualquier cosa, que ella iba a tener que soportarlo todo. Muy probablemente esta escoria de hombre pensaba igual que Martin. Que, de todos modos, es lo que querían las mujeres. Y que él estaba en su derecho porque, al fin y al cabo, por eso había pagado.

«No es sí».

Sobre todo si se trataba de una mujer casada que tenía que obedecer a su marido. Tal y como argumentó en una ocasión un político de alto rango en el Bundestag, refiriéndose a por qué la violación en el matrimonio debía quedar impune: «También forma parte de la vida matrimonial superar la falta de ganas de la pareja. No es que el marido pretenda delinquir, es solo que algunos hombres son más impetuosos».

«Desde luego que lo son».

«Martin ha escogido para mí un ejemplar especialmente "impetuoso"», pensó Klara, conteniendo sin darse cuenta la respiración cuando el hombre se detuvo ante el coche a unos cinco metros y se la quedó mirando como un depredador acechando su presa. Estuvo a punto de echarse a gritar. Le bastó con pensar en lo que le haría mientras ella permanecía indefensa atada al asidero para sentir un tremendo dolor físico.

«Aún me queda una oportunidad», pensó. «Una última oportunidad». Klara se inclinó hacia un lado, estiró cuanto pudo el brazo que tenía inmovilizado y trató de alcanzar con el izquierdo la puerta del conductor, más concretamente, el compartimento interior donde antes Martin había dejado —¡y olvidado!— la pistola de Hendrik. «¡Estúpido idiota!», dijo en voz alta, sacando fuerzas de cada uno de los improperios que le venían a la cabeza pensando en su marido. ¡Aquel imbécil asqueroso había salido del coche sin llevarse la pistola!

Comparada con las llaves de las esposas, la pistola era mucho más grande y no estaba atascada en ningún sitio, así que para Klara resultó más fácil hacerse con ella. En el pecho el corazón le iba como los cascos de un caballo desbocado. La excitación eufórica de sentir el cañón entre las manos hizo que dejara de notar el dolor en la muñeca.

Casi.

«Ya está», se dijo Klara, pero en ese momento el arma se le volvió a escapar. No porque se le escurriera de los dedos, que tenía húmedos por el nerviosismo, sino porque de pronto la distancia entre su mano y el compartimento interior se amplió. El «jugador» se le había adelantado y había abierto la puerta del conductor.

Al encenderse la luz interior del vehículo, en Klara se apagó la última voluntad de resistir. Lo que estaba a punto de comenzar anunciaba su final. Lo malo era que ella ya no lo escogería, sino que vendría acompañado por el dolor que le infligiría un desconocido.

Aquel tipo corpulento, que era demasiado grande para ese coche pequeño (y demasiado grande para su cuerpo menudo de mujer), se dejó caer sobre el asiento haciendo tambalear el vehículo.

—¡Hola, señora! —dijo el hombre cerrando la puerta. Luego volvió el rostro hacia Klara—. Parece que nos volvemos a ver, ¿eh?

45

—¿Cómo dice?

Con un gesto instintivo de defensa, Klara se cubrió el pecho con el brazo izquierdo.

Aunque nunca antes había visto la cara de ese hombre, le resultaba extrañamente familiar. Irradiaba fuerza, pero no parecía un bruto. Cabeza angulosa, proporcionada con el resto del cuerpo musculoso, y que parecía más voluminosa por los rizos oscuros desordenados. Manos grandes y nervudas con las que agarró el volante como quien sostiene un palillo. Unos pectorales que amenazaban con reventarle los botones de la camisa. Todo resultaba desconocido y, a la vez, familiar.

Tal vez —la idea la estremeció— Martin ya se la había «presentado» en otra ocasión; ¿podía ser que fuera aquel enmascarado de la correa del perro de la velada sádica de Le Zen?

El «jugador» colocó la GoPro sobre el salpicadero, pero orientada de modo que el objetivo apuntara a un lado y no captara nada de lo que ocurría en el interior. Debía de estar demasiado excitado. Tal vez fuera su primera vez en el «corral».

—Vamos, rápido —susurró, pero Klara no supo qué quería decir con aquello.

¿Debía desnudarse?

¿Empezar desvistiéndole a él? ¿Desabrocharle los pantalones?

El tipo rebuscó en el hueco lateral de la puerta, sacó la pistola sin darle la menor importancia y siguió rebuscando en el compartimento situado detrás de la palanca de cambios y en el posavasos que quedaba delante.

—¿Dónde está la llave? —preguntó sin mirarla.

—Junto a mi asiento, en el suelo —explicó Klara. ¿Qué sentido tenía retrasar lo inevitable? A fin de cuentas, en algún momento él querría desatarla, cuando ella ya no estuviera en condiciones de resistirse.

—No, esa no —dijo ese tipo tras clavar la mirada junto al asiento.

«¡Qué raro!».

Le pareció que también había oído antes esa voz.

—¿Dónde está la llave de mi coche?

«¿Mi coche?».

Klara resolló.

«¿Cómo podía ser?».

—¿Hendrik?

—No, Papá Noel —dijo él bromeando mientras abría la guantera—. ¿La tienes aún?

—¿El qué?

Estaba tan perpleja que había olvidado lo que había preguntado ese hombre, que obviamente era Hendrik sin el disfraz de Papá Noel.

—¡La llave del coche! —Él pulsó el botón de arranque, pero el motor no se puso en marcha—. Contaba con que él se la hubiera dejado dentro. ¿Sabes dónde está?

Klara negó con la cabeza. Por un lado, a modo de respuesta, pero sobre todo porque no le encontraba sentido a la nueva situación.

—¿Qué haces aquí? —dijo ella con voz ronca. Con la pregunta, regresó el miedo y con el miedo volvieron a agitarse los cascos bajo su pecho.

«¿Acaso eso era un montaje, un juego obsceno? ¿Y si Hendrik había sido enviado por Martin desde el principio?».

—Estoy intentando recuperar mi coche. Y, según parece, sacarte a ti de esta mierda.

Era imposible no oír lo nervioso que estaba. Pero —y eso le dio a Klara por primera vez un atisbo de esperanza—, no en el sentido sexual. Tenía la impresión de que él también preferiría estar en cualquier otro lugar del mundo excepto ahí.

—Tenemos que darnos prisa. El tipo que te ha subastado en la planta inferior ha dicho que vendría en cinco minutos para controlar. Puede que antes si ve que la GoPro no chuta.

Klara no podía dejar de sacudir la cabeza.

—Pero, no…, no entiendo… ¿Cómo me has encontrado?

—Me has visto disfrazado de Papá Noel, ¿cómo crees que me gano la vida?

—¿Actuando en fiestas de Navidad?

Él se echó a reír.

—¿En mitad de la noche? Cariño, soy stripper. Me desnudo en despedidas de soltera o en otras fiestas de borracheras femeninas. Como la del bosque.

A pesar de su situación lamentable, Klara tuvo que sonreír.

—Supongo que esto explica lo de las esposas y la pistola.

—Son falsas.

Sacó la pistola del hueco lateral de la puerta y señaló con el cañón las esposas que asían la muñeca derecha de Klara.

—Sin balas. Falsa, como ese juguete que te sujeta el brazo. Aunque realmente aguantan bastante bien, no lo habría dicho.

Metió la mano entre el cojín y el revestimiento duro del asiento y logró sacar las llaves de las esposas con una velocidad impresionante con sus dedos gruesos.

Se inclinó hacia ella, en principio, para liberarla, pero Klara retrocedió instintivamente.

—¡No, déjame!

—¿No quieres?

—Es una trampa, no quiero que nadie me tome el pelo.

Él se dio unos golpecitos en la cabeza con un dedo.

—¿Has perdido la cabeza? He venido a liberarte. He tirado a la basura mi disfraz para que un taxista me llevara. Por tu culpa me he helado el culo yendo en vaqueros y camisa, y todo porque has querido robarme el coche. Te juro que, en cuanto salgamos de esta, vas a tener que darme algunas explicaciones.

—No hasta que expliques de un modo plausible cómo me has encontrado.

Hendrik puso los ojos en blanco.

—¿Te parece que es el momento para eso?

—Si tu explicación dura más de diez segundos, es que es mentira. De todas formas, yo ya estoy jodida.

—Vale. —Él suspiró—. Ese tío de mierda que te ha llevado con mi coche gritó que te llevaría al corral.

Un escalofrío recorrió la espalda de Klara; y no solo porque en el garaje el interior del vehículo se iba enfriando cada vez más conforme más tiempo pasaban ahí.

—¡Ah! Y entonces, claro está, adivinaste de inmediato qué significaba eso, ¿no?

—Te lo repito: soy stripper. Conozco todos los eventos sexuales pervertidos de la ciudad, incluso los ilegales.

—Y una mierda. Solo los miembros del club saben cuándo y dónde se celebra esto.

Hendrik murmuró que se había hartado de toda esa mierda. Sin esperar más preguntas ni protestas, se inclinó sobre el asiento de ella, la agarró por el brazo y en un instante la liberó de las esposas.

«Desde luego, se ve que tiene práctica con eso».

—¡Y ahora, nos vamos de aquí! —la urgió—. El tipo que te secuestró pronto se dará cuenta de que su cuenta sigue vacía.

—¿No le has transferido el dinero?

—Por supuesto que no, cielo. Ya te he dicho que no soy miembro. He fingido con el móvil, haciendo como si estuviera dando órdenes de pago. Le he dicho que la transferencia tardaría aún unos diez minutos porque había mucho movimiento en el banco, pero que yo iba adelantándome; a fin de cuentas, sabe dónde encontrarme.

Klara asintió. Tenía sentido. Como, en principio, esa fiesta solo la conocían los miembros, todos los presentes asumían sin más que disponían de una cuenta para transferir el dinero. El mero hecho de estar allí ya era garantía suficiente. Eso, a su vez, planteaba la cuestión de cómo Hendrik había logrado colarse.

«¡Es una trampa!», le gritaba la vocecita del sentido común en el hemisferio izquierdo del cerebro.

«¿Y qué? Si hoy estabas dispuesta a echarlo todo por la borda», replicó con resignación la voz de su corazón exhausto.

Hendrik se la quedó mirando con sus ojos azul acero, que, a pesar de su intenso color, tenían un aspecto asombrosamente melancólico, y la tomó de la mano:

—Vámonos. Es solo cuestión de minutos que ese perverso se dé cuenta de que nunca recibirá mi dinero y regrese.

—Más bien de segundos —musitó Klara y volvió la cabeza a un lado, clavando la mirada en la puerta de emergencia por la que en ese instante su marido entraba a la planta del aparcamiento hecho una furia. Le seguían dos hombres que parecían llevar armas.

46

Eran tres. Y, en efecto, llevaban armas. Las peores que se podían llevar en una pelea cuando el adversario era más débil, como Klara, o solo disponía de una pistola falsa, como Hendrik. Martin y sus dos compañeros, con el rostro tapado con un pasamontañas, sostenían cada uno un cuchillo largo en la mano derecha. Dispuestos a usarlos para rajar, hender y desgarrar.

—¿Quién eres? —rugió Martin de lejos.

Klara se sobresaltó a pesar de que el bramido le llegó amortiguado por el parabrisas. Había visto a su marido enfurecido en innumerables ocasiones, a menudo hasta el punto de la cólera. Pero jamás había visto en su mirada una rabia asesina tan intensa.

—¡Eso no es asunto tuyo, hijo de puta! —respondió a gritos Hendrik.

Martin, para entonces a un metro de distancia, lo amenazó con el arma.

—Bájate del coche, pedazo de vaca, que te mato.

Hendrik se rio con desdén.

—Imbécil. Solo te muestras fuerte cuando tu rival tiene tan pocos huevos como tú.

Martin se volvió enfadado hacia los secuaces que iban con él:

—Debí habérmelo imaginado. Nunca le había visto su rostro asqueroso. Y nunca nadie había ofrecido tanto por la puta de mi mujer.

Los compañeros asintieron sin decir nada.

—En cuanto acabe contigo estarás más jodido que nunca —dijo Hendrik.

—¡Entonces sal del coche de una maldita vez! —rugió Martin.

Klara miraba alternativamente a Hendrik y a su marido mientras ambos se sostenían la mirada, como si jugaran a ver quién aguantaba más sin pestañear.

—Si se acerca lo suficiente, tal vez ese truco que has intentado antes podría funcionar —oyó que Hendrik musitaba, apenas moviendo los labios, como un ventrílocuo.

Aunque Martin seguía demasiado lejos, Hendrik pulsó el botón de arranque del Hyundai, obviamente, en vano.

«Si Martin se acercara un poco más…».

Klara ya había acumulado la ira suficiente como para intentar un plan desesperado.

—¡Ven tú a buscarnos! —gritó a su marido por la ventana. Le levantó el dedo corazón—. ¡Pedazo de gilipollas! ¿Quieres saber a quién tengo a mi lado?

Le dedicó a Martin una sonrisa que rezumaba desprecio.

—Este es Hendrik. Mi amante. ¿Pensabas que podrías controlarme? ¡Ni de coña! Hace meses que me lo follo.

Se volvió hacia Hendrik, se acercó su cara, miró sus ojos azules como el acero, apretó los labios contra su boca y le dio un beso con lengua.

Como era previsible, la reacción furibunda de Martin no se hizo esperar. Su marido se precipitó hacia delante y golpeó el capó con el puño. En ese instante, Hendrik pulsó el botón de arranque.

El motor no arrancó.

Martin soltó una carcajada y blandió el cuchillo hacia ellos.

—¿Y ahora quién es el idiota? —preguntó—. ¿Creías que yo llevaba la llave? Puto imbécil.

Empujó con un gesto brusco al tipo bajo, amorfo y gordo que tenía a su derecha, que también llevaba un traje a juego con su cuchillo, y dio una patada a la puerta del copiloto.

—¡Abre! —ordenó Martin, y el tipo a su derecha sacó la llave y desbloqueó el cierre centralizado de forma remota.

Martin sostuvo el cuchillo entre los dientes para quitarse la chaqueta, que arrojó al suelo frente a él como un noble arrojando un guante. Luego se precipitó furibundo hacia el coche.

Una de las principales recriminaciones que Martin le había hecho a Klara una y otra vez durante su matrimonio era: «¡Es que no piensas!». Un mantra que precedía prácticamente a todos los bofetones. En eso él solía estar equivocado. La mayoría de las veces, Klara, de hecho, les daba demasiadas vueltas a las cosas, quería pensar en demasiadas cosas a la vez («por un lado, le gusta encontrarse la cerveza lista en la mesita del salón al comienzo del partido, pero, por otro, tiene que estar fría. Entonces ¿cuándo es mejor que la saque de la nevera para que él no tenga la impresión de estar recordándomelo?»), y siempre acababa equivocándose. En esta ocasión, sin embargo, Martin acertaría.

Klara no pensó, no consideró las consecuencias de inclinarse sobre el asiento de Hendrik y, por tanto, sobre su tronco, para sacar la pistola falsa del compartimiento de la puerta del conductor en cuanto Martin abrió de sopetón la puerta del copiloto. Justo antes de que él la agarrara por el pelo y el dolor le llegara hasta los senos nasales mientras él la arrojaba fuera del vehículo contra el suelo de cemento.

—¡Suéltala! —gritó Hendrik, que, por lo que ella podía oír, también había salido del coche de un salto. En ese momento, Klara, a cuatro patas, tenía los ojos tan anegados en lágrimas que era incapaz de ver nada en el sucio suelo del garaje. Tan solo sentía la conocida mezcla de emociones de dolor, miedo y desesperación, alimentada por una considerable ración de ira, que le permitió alzarse, literalmente, contra Martin.

Profiriendo un grito como si estuviera dando a luz, sacrificó su pelo, que Martin seguía agarrando, y apartó de un tirón la cabeza. Klara giró sobre sus rodillas unos noventa grados y se incorporó, apuntando a Martin con la pistola y gritando algo completamente ininteligible. Una mezcla de: «Ahora sí que estás jodido», «¿Aún te crees tan fuerte?» y «Voy a meterte el cañón por el culo y espero que la bala te salga por la boca».

Quiso gritar todo eso al mismo tiempo, pero estaba demasiado excitada y aterrada para expresarse con sensatez, consciente de que con la pistola solo se estaba tirando un farol. Con todo, fue tan convincente que los acompañantes de Martin levantaron las manos y el gordo incluso dejó caer el cuchillo.

—Cálmate, Klara —le oyó decir a Hendrik, que se le había acercado por detrás tras rodear el coche.

Y eso la molestó.

Klara sabía que a menudo el miedo tenía efectos secundarios positivos. Experimentado con la frecuencia suficiente, como les ocurría a los soldados en combate, agudizaba los sentidos. Uno estaba atento a matices y sutilezas que en la vida cotidiana permanecían invisibles. Por ejemplo, que un hombre usara tu nombre de pila sin habérselo dicho antes.

«¿De dónde ha sacado Hendrik mi nombre?».

Distraída un breve instante por ese pensamiento, bajó el arma apenas un centímetro. Martin debió darse cuenta de ese descuido fugaz y lo aprovechó. Con fuerza, eficazmente, con una patada entre las piernas, como le solía hacer antes, cuando Klara llegaba tarde del trabajo y él había pasado demasiado tiempo a solas con Amelie.

Se volvieron las tornas. El plan pasó de ser desesperado a un completo desastre. Martin agarró del brazo a Klara, que se encogió, y le golpeó la cara con el arma falsa. Fue un error. La sangre que le brotó a chorro de la nariz le roció a Klara la mano con la que agarraba la pistola. Corría el peligro de que se le soltara y, como Martin también tenía los dedos salpicados, él no podía hacerse con ella. En ese momento, Hendrik se acercó con un salto desde atrás, pero fue demasiado tarde.

Klara disparó.

En un intento desesperado por no revelar el engaño, ella se había agarrado con tanta fuerza a la empuñadura del arma que había apretado el gatillo.

«Por error», se decía cuando vio a Martin retroceder detrás de Hendrik, que en la refriega debía de haberse abierto paso junto a ellos.

Klara soltó la pistola al suelo, pero no oyó cómo daba contra el suelo. Tenía los oídos completamente ensordecidos a causa del estruendo, cuyo eco retumbaba en su interior.

—¿Qué significa esto? —preguntó aún sin poder oír. Era como si llevara algodón en los oídos.

—Klara… —Hendrik movió los labios.

La llamó de nuevo por su nombre, pero al hacerlo la miró como si ya no estuviera seguro de tenerla ante él. Pasmado, desconcertado. Herido.

«Esta debe de ser la cara que pone un marido que ama a su esposa por encima de todas las cosas y que es testigo de que lo engaña», pensó Klara, sin dar crédito a que Martin no se hubiera aprovechado de la situación para arremeter contra ella. De hecho, había reculado. Había soltado el cuchillo e, igual que sus secuaces enmascarados, se había dado la vuelta, corriendo cada vez más deprisa, de regreso a la escalera del garaje.

Todavía completamente conmocionada, Klara estuvo a punto de preguntarle a gritos por qué hacía eso, aunque, en el fondo, era exactamente lo que ella quería: que Martin la dejara en paz. Preferiblemente para siempre.

«¿Adónde pretendes ir?».

«¿Por qué me dejas?».

«¿Qué ha pasado?».

Volvió la mirada hacia Hendrik y, al ver la mancha, dio con las respuestas a las preguntas que se arremolinaban en su cabeza.

Primero le recordó a una mariposa; luego, al mapa de una isla que se extendía por la camisa blanca de Hendrik desde la zona del esternón hacia los riñones.

—¿Qué…? —le preguntó ella, aún sin poder oír e incapaz de articular una frase completa.

Al hablar, ella soltó humo por la boca, como antes el cañón de la pistola tras soltar la bala.

Con un estallido.

«Eso es imposible. Si él me ha dicho…».

Hendrik se tambaleó. Klara dio un paso adelante para agarrarlo por el brazo, pero no fue lo bastante rápida. Hendrik se apretó la mano sobre la herida de bala y se desplomó hacia delante. Primero de rodillas, luego cayó sobre un costado y se quedó tumbado sobre el suelo frío de cemento gris en posición fetal, justo al lado de la pistola, que evidentemente había resultado ser de verdad.

—¡Pensaba que era falsa! —gimió Klara—. Me dijiste que no funcionaba.

Ella también se arrodilló, extendió su mano temblorosa hacia él, pero no se atrevió a tocarlo. Su mirada se posó en la chaqueta que Martin se había quitado. La cogió para colocarla sobre Hendrik. El cartel de primeros auxilios de la pared de la consulta donde trabajaba decía que los heridos tenían que mantenerse calientes. ¿Aquello podía aplicarse también a las heridas de bala?

«¡Dios mío, has disparado a un hombre!».

La chaqueta pesaba mucho, pero no podía ser por la llave del coche, ya que aquel tipo asqueroso y deforme se la había llevado. Klara palpó el bolsillo interior y dio con un teléfono móvil.

«¡Mi móvil!».

Temblando aún más todavía, el nerviosismo y los dedos ateridos y ensangrentados no le permitían desbloquear la pantalla para pedir ayuda.

Entretanto, Hendrik movió los labios. Poco a poco, ella empezaba a recuperar el oído; empezó a oír el ruido de tráfico de la calle de delante del garaje. Sin embargo, el murmullo de Hendrik era tan débil que no podía entender lo que quería de ella. Ocho plantas más abajo, un coche salió disparado con el rugido de un bólido de carreras.

En cambio, la mente de Klara iba más bien a la velocidad de una oruga.

«Pedir ayuda».

«Debo. Pedir. Ayuda».

Recordó que bastaba con pulsar el botón de inicio del teléfono para contactar directamente con los servicios de emergencias.

«Socorro, tienen que venir a un garaje», diría, sin saber dónde estaba. Ellos seguro que podrían localizar el móvil. «Hay un herido de bala», le diría al agente.

«No sé quién es».

«Ni de qué sabe mi nombre».

Vio que Hendrik se movía. Que veía la pistola a su lado.

«Ni por qué me ha mentido».

Justo a tiempo, antes de que él se pudiera hacer con ella, Klara le dio una patada al arma, que fue a parar delante del VW Escarabajo abandonado. Luego se marchó en la misma dirección. Con el teléfono pegado a la oreja para avisar a los servicios de emergencias, corrió todo lo rápido que le permitía su tobillo dolorido.

Hacia la salida.

Aunque se despreciara por ello, tenía que pensar primero en ella. Debía abandonar a Hendrik ahí.

Antes de volver a caer en otra de sus mentiras, lo cual le costaría el juicio o la vida.

O, en caso de duda, ambas cosas.

47

Jules

Durante las primeras semanas tras el suicidio de Dajana, Jules se solía despertar con la sensación de que iba a morirse de un infarto de pura pena. Los síntomas, que acostumbraban a producirse en mitad de la noche, últimamente habían remitido un poco, pero cuando encendió la luz del trastero, volvió a sentir los indicios fatales: ese anillo de hierro oprimiéndole el pecho; el sudor, que al principio solo le hacía brillar la frente, pero que poco después se enfriaba y le provocaba estremecimientos.

Y, por supuesto, el corazón, que daba la impresión de ser demasiado grande, como si se le hubiera atragantado con la propia sangre y ya no lograra bombear su contenido a los vasos sanguíneos.

Jules se llevó la mano al pecho, incapaz de apartar los ojos del interior del trastero, que antes había intentado abrir en vano y que ahora estaba abierto de par en par.

—¿Estás al teléfono? —quiso saber su padre, que seguía en la línea.

—Sí.

Notó otro pinchazo en la zona del corazón, tan intenso que tuvo que contener la respiración. Le tranquilizó sentir en el bolsillo del pecho la nota de suicidio de Dajana. Aunque lo que decía era más atroz que cualquier cosa que hubiera leído antes, le daba seguridad llevar consigo una parte de la persona en la que más había confiado en su vida. Además, en las últimas líneas de Dajana había párrafos en los que ella le había expresado su amor. Frases del tipo:

> ¿Te acuerdas de nuestro primer beso?
> Cuántos años maravillosos le siguieron.
> ¡Cómo me gustaban tus cartas, que siempre me sorprendían! Debajo de la almohada, en la nevera, entre mis prendas de deporte. En la guantera. [...]. Básicamente, quería creer que habíamos hecho un pacto de verdad, aunque nunca llegamos a casarnos [...].

Cuánto se maldecía por no haber dado nunca ese paso. Por no haberle propuesto nunca matrimonio ni haber hecho las amonestaciones. Ahora no había ni siquiera fotografías de los dos dándose el «sí, quiero», ni un vídeo del primer baile, para el que habrían escogido *Somebody*, de Depeche Mode, cuya letra se ajustaba muy bien a ellos y se podía bailar como un vals, aunque fuera un compás de cuatro por cuatro.

Apenas había evidencias físicas de su vínculo extraordinario. Ni siquiera un álbum de fotos, porque Dajana opinaba que las imágenes importantes se grababan en el cerebro y no en el móvil. Así que su cofre de recuerdos concretos y tangibles estaba tan escasamente abastecido como las estanterías de madera del trastero, en las que solo había unos pocos productos de limpieza, una caja de pinzas para la ropa, las piezas de repuesto de la aspiradora y una caja de bombillas. En el espacio entre las estanterías todavía había espacio libre suficiente.

«Espacio suficiente para que una persona pueda esconderse».

—Debo examinar otra vez el piso —informó a su padre.

Jules cogió la caja de cartón con las bombillas.

—¿Cómo? ¿Por qué? ¿Por qué dices «otra vez»?

—No sé qué está pasando aquí. —Jules se calzó unas Crocs que había junto a la puerta del piso—. Me da la impresión de que hay alguien escondido.

—¿En tu piso?

—Sí.

Le habló del trastero cerrado, que ahora se mostraba milagrosamente abierto de par en par.

—Y, hace un instante, cuando he llamado a Caesar, su móvil ha sonado en el felpudo de la puerta de casa.

—¿Crees que él estaba en el trastero?

Jules cogió dos bombillas del paquete de seis y un montón de trapos y volvió a cerrar la puerta desde fuera.

—¡Qué chorrada! ¿Por qué dejaría entonces su móvil delante de la puerta? Además, él va en silla de ruedas.

—Algo que, como te he dicho, podría ser para disimular.

—Eso es de locos. ¿Por qué haría tal cosa?

Fingir esa discapacidad y hacerlo durante meses requería una motivación tremenda, casi fanática. Y solo para luego colarse a hurtadillas en casas ajenas.

«Y meter pastillas en mi zumo…».

—¿Tú no me contaste una vez que, de joven, Caesar también estuvo enamorado de Dajana?

—Eso fue en undécimo curso.

Jules extendió el paño de cocina en el suelo y colocó una bombilla sobre él.

—Un amor no correspondido deja profundas cicatrices psicológicas. Tal vez nunca superara que ella te prefiriera a ti. Quizá te culpa de su muerte por no evitar su suicidio.

—¿Y ahora quiere vengarse?

—Es posible, ¿no? Y esa Klara le podría estar ayudando. Es bastante evidente que entre ambos existe algún tipo de relación; si no, él no habría estado en ese garaje. Puede que los dos pretendan intimidarte psicológicamente.

Jules se dio un golpecito en la frente.

—Lo cual echa por tierra tu propia teoría. Si dices haber visto a Caesar en el garaje hace un momento, difícilmente podría estar aquí conmigo.

Jules dejó caer con el pie el peso sobre la bombilla, que había envuelto en el paño de cocina del suelo. Estalló con el crujido sordo esperado. Ni siquiera su padre parecía haber oído nada; por lo menos, no preguntó.

—Vale, tú ganas. Caesar no puede estar en dos sitios a la vez. Por cierto, ya estoy en casa.

Jules oyó a su padre llamar usurero al taxista y exigirle un recibo, sin duda para presentárselo mañana a primera hora y reclamarle el dinero.

Aprovechó la ocasión para esparcir con el trapo los trozos de bombilla delante de la puerta de la habitación de la niña. Luego rompió una segunda bombilla, cuyos fragmentos esparció frente a la entrada de la casa y el trastero.

Si alguien cruzaba esas puertas, él lo oiría.

«Con suerte».

Con las salidas y entradas de las zonas donde no había encontrado a nadie aseguradas, empezó a registrar minuciosamente las demás estancias. La primera que abrió fue la habitación de invitados.

—Se me ha ocurrido otra cosa —dijo de nuevo su padre. Resollaba un poco, posiblemente había subido varios escalones a la vez en lugar de utilizar el ascensor de su edificio.

Jules accionó el interruptor de la luz, pero la bombilla sobre la cama de matrimonio, que era realmente grande para ser la de un dormitorio de invitados, permaneció a oscuras.

«A Dajana le encantaba tener gente en casa», recordó Jules, consciente de que nunca más volvería a invitar a amigos a quedarse a dormir.

—¿No habrá una tercera persona?

—No creo —respondió Jules, a pesar de que en ese momento habría tenido un buen motivo para darle la razón a su padre.

Al fin y al cabo, vio el reflejo en cuanto se arrodilló para iluminar con el móvil de Caesar debajo de la cama, donde apenas había espacio para un adulto. Y, sin embargo, allí había algo blanco. Con hilillos de sangre.

«¿Un ojo?».

En ese momento sonó el móvil de Caesar.

48

Klara

«¡Vamos! ¡Contesta!».

Klara daba golpecitos nerviosos con el pie en el suelo del taxi en el que se había subido justo delante del hotel Palace. Siguiendo sus instrucciones, el conductor primero la había llevado hacia Wilmersdorf, a pesar de que ella no quería ir allí en absoluto.

«Pero algún destino tenía que indicarle al conductor».

¿O era una conductora?

Klara estaba tan fuera de sí que no había prestado atención a quién iba al volante. Pero, fuera hombre o mujer, lo mejor sería que la llevara al hospital más cercano.

«O directamente al cementerio».

Tenía la sensación como si estuviera a punto de mudar de piel. Todo en ella se sentía extraño, empezando por la cabeza, que a causa del golpe de Martin daba la impresión de haberse hinchado el doble. El dolor bajo la parte superior del cráneo lo notaba sobre todo detrás de los ojos, que de pronto parecían ser demasiado pequeños para sus órbitas. Posiblemente se le había roto la nariz; había llorado a moco tendido mientras vagaba por el garaje, del que de pronto habían empezado a salir muchos coches sin que nadie reparara en ella, como si el tiro del arma de

Hendrik hubiera sido el pistoletazo de salida de una carrera loca. Por lo menos eso había hecho que el acceso principal estuviera abierto, lo que le permitió salir al aire libre.

«Pero no a la libertad».

Con la misma intensidad con la que sentía el dolor en la cabeza, era consciente de que aquello no había terminado. Ni siquiera esa noche.

En ese momento circulaban por Tauentzien en dirección hacia la Gedächtniskirche.

El conductor (un hombre, según pudo observar por el retrovisor, con el pelo blanco y un bigote oscuro) le alcanzó hacia atrás un paquete de toallitas húmedas con rostro inexpresivo.

—Para la cara.

Klara asintió agradecida y se limpió la nariz. Debía de tener un aspecto horrible, pero, al parecer, no tanto como para disuadir a Erdjan Y. (eso decía el letrero de latón junto a la rejilla de ventilación) de llevarla.

Supuso que ese taxista ya había visto salir de hoteles a mujeres maltrechas de diversas formas. Saltaba a la vista que la había tomado por una prostituta maltratada y, de hecho, así es como se sentía. Utilizada y vacía, a pesar de que la situación no había desembocado en ningún acto sexual.

—¿Su amigo está bien? —quiso saber Erdjan.

—¿Cómo dice?

Klara necesitó un momento para entender, luego cayó en la cuenta de que, cuando entró, seguramente el hombre debió de haberla oído hablar con el servicio de emergencias mientras indicaba la ubicación de Hendrik.

—Sí, sí, eso espero.

No tenía experiencia con heridas de bala y se preguntaba si realmente sería bueno que él permaneciera tendido sobre el suelo frío de cemento de la planta ocho, ya que de ese modo posiblemente se reduciría el flujo sanguíneo.

—Pero ¿no contesta?

Erdjan le hizo un ademán con la cabeza a través del espejo retrovisor usando el pulgar y el meñique para imitar un teléfono imaginario que se llevó a la oreja.

—No —dijo ella, aunque, de hecho, debería aclararle que no estaba intentado contactar con Hendrik. En todo caso «No» respondía también sobre la llamada que intentaba hacer. Después de dejar que sonara al menos veinte veces, colgó.

«Maldita sea».

«¿Dónde está cuando se le necesita?».

El taxi se detuvo junto a un semáforo a la altura del Europa Center, con vistas a la Gedächtniskirche. En el pasado, a esta hora los quiosqueros prácticamente ponían delante de las narices de la gente los titulares de las noticias. Ahora, en tiempos de internet, cuando las noticias impresas eran noticias pasadas, aquello ya no merecía la pena. Y menos con un tiempo tan desapacible.

Nadie en su sano juicio permanecería en la calle por voluntad propia a esa hora a menos que estuviera regresando de un cambio de turno o estuviera de camino hacia un trabajo no cualificado y mal pagado. Los jóvenes fiesteros, que no permitían que ni el barro ni el hielo los detuvieran, se concentraban en barrios de moda del este de la ciudad; los transeúntes que había en esa acera se podían contar con los dedos de una mano. De ahí que resultara tanto más sorprendente que, cuando el taxi se puso en marcha, a Klara le pareciera reconocer a un hombre entre ellos.

—¡Oh, no! —exclamó. Erdjan le preguntó si necesitaba más toallitas. Pero el horror que ella había visto en la entrada de ese edificio no podía borrarse solo con un producto cosmético.

El hombre estaba a unos cincuenta metros de distancia, iluminado por la luz tenue de una gran puerta de cristal que a Klara le resultó extrañamente familiar, pero en la que no quería, ni podía, poner su atención en ese momento. Necesitaba toda su concentración para averiguar si se había convertido en víctima de su propia imaginación.

—¿Qué le ocurre? —preguntó Erdjan, que se había vuelto hacia ella.

—Nada —gritó ella, aunque esa nada era como si estuviera perdiendo la cabeza.

Y viera fantasmas por doquier.

«¡Pero este fantasma es real!».

«Tenía que aparecer en algún momento».

«Simplemente lo había olvidado».

Aunque solo por unas horas.

Jamás lo habría creído posible, pero había tenido que pasarle ese día. El día que él había escogido para ella, no había querido acordarse de él.

Alto, su cuerpo atlético envuelto en un abrigo largo y oscuro con el cuello levantado que acentuaba su cuello esbelto.

¿Era él de verdad? ¿O estaba alucinando?

Igual, como en las toallitas húmedas que sostenía, de pronto, empezó a ver órganos saliendo de su cuerpo y, en el bigote de Erdjan, la cola peluda de una rata que se le había enroscado en torno al cuello y que le saltaría a la cara en cualquier momento.

Klara volvió la vista hacia su móvil.

«Por supuesto que lo es. Sabe dónde estoy. Me rastrea el teléfono».

«Y el ultimátum ya ha expirado».

El taxi siguió avanzando y al momento ella volvió a dudar de sí misma. ¿Lo había visto de verdad? ¿De verdad tenía el móvil pinchado?

«¿O acaso al final he perdido la cabeza por completo?».

Temió que, si se daba la vuelta, vería a Yannick saludándola con la mano. Haciendo el mismo signo que Erdjan acababa de hacer, imitando un teléfono con el pulgar y el meñique.

Le costó un esfuerzo sobrehumano no mirar atrás. En lugar de eso, pulsó desesperadamente la tecla de rellamada del móvil.

49

Jules

No. Debajo de la cama de invitados no había un ojo que hubiera refulgido de modo fantasmal con la luz del móvil de Caesar. ¡Había dos!

Y lo miraban fijamente. Acusadores. Unos ojos muy abiertos de mirada intensa; parecían muertos, pero se movían. Parpadeaban.

En el momento en que ese «¿fantasma?» (Jules era incapaz de pensar de manera racional en ese momento) se movió bajo la cama, del susto, él dejó caer los dos teléfonos, tanto el suyo como el de Caesar, que de pronto había empezado a sonar y ahora volvía a estar en silencio.

«Debe de estar desnudo», pensó Jules, y una imagen asquerosa de su fantasía intensificó el horror real. Se imaginó a un delincuente sexual delgado y musculoso con el cuerpo untado de mantequilla, pues, «si no, no podría esconderse ahí debajo, ¿no?». En el rincón más oscuro y alejado de esa cama de matrimonio.

—¡Sal de ahí! —gritó Jules, sorprendido de la serenidad y la calma que aparentaba cuando, en realidad, de buena gana habría salido corriendo a toda prisa. Apenas un instante después fue incapaz de reprimir ese reflejo.

La mano delgada del desconocido salió disparada de debajo de la cama y agarró uno de los teléfonos que había en el parqué de roble. Como si fuera una araña con su presa, el desconocido se apoderó de él atrayéndolo hacia la oscuridad de debajo de la cama.

Rápidamente, Jules se aseguró de no perder también su teléfono a manos del intruso, lo agarró y, a continuación, sopesó sus opciones mientras retrocedía hacia la puerta de la habitación. Las sábanas de color gris azulado estaban revueltas y había una almohada tirada en el suelo, era como si el intruso se hubiera acomodado en ella e incluso hubiera estado durmiendo ahí.

—¿Quién eres? —gritó Jules—. ¿Qué buscas?

Por supuesto, podría haber levantado el colchón para dejar al descubierto al desconocido, pero, aunque tenía la impresión de ser físicamente mucho más corpulento, en ese momento solo disponía de una toalla con bombillas rotas como arma, mientras que tal vez ese hombre llevara consigo un cuchillo.

«No, tal vez, no. ¡Seguro!».

Así que Jules no perdió la cabeza, abandonó la habitación, cerró la puerta y se dispuso a llamar a la policía cuando se dio cuenta de que la pantalla de su móvil estaba negra. Se había quedado sin batería.

50

Jules atravesó la sala de estar para ir al despacho, donde abrió la mochila que había dejado bajo el escritorio. En algún sitio tenía que guardar una batería externa cargada; al principio no dio con ella, pero luego, por suerte, al rebuscar, se le enredó entre los dedos el cable que colgaba de ella.

Al instante, conectó el móvil a la batería de repuesto. En ese preciso instante oyó unos crujidos. Desde el pasillo se abrió paso por el piso antiguo un ruido, como el de alguien arrastrando muebles.

Jules regresó hacia ahí sin fijarse en dónde pisaba con las Crocs, así que tropezó con una alfombra mal colocada. De nuevo el teléfono se le escapó de las manos y, aunque la batería siguió conectada al aparato, esta vez este dio con el borde contra el suelo y la pantalla se hizo añicos, como si fuera un cristal blindado al que hubieran disparado.

«No, por favor, no».

El indicador de la carga de la batería seguía mostrándose, pero eso no significaba que la pantalla táctil rota le permitiera hacer una llamada.

Jules se levantó apoyándose en la mesa del comedor y siguió corriendo, esta vez sin el calzado de goma, de nuevo hacia la habitación de la niña; el cuarto donde se encontraba el ser vivo más importante que proteger en ese piso.

En aquel momento, habría dado su brazo derecho por tener un teléfono fijo; sin embargo, solo disponía de un móvil, que ahora, por su estupidez, tal vez había dejado de funcionar.

Ya en el pasillo, pisó los cristales rotos, que le atravesaron los calcetines. No sintió ningún dolor. Tal era la agitación que sentía ante la aparición del «fantasma», el cual, por supuesto, no era un ser sobrenatural, sino un ser humano de carne y hueso.

Armado.

Y que posiblemente ya no se estaba agazapando bajo la cama de invitados, «sino quizá en la habitación de la niña...».

Que tenía la puerta cerrada. Aunque eso no significaba nada. «¿Y si la ha cerrado por dentro? Impidiendo su apertura, como antes con la puerta del trastero».

Aquel fantasma tenía que ser un maestro del engaño. Había logrado penetrar sigilosamente en el piso sin que Jules diera con él, a pesar de que lo había buscado, aunque solo de un modo fugaz. Porque no podía figurarse qué motivo podía impulsar a ese intruso invisible. A menos que, simplemente, estuviera loco y quisiera sangre.

«¡Sangre infantil!».

Jules abrió la puerta de golpe, haciendo demasiado ruido y de manera descuidada.

—¿Papá?

—Perdona —susurró con tono tranquilizador—. Lo siento, bonita, ¿estás bien?

—Sí —respondió aquel ser maravilloso e inocente con la voz soñolienta y ausente que solo los niños tienen cuando están tan cansados que, a pesar de la interrupción más molesta, pueden volver a dormirse.

«O cuando están enfermos...».

—Sigue durmiendo, tesoro —le dijo Jules y salió del cuarto, no sin antes mirar de nuevo debajo de la cama.

No había nadie.

Ni ojos. Ni manos. Solo polvo y una caja de pinturas y...
«¿Eso es madera?».

No cabía duda, Jules oyó un golpeteo. Venía de la habitación contigua, algo que advirtió en cuanto salió al pasillo.

Madera contra madera. El típico sonido de una ventana al abrirse y cerrarse de golpe movida por el viento.

Dio una zancada para esquivar los trozos de bombilla, pero al final acabó pisando un cristal que le hizo apretar los dientes de dolor.

De nuevo entró en el cuarto de invitados y de nuevo se quedó a oscuras, porque, por supuesto, la luz del techo seguía sin funcionar; sin embargo, esta vez no pudo activar la linterna del móvil pues aún no estaba lo bastante cargado como para arrancar. En cualquier caso, no tenía sentido mirar debajo de la cama, porque estaba volcada. El fantasma (Jules lo seguía llamando así) debía de haberse levantado de debajo del somier, apartándolo junto con el colchón.

«¿Y luego se ha dirigido a la ventana?».

¡Estaba abierta!

La hoja derecha del marco doble se agitaba a merced de la corriente, adelante y atrás, como si quisiera atraer a Jules hacia ella. Sin embargo, se detuvo para asegurarse de que no hubiera nadie agazapado detrás del colchón, que ahora estaba en posición vertical. Y también de que dentro del armario rústico, que él abrió lentamente, no le aguardara ninguna sorpresa que lo pudiera atacar por la espalda. Por enésima vez, miró el móvil, que por fin mostró el logotipo y dejó oír la melodía de guitarra con la que el aparato indicaba que el estado de la batería era suficiente como para cargar de nuevo el sistema operativo. Al cabo de tres segundos comprobó con alivio que el teléfono todavía funcionaba. Llegaron notificaciones de los primeros mensajes. Dos SMS, un WhatsApp. «¡Y una llamada!».

—Ahora no puedo —gritó Jules en el auricular. Fue a colgar.

—¡Para! ¡Espera! —gritó su padre—. Estás en peligro. He descubierto algo sobre Klara.

—Ahora no.

—Sí, muchacho, es cuestión de vida o muerte. ¿Sabes dónde se ha metido?

—No. Pero si vuelve a ponerse en contacto conmigo, intentaré que venga aquí.

—Dios mío, no. No te acerques a ella. Hagas lo que hagas, ¡espera a que yo llegue!

Eso fue lo último que le oyó decir a su padre antes de responder a la segunda llamada, que había estado esperando todo el tiempo. Una fuerte ráfaga de viento abrió de golpe la ventana. Con tanta fuerza que, al principio, Jules no entendió quién estaba al otro lado de la línea.

Solo comprendió que esa persona lloraba.

Y que le suplicaba ayuda.

51

Klara

—Estoy perdiendo la puta cabeza.

—¿Klara?

Ella se miró el antebrazo. Sus lágrimas ya habían borrado el número que se había anotado en él con el rotulador de Hendrik.

—Pensaba que me había dado un número equivocado. ¿Por qué no me contestaba? Lo he intentado una y otra vez.

Erdjan Y. incluso había tenido que hacer una parada intermedia. Klara le había pedido que localizara un lugar donde aparcar hasta que ella supiera adónde huir.

—Problemas en casa —había comentado sin más a su chófer, que, tras pasar junto a diez zonas de estacionamiento, se detuvo ante el 195 de Ku'damm para combinar esa pausa obligada con una salchicha al curry.

«Sí, llamémoslo "problemas en casa"», pensó Klara mientras miraba el quiosco de comida rápida, conocido por estar abierto las veinticuatro horas del día y usar solo vajilla de porcelana. Muy al estilo de las tiendas de lujo y las peluquerías para celebridades que rodeaban aquel chiringuito algo apartado.

«¿Qué voy a hacer? ¿Adónde voy a ir?».

Tenía ganas de ver a su hija, pero Martin, sin duda, debía de estar esperándola en casa.

Klara había deseado tanto oír el consejo de Jules que lo había llamado unas veinte veces por lo menos, pero hasta entonces él no había contestado.

—¡Apagó el móvil! —le reprochó.

—Me quedé sin batería.

La voz de Jules sonaba como la suya. Aunque no tenía un tono lloroso, pero parecía temeroso. Además, estaba susurrando.

—¿De verdad?

—¿Acaso desconfía de mí?

Los ojos de Klara se llenaron de lágrimas.

—Desconfío de mí misma. Ese maldito experimento. Me ha destrozado la cabeza. ¿Recuerda lo que me preguntó antes?

Estaba hablando sin pensar. No podía hacer otra cosa. Temía que si dejaba de hacerlo le daría un ataque de llanto.

—Cuando le conté que el supuesto doctor Kiefer me dijo en el parque de la clínica que yo había estado clínicamente muerta durante el experimento.

—Disculpe, ahora mismo tengo un problema…

—Usted quería saber si él había dicho la verdad. Y, sí, así fue. En efecto, estuve al borde de la muerte, y eso ocurrió inmediatamente después de que el médico adjunto me inyectara el medicamento que inducía las alucinaciones. Sin embargo, todo lo que siguió después ya no fue real.

—¿Se refiere usted a la conversación con ese médico español, a la extraña traducción…?

La voz de Jules seguía sonando nerviosa, aunque ahora parecía como si acabara de resolver un enigma importante.

—… incluso el salto mortal de Kernik. Eso nunca ocurrió.

—Pero ¿qué dice?

—Las alucinaciones inducidas de forma artificial me afectaron más a mí que a otros participantes del experimento. Tuve que permanecer en Berger Hof tres semanas más hasta que fui capaz de distinguir más o menos entre el delirio y la realidad.

—¿Y ahora no sabe si los efectos secundarios del experimento persisten?

Klara asintió con un gemido.

—Cielos, es que ni siquiera estoy segura de que usted exista de verdad, Jules. Quizá todo esto, toda mi vida, sea solo una fantasía, el resultado de ese lavado de cerebro. No... —Klara cambió de pronto de tema, con la vana esperanza de que aquello la sacara de la sombría montaña rusa de pensamientos en la que estaba metida—. ¿Qué quería decir con que tiene un problema?

—No estoy solo. Hay un intruso en casa.

Esa información inesperada alarmó tanto a Klara que tuvo la sensación de que la nariz le volvía a sangrar; sin embargo, al comprobarlo con el dedo índice, solo notó la costra bajo los orificios nasales.

—¿Un intruso? —preguntó con un nudo en la garganta.

—Sí.

—¡Es Yannick! —espetó, pero se corrigió de inmediato. «No», no podía ser él. Lo acababa de ver en la calle, cerca de Breitscheidplatz.

«Suponiendo que fuera él».

Porque si daba alas a su imaginación, veía similitudes con su verdugo incluso en Erdjan, que se encontraba junto al quiosco de las salchichas.

«Estoy perdiendo la cabeza».

—Lo siento, lo veo en todas partes —dijo, probablemente planteando con esta afirmación más preguntas a Jules que aclarándole algo.

Pero él la sorprendió al musitar también algo muy críptico:

—Como un fantasma.

—¿Un fantasma?

—Descríbame de nuevo cómo es Yannick —preguntó.

—Cincuenta y tantos, barba, ojos azules, pelo negro y largo, abdominales marcados...

—Mmm. Eso no encaja con el tipo que hay debajo de la cama...

«¿Debajo de la cama?».

—Más bien lo contrario, pero...

—Pero ¿qué?

La sensación de que la nariz le sangraba se intensificó de nuevo, pero esta vez Klara no se llevó la mano a la cara. Vio que Erdjan regresaba con una botella de Coca-Cola y la cara envuelta en el vaho de su propia respiración. Debía de haberse comido la salchicha y las patatas fritas del quiosco, excepto el último trozo, que en ese instante estaba masticando con fruición.

—Hay alguien en mi entorno que se ajusta casi a su descripción —afirmó Jules—. Excepto por la edad. Sin embargo, todo el mundo dice que la barba le hace mayor.

—¿Cómo se llama?

—Magnus Kaiser. Pero todos lo conocemos como Caesar.

52

Klara

La tensión de Klara alcanzó una nueva dimensión. Aunque hacía días que no comía nada en condiciones, tenía el estómago revuelto como después de tomar un banquete.

—Él colabora también en el servicio telefónico de acompañamiento. Esta noche yo me he encargado de cubrir su turno.

Era como si con esta información Jules le hubiera dado a ella una pieza del rompecabezas que completaba una imagen espeluznante.

—Entonces ¿hoy debería haber hablado con ese tal Caesar, en vez de con usted?

—O con otro compañero. La selección es aleatoria.

—Esta noche nada ocurre al azar. —Klara expresó en voz alta su pensamiento. Entonces, justo cuando Erdjan abría la puerta del conductor, tomó una decisión—. ¿Y dónde vive Caesar?

—¿Por qué quiere saberlo?

—¿No es usted quien dice que hay que hacer frente al peligro?

—Por su voz yo diría que hoy usted no está en condiciones.

—A mí esta noche es lo único que me queda.

De hecho, según el ultimátum que le había dado el Asesino del Calendario, en principio, ahora ya estaba viviendo de prestado.

«Si el 30 de noviembre no has logrado poner fin a tu matrimonio, te mataré en cuanto empiece el día».

Erdjan había vuelto a entrar en el vehículo, y con él una neblina con olor a fritos y kétchup. A Klara le entró hambre, una sensación que, como aquella repentina iniciativa propia, era poco habitual en ella.

—¿Sabe, Jules? A pesar de la locura que sin duda debe afectar a Yannick, hay una cosa en la que tiene toda la razón —susurró ella, pese a que Erdjan apenas podía escucharla. El taxista había encendido la radio y había subido el volumen para escuchar una canción de pop electrónico en la que alguien, con una voz similar a Dave Gahan, cantaba sobre el dolor al que se había acostumbrado. «¡Qué oportuno!».

Erdjan canturreaba. Era evidente que aquella carrera tan extraña le gustaba, nada de extrañar, por otra parte, con el taxímetro marcando más de treinta y tres euros y sin ningún destino a la vista por el momento.

—Necesito dejar de asumir el papel de víctima.

—Desde luego —corroboró Jules.

Klara asintió, eufórica al pensar que todo lo que había ocurrido esta noche era un punto de inflexión. Seguía siendo débil. Seguía siendo frágil. Y, desde luego, estaba más asustada que nunca. Pero había estado dispuesta a morir. Se había preparado para sufrir los peores dolores hasta morir; primero, en la zona de escalada, luego en el garaje de su cabaña, y más tarde en el aparcamiento. Y cada vez había escapado de la muerte.

—Hasta esta noche, creía que al poner yo misma fin a mi vida, me quedaba una chispa de libertad propia. Pero, de hecho, lo único que tenía era miedo a sufrir más dolor.

Sin embargo, ahora eso ya no la asustaba. Tal vez porque el

hecho de seguir viva después de todo lo que le había ocurrido ese día le parecía una señal. O tal vez era simplemente que había alcanzado el nivel de crueldad que una mujer era capaz de soportar. Así debían de sentirse los corresponsales de guerra que después de soportar tantas lluvias de balas dejaban de temer por su vida al dirigirse a la siguiente misión. No porque no temieran a la muerte, sino porque la aceptaban como algo necesario.

—He conocido a gente que se ha suicidado por razones mucho menos comprensibles —dijo Jules con su voz tranquilizadora y agradable; por primera vez ella se preguntó por el aspecto que debía tener.

La canción (en efecto, era *A pain that I'm used to*) llegó a su fin, y Klara oyó un crujido en la línea, como si Jules estuviera abriendo una antigua ventana de madera, algo que además concordaba con el rumor de viento que empezó acto seguido. Entonces, perplejo, se le escapó: «Hostia puta...».

—¿Qué ocurre? —preguntó Klara, inquieta.

—Pestalozzistraße 44, tercer piso —le oyó decir a Jules—. Es donde vive Caesar. Pero si realmente quiere ir allí, llame a la policía. Yo me temo que ahora mismo no voy a poder seguir ayudándola.

—¿Por qué? ¿Qué ha pasado? —preguntó Klara mientras indicaba a Erdjan con un gesto que podían continuar avanzando.

Al menos ahora tenía una dirección.

«¿La de la boca del lobo?».

—¡Jules, hable conmigo!

—No tengo tiempo —resolló su acompañante. Por su voz parecía que estuviera subiendo unos escalones empinados—. Me temo que antes tengo que salvar la vida de otra persona.

53

Jules

«El "fantasma" seguramente es un mago», pensó Jules cuando vio el teléfono en el alféizar de la ventana.

Un maestro de las ilusiones sensoriales. Como un ilusionista, que se servía de medios de distracción al aplicar una fuerte presión en la muñeca derecha para robar el reloj de pulsera de la izquierda al espectador desprevenido.

«Porque la mente humana es incapaz de concentrarse en varias sensaciones fuertes a la vez».

Desde esa perspectiva, el móvil del alféizar de la ventana no podía ser más que una distracción del auténtico peligro, ya que, por supuesto, era lo primero que había llamado la atención de Jules en cuanto abrió la ventana.

El aguanieve había amainado, entonces solo lloviznaba, de manera que él podía ver bien la cornisa de la ventana, que en el tercer piso recorría toda la fachada de la casa, interrumpida cada cinco metros por una cabeza de un águila tallada en piedra a modo de adorno. Ese saledizo ofrecía espacio suficiente para que una persona pudiera permanecer ahí de pie, e incluso tal vez deslizarse lentamente por encima, aunque no en invierno, cuando el tiempo lo convertía en un tobogán mojado.

Con todo, el «fantasma» debió de haber escapado por ahí con una rapidez asombrosa y se debió de haber deslizado hacia abajo por el canalón torcido, ya que, por mucho que Jules lo intentó, no lo veía en ningún lado. Ni en el jardín delantero, ni en la acera, ni en el camino hacia la orilla del lago.

«Únicamente el móvil sobre la repisa».

Cuando Jules lo cogió, se dio cuenta de que era el de Caesar. El movimiento activó la pantalla de inicio y Jules leyó en la imagen en miniatura la primera línea de un mensaje de texto:

Responde. Sé que has encontrado el móv...

Con la chirriante voz de Klara en el oído, Jules se inclinó sobre la repisa.

«Hostia puta», se le escapó, y solo entonces tuvo tiempo de darle la dirección a Klara mientras tendía la mano hacia esos dedos.

No podía cogerlos bien, solo alcanzaba a tocar las dos primeras falanges que se aferraban a la fría piedra de la cornisa. Por las buenas o por las malas iba a tener que salir también al exterior.

—¿Por qué? ¿Qué ha pasado? ¡Jules, hable conmigo! —oyó que le preguntaba Klara.

—No tengo tiempo. Me temo que antes tengo que salvar la vida de otra persona —resolló Jules y volvió a echar el teléfono al cuarto de invitados.

Se encaramó sobre el alféizar de la ventana encima de la repisa, se arrodilló para protegerse de la tormenta y miró hacia abajo, agarrándose con una mano al marco de la ventana para no caerse. Y también para tener un punto de anclaje al alzar a esa persona que se agitaba desesperadamente colgada de la cornisa. Con una mano asida al borde de piedra y la otra agarrada al cable eléctrico que aquel hombrecillo había arrancado del enlucido de la pared.

«Dios santo…».

El intruso levantó la vista hacia él, dirigiéndole una mirada atormentada, pero no dijo nada, seguramente porque se estaba quedando sin fuerzas.

Ya no tenía los ojos inyectados en sangre, a esas alturas eran un mar de fuego por la infinidad de venas que le habían estallado a causa del esfuerzo. Jules fue a coger la mano que el desconocido tenía en el cable de la luz.

El cable se le había enrollado formando un lazo en torno a la muñeca, lo cual era una suerte, ya que sin esa sujeción adicional hacía tiempo que el tipo habría ido a parar al tejadillo de la entrada. Por otra parte, eso facilitaba poder alzarlo. Eso y que el hombre era un peso mosca.

—¡Deje de patalear! —le gritó.

El desconocido debía de haber recobrado los ánimos y, al parecer, ahora pretendía bailar salsa.

El marco de la ventana crujió y Jules temió perder el soporte en cualquier momento y que él y el intruso se precipitaran veinte metros hacia abajo; sin embargo, aguantó bien la carga. Jules hizo tracción con el brazo sobre la cornisa helada.

—Maldita sea, ¿quién demonios eres? —preguntó, jadeando igual que el hombre a causa del esfuerzo. No lo soltó hasta que lo hizo entrar en la habitación por el alféizar de la ventana. Con el cable de la corriente aún en su brazo, que tenía muy amoratado. Era como si a ese muchacho (Jules no podía describirlo de otro modo) lo hubieran maquillado para simular ser un extraterrestre en una película de ciencia ficción; tal era la intensidad del azul en su rostro aterido por el viento invernal.

Lo siguiente en lo que reparó Jules fue su cicatriz en la mejilla izquierda. Entonces cayó en la cuenta de que no era eso, sino una arruga del sueño; parecía como si ese intruso hubiera estado reclinado sobre una almohada hasta hacía poco.

Finalmente, a Jules le sorprendió su edad.

«¿Tan joven?».

—¿Qué demonios quieres de nosotros?

El desconocido, que seguía sin decir nada, no podía tener más de dieciocho años. Seguramente era incluso más joven, considerando las espinillas que le asomaban bajo la pelusilla de bigote del labio superior.

—¿Qué se te ha perdido por aquí?

La respuesta que recibió olía a sal. Y resultó oxidada y viscosa.

Jules no lo había visto venir. La hoja del cuchillo de pan, que el intruso llevaba escondido en las zapatillas de deporte, oculto por los vaqueros, ahora estaba clavada en su caja torácica.

Se desplomó hacia delante, destrozándose prácticamente las rótulas al dejarse caer sobre las rodillas. Se quedó mirando la sangre que se escurría por el suelo y se acumulaba sobre el parqué formando un reguero.

Quiso gritarle algo a ese fantasma que nunca había sido tal cosa, aunque sí, en cambio, un peligro mortal, pero no se le ocurrió qué decirle y de qué serviría.

El asesino con cara de niño se soltó el cable de la mano.

El último pensamiento de Jules antes de desplomarse sobre un costado fue: «He salvado la vida de mi asesino», y entonces oyó que el asesino, que era tan tan joven, abandonaba la habitación. Luego abría la puerta contigua, la de la habitación de la niña. Oyó cómo se encerraba en ella y arrastraba algunos muebles, posiblemente para bloquear la puerta.

«¡Fabienne!», gritó el nombre de su hija, pero solo en su mente. Le atormentaba darse cuenta de que había vuelto a fracasar. Luego perdió el conocimiento.

54

Klara

—Para eso podría haber ido andando —gruñó Erdjan, decepcionado al ver que su lucrativa carrera llegaba a un final abrupto. El recorrido entre la Ku'damm y la calle Pestalozzistraße no servía ni como paseo para después de comer.

Klara pagó con el móvil los cuarenta euros; habría dado mucho más si el taxista le hubiera impedido salir del vehículo.

Si hubiera insistido en llevarla a un hospital y se hubiera negado a dejarla frente a aquel edificio de apartamentos de estilo Gründerzeit de iluminación cálida.

El alquiler anual de un piso en ese edificio magnífico debía de equivaler al precio de un coche de gama media. Si los pisos eran de propiedad, entonces sus residentes eran personas que o bien habían triunfado en la vida o se habían arriesgado mucho con un préstamo millonario.

Klara se apeó y miró a su alrededor. Intentó encontrar en el enlucido de color crema y las columnas jónicas algún indicio de haber estado antes ahí. Se preguntó si la tienda de alimentos ecológicos de enfrente o la cafetería vegana le resultaban familiares. O tal vez el letrero ruso en el escaparate de la tienda de lámparas antiguas.

Tampoco los nombres en las placas de latón de la entrada le decían nada. De hecho, ahí tampoco estaba el nombre de ningún Magnus Kaiser; en su lugar, el letrero del tercer piso estaba vacío.

«¿Es esta la casa donde Johannes se transformó en Yannick?».

«¿El lugar donde viví los instantes más bellos y más atroces de este año?».

Entonces, la puerta de la entrada del portal no había estado cerrada con llave. Klara se acordaba de eso. Aunque no había prestado atención a muchas cosas, le había extrañado que en un barrio tan elegante nadie pareciera preocupado por un acceso no autorizado. Sin duda, las puertas de los pisos debían de estar muy bien cerradas, pero, por lo general, la mera idea de que unos desarrapados se resguardaran del frío en el hueco de mármol de la escalera ponía paranoicos a los vecinos de la zona.

Klara recordó al «profesor» de Savignyplatz, que seguramente se encontraba muy cerca de ahí, esperando el amanecer del día siguiente entre tremendos dolores en la boca, y se entristeció.

Tenía la respiración agitada cuando apretó hacia abajo el picaporte curvado de la puerta de hierro forjado, y jadeó al darse cuenta de que tampoco en aquella ocasión el edificio estaba cerrado.

Con el corazón latiéndole con fuerza, entró en un pasadizo de techo abovedado y avanzó hacia la escalera, pasando junto a unos buzones cromados de diseño. Aquella noche él le había quitado la venda de los ojos cuando llegaron al piso, así que la alfombra roja en los escalones de madera no le evocó ningún recuerdo.

«¿Era el tercer piso?».

Cogió el teléfono, marcó el 110 de emergencias y dejó suspendido el dedo índice en el botón de llamada.

Jules le había dicho que avisara a la policía.

«Pero ¿antes no me dijo también que la policía no es de ayuda en casos de violencia doméstica?».

Bueno, tal vez eso no regía en el caso de un asesino empeñado en que pusiera fin a su matrimonio con la amenaza de tormentos horribles que la llevarían a la muerte. Pero ¿y si ella estaba equivocada? ¿Y si ese Caesar que vivía ahí no tenía nada que ver con su martirio?

Ya había llamado la atención de la policía con una denuncia inverosímil; si ahora llamaba a los agentes para una actuación sin pies ni cabeza, comprometería su credibilidad en el futuro.

«Si todavía me queda futuro».

Al llegar al tercer piso, ante la pesada puerta de roble pintada de blanco, Klara estuvo a punto de echarse a reír por su ingenuidad. No iba preparada en absoluto.

«¿Y ahora qué vas a hacer, pedazo de estúpida?».

¿Llamar al timbre, tal vez?

¿O buscar una llave de repuesto debajo del felpudo? ¿O, como en las películas de Hollywood, probar mentalmente combinaciones numéricas para desconectar el sistema de alarma, que sin duda había ahí, en el último momento gracias a un acierto fortuito?

«Qué tontería. Tal vez simplemente debería abrir la puerta...».

Klara inspiró profundamente, como si fuera a zambullirse un buen rato bajo el agua. Igual que su respiración, detuvo también su pensamiento por un segundo. Por muchas vueltas que le diera, lo que estaba viviendo entonces no podía ser una casualidad.

«¡En esta noche nada es casual!».

Porque, de hecho, se había dado la posibilidad menos probable de todas. La puerta del tercer piso de Pestalozzistraße 44 no estaba cerrada con llave y se podía abrir con un simple empujoncito.

55

Jules

Estuvo inconsciente dos días. O tal vez solo fueron dos segundos, Jules había perdido la noción del tiempo. La había perdido junto con la sangre, que había formado un charco bajo su cuerpo en el cuarto de invitados. Cuando recobró el conocimiento, atenazado por un frío como nunca antes había sentido, malgastó unos importantes segundos contemplando el reguero que su sangre dejaba en el parqué de roble. Tardó un rato en darse cuenta de que justamente se dirigía hacia el móvil que había arrojado a la habitación antes de su operación de rescate.

«¿Por qué el joven agresor del cuchillo no se lo había llevado?».

Tal vez porque pensó que él ya no tenía remedio.

El propio Jules no entendía cómo aún podía respirar con semejante puñalada en el costado, pero era evidente que no le había afectado a ningún órgano vital.

Agarró un cojín pequeño que se había caído del colchón volcado, le sacó la funda y lo presionó contra su herida. Luego se levantó.

Tambaleándose, se apoyó en el armario para dirigirse hacia la puerta y luego cruzó trabajosamente el pasillo hacia la salida.

Con los dedos temblorosos y febriles tuvo que hacer varios intentos hasta lograr introducir la llave en la cerradura y abrir por fin la puerta del piso.

Si se veían obligados a huir o si él lograba derribar al agresor en su fuga, la puerta debía estar abierta.

Marcó el 110, pero de nuevo no oyó más que el frustrante mensaje anterior:

«Un momento, por favor. Servicio de emergencias de la policía de Berlín. Todas las líneas están ocupadas. No se retire, por favor. Please hold the line. Police Emergency Call Department. At the moment…».

Colgó de nuevo con impaciencia y presionó el picaporte de la puerta de la habitación de la niña.

Presa de escalofríos, empezó a alucinar.

Vio a Valentin sobre la mesa de autopsias. Y a Fabienne a su lado. Muerta a manos de un maníaco que la había degollado con un cuchillo.

—¡Fabienne! —gritó a través de la puerta, que, como era de esperar, estaba bloqueada.

En circunstancias normales, se habría arrojado contra ella hasta apartar el armario, la cama o lo que fuera que la obstruía, aunque le hubiera costado un hombro dislocado. Sin embargo, con la herida, aquello no era posible.

Gritó:

—¡Pequeña, no tengas miedo!

Pero él estaba aterrado. Recordó la primera vez que había dejado que Fabienne fuera sola a la escuela. Cómo la había seguido durante todo el camino sin que ella pudiera verle. Cómo había jurado protegerla de todas las maldades del mundo.

Y cómo había fracasado.

—¡Si le tocas un solo pelo de la cabeza, te mato! —gritó a través de la puerta—. Dime lo que quieres y lo tendrás. Pero, a la niña, déjala tranquila.

La tela del cojín estaba empapada y la sangre reciente goteaba hasta el suelo, formando otro reguero rojo por la madera en dirección al pasillo.

Jules se miró los calcetines y asintió.

El reguero le mostraba el camino.

Tomó una decisión y regresó rápidamente al cuarto de invitados. Se quitó los calcetines, que también llevaba ensangrentados porque aún tenía trocitos de cristal de la bombilla clavados en el antepié y el talón.

Fue una suerte que no sintiera ese dolor, pues de lo contrario habría resbalado. Posiblemente el frío glacial de la piedra de la cornisa anestesiaba cualquier herida. De nuevo, Jules se encaramó sobre el alféizar de la ventana; de nuevo se agarró al cable eléctrico, que en su recorrido por la fachada le estorbaba más que le proporcionaba seguridad.

El móvil, que llevaba metido en el bolsillo de la camisa, debajo del jersey, sonó, pero en ese momento no le hizo caso. Primero tenía que procurar no morir al pasar por encima del águila de piedra.

A diferencia de lo que había visto en las películas, se encontraba de espaldas a la calle; prefería tener delante ese enlucido con efecto veteado que un abismo.

Con las palmas de las manos apretadas contra la pared fue deslizando los pies centímetro a centímetro hacia un lado.

«Como un vals sobre hielo».

Si alguien le hubiera observado desde abajo, habría pensado que era un ladrón o un suicida. El viento le sacudía la ropa, pero consiguió avanzar.

En cuanto llegó a la habitación de la niña, Jules cayó en la cuenta de que el riesgo de resbalar no era su mayor problema.

La pregunta era ¿ahora qué?

La ventana, por supuesto, estaba cerrada. Y Jules no podía tomar carrerilla para saltar dentro de la habitación desde el exterior.

Apretó las dos manos contra el cristal y miró a través. Una

pequeña cómoda estaba colocada de tal modo bajo el picaporte de la puerta que la bloqueaba y, así, impedía el acceso.

Entonces, la cara del chico asomó ante Jules en la ventana, y casi le hizo perder el equilibrio.

«Santo Dios…».

Jules golpeó con el puño el cristal, el cual, aunque no era doble, sí era demasiado grueso para romperlo sin tener que usar un objeto puntiagudo.

—¡Déjala en paz! —rugió golpeando de nuevo. De nuevo, en balde. En la mirada de aquel asesino tan joven, Jules creyó ver cómo estaba sopesando la situación. Se preguntaba si debía abrir la ventana y empujarlo hacia abajo. O si había demasiado riesgo de que consiguiera entrar de ese modo.

El desconocido se dio la vuelta y Jules observó un gesto inquietante. Vio que ese tipo se inclinaba sobre la cama con el cuchillo en la mano. La lluvia arreció. Con más fuerza que nunca.

A Jules se le nubló la vista. Todo lo que podía ver era un cuerpo grande que parecía alzar un cuerpo pequeño e inmóvil de la cama.

—¡Fabienne! —gritó. Entonces, su móvil volvió a sonar, y eso le dio la solución.

Rápidamente, Jules se metió la mano bajo el jersey y sacó el aparato del bolsillo de la camisa. Se tambaleó también cuando estuvo a punto de perder la carta de despedida de Dajana, cosa que no estaba dispuesto a permitir, ni siquiera en esa situación extrema. Le llevó uno o dos segundos preciosos y, consciente de que con ello tal vez habría destruido otra vida, golpeó la ventana con el borde del teléfono. Una, dos, varias veces, hasta que logró resquebrajar el cristal grueso lo suficiente como para apretar el hombro contra él. Con todo su peso, atravesó el cristal y se precipitó dentro de la habitación de la niña.

56

El forcejeo apenas duró diez segundos.

Al precipitarse desde la ventana, Jules derribó al intruso con el peso de su cuerpo. Rodaron sobre un mar de esquirlas, de manera que era imposible para él saber si el agresor le había vuelto a clavar el cuchillo o si sus heridas se debían a los cristales del suelo.

—¡Fabienne! —gritaba, aunque solo de pensamiento, exasperado al ver que ese loco se dirigía hacia la cama de la niña con el cuchillo en la mano.

—¡Déjala en paz! —le gritó entonces ese hombre con una voz sorprendentemente grave para un cuerpo tan menudo—. ¡No le hagas daño!

En la penumbra, solo atravesada por la luz de las farolas, Jules era incapaz de ver si estaba herida. Pero, en caso de duda, ella era su prioridad.

«Tengo que protegerla. Con mi vida. Tengo que protegerla, tengo…».

Jules se arrojó sobre la cama, seguro de que el cuchillo de cocina volvería a clavarse en él, y esta vez con consecuencias definitivamente fatales, pero lo único que notó fue la corriente de aire. El viento barría como un huracán la habitación de la niña, al no encontrar ninguna resistencia al penetrar por la ventana. El asesino había apartado la cómoda de nuevo y había salido en estampida del cuarto.

«¿Para hacerse con nuevas armas?».

«¿O refuerzos?».

«¿O tal vez…?». Jules apenas se atrevía a considerar esa posibilidad, porque ese tipo de deseos nunca se hacía realidad. «¿O tal vez para huir?».

Las fuertes pisadas en el hueco de la escalera así lo sugerían. Y también la puerta del portal, que se cerró estrepitosamente, era un indicio. O tal vez una maniobra de engaño.

—¿Papá?

Jules levantó la cabeza.

—Shhh, cariño. Shhh. No pasa nada, no pasa nada.

Le acarició la cabeza confiando en no estar haciéndole falsas promesas que acabarían con su vida.

«Si ese tipo regresara».

«En caso de que regresara».

—¿Lo has enviado a casa, papá? —preguntó el ser más maravilloso del mundo, con la carita escondida bajo las sábanas. Llorando, sollozando.

—Sí, mi cielo —susurró por temor a que una voz fuerte atrajera de nuevo al asesino. Además, le costaba hablar más alto.

Jules trató de ordenar sus pensamientos, que parecían estar escapándose de su cabeza, como la sangre que se escapaba de su herida.

«Dios mío, ¿quién era ese? ¿Y qué pretendía?».

Su teléfono volvió a sonar, y esta vez respondió a la llamada.

—¡Ya era hora, muchacho! Voy para tu casa —dijo su padre—. ¿Qué ocurre?

Aquella pregunta tenía mil respuestas, pero Jules no se sentía capaz de dar ninguna; por eso, se limitó a decir con un gemido:

—Te lo contaré cuando llegues.

—Vale, ábreme.

Jules corrió las cortinas ante la ventana destrozada para ofrecer al menos un poco de resistencia al frío. Luego subió la temperatura del termostato al máximo y se dejó caer al suelo.

Apoyado contra el radiador, miró hacia el pasillo; sentía que las fuerzas le abandonaban, pero se mantenía consciente. Y seguiría estándolo hasta asegurarse de que en esta ocasión no había fracasado.

«Esta vez no».

—La puerta está abierta —dijo, y oyó unos pasos abajo, en la entrada del edificio. Confiando en que no fueran los del asesino, le pidió a su padre que siguiera en la línea un rato más.

57

Klara

«La verdad no está en el vino, sino en la violencia».

Klara recordaba esta frase como si su padre la hubiera dicho ayer y no décadas atrás, en lugar de un cuento para dormir.

Aún recordaba el olor a madera de su loción para el afeitado, el cosquilleo en la mejilla cuando la besaba, y oía su voz, algo embarrullada por el alcohol, que olía a tabaco y a vino, una mezcla de olores que aun ahora le daba náuseas.

—Imagínate que a tu mejor amiga la atacan dos chicos en el metro. Que le dan un golpe que le hace sangrar la nariz, ¿qué harías tú?

—Yo me pondría en medio —había respondido ella entonces a su padre, muy convencida; él la reprendió con una mirada de reproche.

—Eso es fácil de decir. Cualquier idiota es capaz de dar grandes discursos y decir cuatro tonterías sobre el valor cívico. —Una palabra que entonces a ella no le decía nada. Su significado solo lo comprendió años después, como todo cuanto él había querido transmitirle—. Únicamente cuando te ves expuesto de verdad a la violencia es cuando se muestra tu verdadero yo. La violencia... —Él había levantado el índice al decirlo—, la vio-

lencia te arranca la máscara de la cara. Te obliga a actuar. ¡Bam!
—Él dio una palmada con las manos y ella, un respingo—. ¿Lo
ves? Cuando te sobresaltas, no puedes pensar bien ni sopesar
tus opciones. La decisión entonces es de apenas una fracción de
segundo: ¿ayudarás a tu amiga? ¿O huirás?

«Violencia». La voz del pasado volvió a resonar en el oído de
Klara ahora, décadas después. «¿Qué haces cuando la experi-
mentas?».

Hoy habría podido darle una respuesta clara a su padre: ella
no huía. Ella se quedaba. Hacía frente al peligro, tal vez por
primera vez en su vida, pero, en cualquier caso, en un momento
en el que se encontraba más cerca de la muerte que nunca antes.
Ahí, en ese tercer piso, en aquel antiguo piso señorial con sus
siete estancias como mínimo, que provocaron en ella un *déjà vu*
nauseabundo.

Era como si los muebles le hablaran mientras avanzaba por
el pasillo hacia la cocina abierta al salón. Los cuadros de las
paredes le susurraban; eran fotografías prescindibles en blanco
y negro, de esas que se compraban en las tiendas de bricolaje,
demasiado baratas para un edificio antiguo con reforma de
lujo. La alfombra gris a sus pies hablaba a gritos, mientras la
mesa de comedor de la cocina prácticamente chillaba: «¡Bienvenida de nuevo!».

—Nunca he estado aquí —protestó, como si el mobiliario
de aquel piso realmente tuviera un alma ante la que debiera de
justificarse.

De hecho, no había nada que le llamara la atención.

Y, sin duda, la antigua nevera de Coca-Cola o ese sofá gris lo
habrían hecho. ¡Por Dios! ¿Quién tenía un sofá en la cocina?

Klara atravesó una puerta corredera y entró en un comedor
donde había una mesa de nogal. Deslizó la mano sobre las ranu-
ras del borde de la mesa, percibiendo la superficie pulida, pero
tampoco ahí había nada que le recordara claramente a aquella
noche, cuando su suicidio se convirtió en un hecho.

En una estantería había una foto enmarcada de un hombre joven y con barba sentado en una silla de ruedas. Detrás de él se veía a un tipo delgado de ojos tristes, tal vez su cuidador.

Ninguno se parecía ni remotamente a Yannick. Sin embargo, la estantería, con su selección de novelas policíacas ordenadas alfabéticamente por el nombre del autor, gritaba: «Ya verás, Klara. Ya verás».

Y así fue.

Ni en el salón, ni en un cuartito en el que solo había un ordenador y un ficus moribundo. Ni tampoco en el cuarto de baño.

Fue en una puerta más allá.

La reconoció por la obra de arte en la pared.

¡La daga de samurái!

Desvió la mirada hacia la mesilla de noche. En concreto, hacia los interruptores integrados en una regleta; uno de los cuales estaba accionado.

Por eso el agua de la cama brillaba en tono rojizo.

«Supongo que esta ha sido la primera vez que has follado sobre un cadáver, ¿verdad?».

En el preciso instante en el que los muebles dejaron de gritarle «¡Bienvenida!», cuando el recuerdo se clavó en ella como una garrapata en la piel de su víctima, Yannick volvió a hablarle.

Ella oyó su voz, su aliento, sintió su presencia. Lentamente, consciente de que había cometido un error fatal al entrar en el dormitorio, se volvió hacia la puerta.

58

Jules

—Bueno, tu ascensor de mierda se ha vuelto a estropear, voy a necesitar un baipás cardiopulmonar cuando llegue ahí arriba —refunfuñó su padre, que había atendido a su petición y se había quedado al teléfono.

Jules oyó los pasos pesados en la escalera y puso fin a la llamada. Al poco, crujieron las tablas del suelo ante la puerta del piso.

—¿Hola? —Se oyó en la entrada. En aquella vivienda antigua, el sonido iba de una habitación a otra y parecía intensificarse en vez de volverse más silencioso; de todos modos, eso ahora ya no importaba porque la niña estaba despierta.

—Estoy en la habitación de la niña —exclamó Jules—. Con Fabienne.

Él le acarició cariñosamente la espalda mientras ella seguía con la cabeza escondida bajo las sábanas.

—¿Con Fabienne? Pero ¿qué demonios...?

Hans-Christian Tannberg solía llevar zapatillas deportivas. Ahora eran unas suelas de cuero las que aplastaron los cristales rotos de bombilla del suelo.

—¿Qué está pasando aquí? —quiso saber esa voz, cuyo rostro, de pronto, no era el del padre de Jules.

—¿Papá? —gritó asombrada la niña.

—No tengas miedo —le dijo Jules, tratando de evitar que apartara el edredón y no viera al hombre que, de pronto, había asomado bajo el umbral de la puerta.

—¿Quién es usted? —preguntó ese hombre trajeado, alto, empapado de lluvia y de rasgos básicamente agradables.

«Un hombre del que muchas mujeres se podrían enamorar», pensó Jules.

—¡Papá! —gritó la niña. Había logrado levantar la cabeza de la manta.

Al decir eso, ella no miró a Jules; y eso le dolió. Comprendía su actitud, por supuesto, y objetivamente no había motivo para sentir celos. No después de tan poco tiempo. Había estado dormida todo el rato, atrapada en sus sueños febriles.

«Aún no hemos establecido un vínculo. Ni siquiera sabe todo lo que he hecho por ella esta noche».

—¡Papá! —volvió a gritar ella, intentando separarse de Jules y acercarse al hombre de la puerta.

Su padre biológico.

59

La niña no era Fabienne, por supuesto. Ni siquiera se parecía a ella, Jules era consciente de ello. Pero, esa noche, en el intento de defenderla con su vida si era preciso, le había ayudado imaginarse que estaba protegiendo a su propia hija. Y en su excitación, de hecho, se le había aparecido de vez en cuando, como una visión.

«Mi pequeña».

La niñita de siete años intentó incorporarse. El cansancio febril que la había mantenido en trance en las últimas horas se había convertido en un reconocimiento aterrador, que Jules supo leer en su mirada de espanto: el hombre que durante horas había estado una y otra vez junto a su cama acariciándola, cuidándola e incluso suministrándole medicación era un completo desconocido.

—¿Quién es usted? —preguntó el hombre de la puerta, también pálido de espanto y con el labio inferior tembloroso—. ¿Qué quiere de nosotros?

—Te vas a quedar aquí tumbada —le ordenó Jules a la niña; ya hacía rato que sostenía el cuchillo que el asesino, tan joven, había perdido al huir del dormitorio de la pequeña.

—¡Pero yo quiero ir con papá!

—No, cielo. —Jules le enseñó el arma—. Tú no quieres eso.

Los ojos de la niña se abrieron aún más. Pronto, con cierto retraso, correrían las lágrimas.

—No tengas miedo, Amélie, no tengas miedo… —exclamó el hombre de la puerta, demasiado cobarde para dar un paso dentro de la habitación.

Jules sacudió la cabeza y sonrió con tristeza.

—Palabras como estas saliendo de tu boca y dirigidas a un ser femenino. ¡Quién lo diría!

Le hizo un gesto con el cuchillo para que diera un paso atrás.

—Acompáñeme, Martin, vayamos al baño.

La única habitación que, si no estaba equivocado, se podía cerrar con llave.

Después de todo, aquella era la primera noche que estaba allí y aún no conocía bien el piso de Klara.

60

Klara

—«Escrutando la profundidad de aquella oscuridad —susurró Klara volviéndose— largo rato permanecí interrogándome, temiendo, dudando, soñando sueños que ningún mortal se atrevió a soñar jamás».

El poema de Edgar Allan Poe la tranquilizaba.

Le quitaba la voz de Yannick de la cabeza. Y la situación descrita en esa estrofa —un anciano abriendo la puerta de su casa a medianoche y mirando al vacío, a pesar de que alguien acababa de llamar— en ese momento la habría deseado para ella.

«Oscuridad, y nada más».

También a ella le habría gustado mirar y encontrar el vacío. No ver a nadie de pie en la puerta del dormitorio. Ningún Yannick. Ningún Martin, ningún hombre que quisiera hacerle daño. Aunque ella había oído los pasos pesados.

Y por eso, claro, él estaba allí. Sonriendo, seguro de sí mismo, aunque también un poco sorprendido, como admirado de encontrársela ahí tan tarde.

—Yannick —dijo sin pensar al reconocer ese rostro odiado.

—¡Mira a quién tenemos aquí! —dijo él riéndose.

Como en trance, Klara pulsó el icono del teléfono de su smartphone y marcó el 110. Luego pensó en si conseguiría descolgar la daga de la pared antes de que Yannick se le adelantara y decidió no arriesgarse. Corrió al cuarto de baño contiguo, pasando junto a la cama de agua, donde vio un hueso de cadera flotando en el colchón transparente, en ese momento iluminado de verde. Le entraron ganas de vomitar. Pero se recompuso, cerró de golpe la puerta del aseo y tuvo suerte. No tuvo que esperar, un agente le respondió al instante.

—Vengan rápido, Pestalozzistraße 44, tercer piso.

Intentó echar el pestillo, pero Yannick fue más rápido y abrió la puerta de una patada.

—Quiere matarme.

Retrocedió hacia los azulejos.

Yannick se detuvo bajo el umbral de la puerta, como esa otra vez al salir del cuarto de baño; sin embargo, ahora tenía la vista vuelta hacia el interior del aseo y ella permanecía agazapada en la ducha. Como era de esperar, él sostenía la daga; ya la había desenfundado.

«Esta vez no se conformará con rasgarme una aleta de la nariz».

Yannick la miraba desde lo alto. La contemplaba como un espectador en el cine al que, aunque interesado por ver cómo sigue la película, no le importa mucho el desenlace.

—¿Cuál es el motivo de su llamada? —quiso saber el policía.

—Me están amenazando —dijo ella con el móvil pegado a la oreja. Yannick frunció el ceño, divertido.

—¿Quién, cielito? —preguntó él en un susurro. Hablaba en voz muy baja, lo suficiente para que el sistema de escucha de la policía no lo grabara. Por eso estaba guardando distancias.

«Aún».

—No voy a hacerte daño —mintió él—. Y esta ni siquiera es mi casa. Yo me habré marchado antes de que llegue la policía.

—El tipo tiene una pistola —siguió diciendo Klara por el móvil—. Quiere matarme.

Yannick, que seguía de pie en silencio en el umbral de la puerta, sonrió aún más.

—Realmente no te enteras de nada, zorra estúpida. Nunca he sido una amenaza verdadera para ti. Para mí solo fuiste un pasatiempo agradable. Jamás te habría matado, pero ahora no me queda elección.

—¿Puede ponerse a salvo? —preguntó el hombre de emergencias con un tono no muy profesional. Parecía nervioso.

—No, quizá. No lo sé —tartamudeó Klara, contando con que en cualquier momento Yannick, o Caesar, o Jo, o como fuera que se llamara de verdad aquel psicópata, le arrebatara el teléfono.

Pero él no perdía la calma. Por eso Klara aprovechó su única oportunidad y se echó a gritar, aunque, de hecho, no había ningún motivo, ya que ese chantajista asesino permanecía quieto.

Ella, en cambio, siguió gritando:

—¡Dios mío, se acerca! ¡Me ha encontrado, me…!

Al hacerlo, se llevó la mano hacia la espalda, al cinturón, sacó de ahí la pistola de Hendrik, que había recogido del suelo del garaje y se había metido entre el fondillo del pantalón y la espalda, y apuntó con ella.

Y entonces disparó a Yannick tres veces en el pecho.

61

—¿Oiga? ¿Sigue ahí? ¿Está bien?

Naturalmente, tras oír los disparos, el policía de emergencias aún parecía más nervioso que antes.

Klara intentó responderle. Abrió la boca, movió la lengua y se oyó hablar como si estuviera debajo de una campana.

—Sí, sí, sigo aquí. Pero nada está bien. ¡Dios mío! Nunca estará bien.

Dio un paso adelante y se puso justo enfrente de Yannick, que la miraba con estupor. Se había desplomado en el suelo y estaba reclinado en el calentador de toallas del baño. El brazo derecho le temblaba. Había soltado un móvil de la mano y ahora el aparato se encontraba tirado boca abajo sobre las baldosas, que pronto se teñirían de rojo.

Klara, presa del pánico, empezó a sofocarse y trató de respirar como pudo. Una vez, dos, cada vez más rápido. En cuanto llenaba los pulmones de aire, en su oído se detenía el pitido sinuoso que le habían provocado los estallidos de pistola.

—¿Oiga? Mantenga la calma. Estamos de camino.

—¡Gracias! —dijo y empezó a llorar desconsoladamente—. Ha sido en defensa propia —dijo, y ella misma se creyó esa mentira, que no era tal, porque de no haberlo hecho, ahora ella estaría tumbada ahí en lugar de Yannick—. No he tenido más remedio.

Se derrumbó. No era una farsa, ni un fingimiento. Afloraron todas las emociones negativas reprimidas durante años. Pensó en Martin, en el vídeo de Le Zen, en tantos huesos rotos, y los moratones y las humillaciones; recordó que ese día la había «subastado». El pasado le pesaba como plomo sobre la espalda, demasiado pequeña para soportarlo. A duras penas consiguió pasar por encima de ese moribundo que se había acostado con ella para después pintar con su sangre la fecha de su muerte en la pared. Al regresar al dormitorio y contemplar los restos de las víctimas del Asesino del Calendario flotando en la cama de agua, abandonó toda contención.

Klara tartamudeó, balbuceó, gritó y lloró, bufó como un gato salvaje y barboteó como si se estuviera ahogando. Nada de lo que dijo tenía ningún sentido.

—En un instante estamos con usted —intentaba tranquilizarla el policía del 110 cuando hizo una pausa; sin embargo, no fue su voz lo que la hizo callar.

Fue la melodía de la llamada que oyó en su móvil, que al principio confundió con los latidos de su propio corazón acelerado.

Klara se secó las lágrimas con el antebrazo y miró la pantalla.

Un cubo de agua helada no habría podido aplacarla más.

Lo sabía: si a esa hora, tan pasada la medianoche, le llegaba una llamada de ese número, era que había ocurrido algo más terrible aún que lo que le acababa de pasar.

62

—Hola, ¿señora Vernet?

—Sí.

Klara ya se había echado a correr. Fuera del piso, otra vez hacia la escalera. No se oía ninguna sirena, tal vez aún podría escapar.

«De la escena de un crimen a otra».

—¿Qué ha pasado?

Klara se precipitó escaleras abajo. Pasó junto a una mujer en camisón que debía de haberse despertado con los disparos y que se metió de nuevo en su piso, blanca como una pared, al verla pasar como un suspiro.

—Soy Elisabeth Hartmuth, la madre de Vigo —dijo la mujer innecesariamente. Klara tenía guardado su teléfono como «CANGURO». Vigo vivía con su madre en la casa de atrás.

—¿Qué le ha pasado a Amelie? —le apremió Klara.

La señora Hartmuth era una persona muy amable y bondadosa, pero tremendamente lenta. Todo cuanto hacía ocurría con una parsimonia casi insoportable. Hablaba despacio, caminaba despacio, y a menudo Martin la criticaba diciendo que Vigo la superaba incluso pensando.

—Bueno, pues ese es precisamente el motivo de mi llamada,

entre otras cosas. No estoy segura, pero creo que debo llamar a la policía.

—¿Por qué? ¿Qué ha pasado?

Klara estaba de nuevo en Pestalozzistraße. Ninguna sirena aún. Ni luces azules. Solo una ligera llovizna, que se congelaba sobre el pavimento y convertía cualquier movimiento en una empresa resbaladiza.

—Vigo está absolutamente fuera de sí. Ha bajado descalzo, con las manos y la ropa manchadas de sangre. Vigo, ¿qué?... No, por favor, deja...

Todo indicaba que el joven de dieciséis años no le había hecho caso a su madre y ahora tenía el teléfono en la mano. Él informó a Klara con mucha más rapidez y claridad que su madre:

—Tiene que regresar a su casa de inmediato, señora Vernet.

Klara dobló corriendo la esquina de la calle. Resbaló en el pavimento, donde no se había esparcido la sal, se levantó de nuevo y siguió corriendo. Había una parejita que se agarraba con fuerza entre risas, procurando no caer a causa de la superficie resbaladiza. Los dos se callaron al ver a Klara. Llorando, cojeando y sosteniendo todavía la pistola, algo de lo que solo se dio cuenta entonces, al contemplar su imagen reflejada en una vitrina publicitaria de la acera. Tuvo que hacer un esfuerzo para no echarse a gritar por el teléfono.

—¿Y Amelie? —preguntó lo único que era importante para ella.

Y obtuvo de Vigo una de las respuestas más atroces que puede recibir una madre:

—No lo sé.

Klara se detuvo. Clavó la mirada en el escaparate iluminado de una boutique de fulares de cachemira; no habría prenda de abrigo capaz de calentarla si se confirmaban sus peores temores.

—A las ocho ya estaba acostada —dijo Vigo—. Yo me he tumbado en la habitación de invitados, debían de ser más de las diez, cuando me ha sobresaltado un estrépito. Primero he pensado que era Amelie, que se le había caído un vaso. Así que me he levantado y he ido a la cocina, pero ahí había un desconocido hablando por teléfono.

—¿Quién?

—No lo sé. Un ladrón, supongo. Al primer momento he pensado que era su marido o un amigo, pero luego ha dicho: «Todo el mundo en este edificio está condenado a morir». Por suerte, no me ha visto.

Klara quiso echarse a gritar, pero un terror primigenio, que solo puede sentir una madre cuando está a punto de perder lo más preciado de su vida, parecía oprimirle la garganta.

—Entonces, como no tengo móvil y ustedes no tienen fijo, señora Vernet...

Precisamente Martin siempre había considerado un problema que el chico no tuviera móvil, pero ella estaba tranquila porque, si le ocurría algo a Amelie, él solo tenía que cruzar el patio e ir a casa de su madre.

—... he querido ir a casa de mi madre, a pedir ayuda. —El chico soltó un gallo—. Pero ese tipo ha oído las llaves al dar con la puerta. Así que me he escondido de él, moviéndome de una habitación a otra, siempre ahí donde él no estuviera. En el aseo he cogido unos somníferos para echárselos a su zumo. Incluso he cogido un cuchillo para utilizarlo como arma; pero entonces Amelie ha empezado a gritar, y el tipo ha entrado en su cuarto con una pistola. ¡Cielos, ojalá hubiera podido proteger a Amelie!

Klara cerró los ojos. Oyó el paso de una furgoneta; además de la llovizna en la cara, sintió unas gotas gruesas de agua en la nuca que debían caer de algún toldo sobre su cabeza, y se quedó inmóvil. Incapaz de dar un solo paso.

—Créame, de verdad, no quería dejar sola a Amelie. Precisamente hoy, que me parece que no se sentía bien. Pero no he podido hacer otra cosa, ese hombre quería matarme, por el amor de Dios. Me he escondido debajo de la cama, pero me ha encontrado. Entonces he intentado bajar desde la ventana. Lo siento mucho. ¡De verdad! ¡Tiene que ir a casa de inmediato!

Era la segunda vez que lo decía, ella no necesitaba volverlo a oír. Era su palabra clave.

«A casa».

Klara colgó y continuó resbalando en dirección a la Kantstraße. De camino a aquel lugar, había pasado por una parada de taxis, «¿o tal vez no?».

Por seguridad, consultó el registro de llamadas de su móvil. Recorrió las llamadas salientes, pues el día anterior había pedido un taxi para ir a su casa junto a Lietzensee. Solo tenía que pulsar la rellamada; eso era más rápido que buscar el número en Google.

«Vale, ¡aquí está!».

De nuevo resbaló, pero esta vez mantuvo el equilibrio.

Llamada de taxi en Berlín. Justo la segunda llamada saliente. Tras unos veinte intentos para contactar con el móvil de Jules.

«¡Ah, Jules...!».

Al darse cuenta de que de nuevo tenía ante sí una tarea que no sería capaz de realizar ella sola, sintió una profunda desazón.

Sollozó. Pensó en su acompañante telefónico, que en ese momento la necesitaba con más urgencia que nunca.

«Voy de camino a casa».

El camino más peligroso del mundo, cuando eres mujer. Klara llegó a Kantstraße, buscó algún taxi y descubrió una parada en la que aguardaban dos vehículos.

Solo tenía que cruzar el semáforo y recorrer unos pocos metros, sin embargo, se detuvo. Se quedó inmóvil, como una de esas esculturas humanas para turistas, que no se movían hasta que les echaban dinero en el sombrero.

«La lista de llamadas», pensó.

Había algo ahí que no cuadraba.

«¿Cómo es posible que la llamada del taxi de ayer sea el segundo número marcado?».

Klara se detuvo en la mediana del cruce. Volvió a mirar con atención la pantalla. Apartó el aguanieve que caía sobre ella.

No estaba.

¡La llamada al teléfono de acompañamiento telefónico!

Al reparar en ello, Klara notó que algo se rompía en su interior.

—No es casual —dijo con voz ronca mientras el primer taxi se iba de la parada antes de que ella encontrara fuerzas para levantar el brazo.

Nada de lo que había ocurrido en las últimas horas había sucedido por casualidad.

Ni el robo en el coche de Martin, que había permitido al ladrón hacerse con las llaves de la puerta de su piso junto al Lietzensee. Ni, desde luego, que justamente hubiera sido Jules, de entre todo el mundo, la persona con quien había estado hablando ese día a través del servicio telefónico de acompañamiento.

Klara pulsó el número de rellamada, sintiéndose como sumida en un sueño del que nunca podría despertar.

«Este es mi purgatorio».

Atrapada hasta el infinito en una conversación con un acompañante que le explicaba una y otra vez la terrible verdad que su mente se negaría a comprender por siempre jamás.

Independientemente de lo bien que Jules le contara esa pesadilla.

63

Jules

Se sentó a oscuras en el suelo de la cocina. Todas las luces del piso de Klara y Martin estaban apagadas y las cortinas, echadas. Así podía concentrarse mejor. Respirar mejor para combatir el dolor que el chico le había infligido con el cuchillo.

No le quedaba mucho tiempo; fue consciente de ello tras haber apretado el tercer paño de limpieza sobre el corte de la herida sin que la hemorragia remitiera.

Era muy oportuno que todo terminara entonces. Y que Klara intentara llegar a él a toda prisa.

—¿Cómo está Amelie?

En cuanto él respondió a la llamada, aquella fue, lógicamente, la única pregunta que podía interesarle a una madre en su situación.

Jules, como antiguo padre, era reacio a martirizarla con ello, pero se dijo que tal vez no habría otra oportunidad de hablar y él necesitaba saberlo:

—¿Cómo lo ha descubierto?

—Quiero saber qué...

—Se lo diré en un instante. Tendrá todas las respuestas, Klara. Se lo juro. Pero antes tiene que decirme cómo lo ha sabido.

Ella estaba en la calle. Al fondo se oían pasar coches. Con personas al volante que seguramente ni siquiera se girarían para contemplar a la mujer que lloraba en el arcén.

Una vergüenza.

Si Nueva York era la ciudad que nunca dormía, Berlín era el lugar donde Jules no quería volver a despertar jamás.

—Mi llamada no fue por accidente —dijo Klara por fin.

—¿Ah, no?

—No. Mi teléfono no se desbloqueó en el bolsillo durante mi escalada. No llamé por accidente al teléfono de acompañamiento.

—¿Y entonces?

—Fue usted. Usted, pedazo de cabrón, usted me llamó a mí. Y lo que quiero saber ahora es por qué. ¿Cómo está Amelie?

Jules asintió en señal de reconocimiento.

—¡Bravo! Aunque pensé que se daría cuenta antes.

—¡¿CÓMO ESTÁ MI HIJA?!

Klara entonces se echó a gritar y Jules la castigó con lo peor que podía hacerle.

Colgó.

Al cabo de tres segundos el teléfono le volvía a vibrar en la mano.

—¿Ahora podemos hablar con calma?

—No, sí, yo no…

—Usted está alterada, lo entiendo.

«De hecho, tal vez yo estoy tan tranquilo porque ya he perdido un litro de sangre».

—Escúcheme con atención, porque ahora esto es muy importante. Tiene razón, usted no me llamó. Yo marqué su número.

—¿Por qué?

—Porque quería hablar con usted. Si no me lo hubiera puesto tan fácil creyendo que había llamado por accidente, yo le habría dicho que, en ocasiones, en el caso de personas especialmente frágiles, el servicio telefónico de acompañamiento realiza una llamada de control cuando conoce el número.

—Cabrón asqueroso, ¿a qué juego enfermizo está jugando? ¿Qué significa todo esto?

Jules abrió la boca, pero tuvo que hacer una breve pausa para responder porque por un instante un dolor intenso en el costado le cortó la respiración.

—Esto no es un juego —dijo por fin—. Es algo tristemente serio. ¿Ha conocido a Yannick?

Aquella pregunta alteró de forma audible el equilibrio mental de Klara, claramente precario.

—Yannick, cómo…, yo…

—Responda con sinceridad. No balbucee, contrólese. ¿Se ha encontrado con él?

—Sí.

—¿Forcejearon?

—Algo así.

—¿Sigue vivo?

Ella balbuceó.

—Bueno, yo, en fin… No, yo…

Jules sonrió con satisfacción. La primera buena noticia en mucho mucho tiempo.

—Enhorabuena. Lo ha conseguido.

Klara volvió a rugir:

—¡Esto no es motivo de alegría, es lo peor que he tenido que hacer en mi vida!

—No, es lo mejor —le replicó Jules—. Créame, Klara. Mi padre merecía la muerte.

64

Klara

—¿Su padre?

¿De verdad Jules acababa de decir eso?

—¿Yannick es…?

Klara seguía de pie en la mediana de Kantstraße, a pocos pasos del que entonces era el único taxi.

Al ver llegar el coche patrulla supo que nunca se montaría en él. Sin luces azules ni sirenas, pero con un objetivo claro.

—Sí, exacto, mi padre. Un cabrón asqueroso y enfermizo. Él mató a mi mujer.

—No entiendo nada.

El coche patrulla se detuvo en segunda fila ante una farmacia. Bajaron dos agentes. La apuntaban con pistolas. Gritaban algo.

—No lo puede entender, Klara. Pero lo hará. Muy pronto.

—¿Usted quería que me encontrara con él?

«¿Y lo matara?».

—¡Suelte el arma! ¡Suelte el arma, ya! —gritaban los agentes. Entonces oyó también las sirenas. Aún estaban lejos, pero pronto llegarían los refuerzos. ¿Los había llamado esa pareja que se reía? ¿O tal vez la mujer en camisón de la escalera la había descrito?

«No importa».

—¿Entonces todo lo de esta noche lo había planeado desde el principio?

«Nada ocurre por casualidad».

Jules soltó una risa ahogada.

—No, yo solo ideé el campo de juego. Como me dijo una vez un organizador de eventos que quise contratar para mi boda con Dajana, que, por desgracia, nunca llegó a celebrarse: «Usted solo puede establecer el marco, la fiesta la hacen siempre los invitados».

—¡SUELTE EL ARMA!

Los policías estaban a unos pocos metros. Les vio el nerviosismo en la mirada. La alianza en el dedo del agente más próximo, que la apuntaba con su pistola reglamentaria.

Klara se apartó de él.

—¿Amelie sigue con vida?

—Sí, claro. Está bien.

Dios santo. Echó la cabeza hacia atrás, sollozando.

—Por favor, no le haga daño a mi niña —dijo, soltando el arma.

—Nunca haría tal cosa.

Fue lo último que le oyó decir a Jules. Después, los agentes la derribaron al suelo.

65

Jules

Diez minutos. Un cuarto de hora, tal vez, con suerte. Aunque parecía como si la policía la estuviera deteniendo. Klara movería cielo y tierra para ir a su casa. Si era preciso, con el coche patrulla que luego la llevaría a comisaría. No había una fuerza mayor que la de unos padres con un hijo en peligro.

Jules supo entonces que no le quedaba mucho tiempo; además, era mejor seguir moviéndose si no quería morir ahí mismo.

En el suelo de la cocina.

Se puso de rodillas y luego se alzó apoyándose en la isla de cocina hasta que quedó en pie. Balanceándose, volvió a tientas a la habitación de la niña. Abrió la puerta.

Vio su propio aliento.

Las cortinas que había corrido ante la ventana destrozada se hinchaban con el viento. La habitación se enfriaba con la misma rapidez que su cuerpo.

—Lo siento, pequeña. Me temo que las cosas se me han ido un poco de las manos esta noche.

Encendió la lámpara de su mesilla, una figurita rosa de Elsa de luz cálida. Amelie se arrastró aún más contra la pared y volvió a esconder la cabeza bajo las sábanas.

Ella tenía frío. Pero, por supuesto, no quería verlo más. No era de extrañar, no se lo podía recriminar.

Jules se acercó a la cama y ella se replegó aún más. Él intentó llegar a ella, al menos con sus palabras.

—Yo, como tú, Amelie, tuve un mal padre. Y mi madre era débil. Como la tuya. Pero hoy ella ha demostrado valor y fuerza.

Le acarició la cabeza por encima del edredón y notó cómo ella se tensaba.

—Lo siento.

Se apartó de la cama y se tambaleó hacia la puerta. Agotado por esa noche. Por la pelea con ese desconocido. Y por la vida.

Al mismo tiempo, tuvo una sensación completamente nueva. La satisfacción por un éxito largamente esperado que por fin se había hecho realidad.

En el pasillo, se detuvo una vez más, dio un paso atrás y por primera vez miró a Amelie directamente a los ojos. Ella se había quitado el edredón de la cabeza. Lo había observado mientras se iba, seguramente para asegurarse de que lo hacía.

Tenía unos ojos grandes e inocentes, impregnados de una tristeza profunda que a partir de entonces no la abandonaría nunca por completo.

—Lo siento mucho —le repitió—. Sé que hoy no entiendes esto. Y no puedo prometerte con certeza que algún día me lo agradecerás, porque no sabrás de qué infierno te he salvado. A no ser que tu madre te lo cuente algún día.

Se detuvo un momento, y luego se despidió con una advertencia, quizá la más importante que podía hacerle:

—Pase lo que pase, Amelie. Por favor, no entres en el baño.

Dicho eso, él se encaminó allí.

Al llegar, abrió la puerta, comprobó de nuevo el pulso de Martin y, cuando estuvo seguro de que no seguía con vida, puso la mano en el charco de sangre de las baldosas del suelo. Le había asestado dos puñaladas con el cuchillo del pan, claramente más profundas que las de aquel intruso adolescente cuya presencia e intenciones quizá nunca podría entender.

Jules miró la hora.

Eran las 2.34 de la madrugada del día 30 de noviembre.

Y con sus manos empapadas con la sangre de Martin escribió esa fecha en la pared del baño. Con su caligrafía, tan propia de él. El 1 con una forma sinuosa en la parte superior, haciendo que el número que ya escribió en la pared en su primer asesinato recordase, con un poco de imaginación, a un caballito de mar.

66

Klara

Tres semanas después

Nah am Wasser. «Junto al agua».

Probablemente no había ningún café con un nombre más apropiado que aquel de Knesebeckstraße.

Klara observó a Amelie ocupada con un bloc de dibujo en un rincón de juegos que la camarera había preparado especialmente para la pequeña y, de nuevo, habría podido echarse a llorar.

De puro amor.

Y de alivio por no haberla perdido, a pesar de los muchos motivos por los que podría no haber vuelto a ver jamás a su hija. Principalmente, por sus propios planes. Había estado a punto de poner fin a su vida antes de que Martin o Yannick lo hicieran.

—¿Me está escuchando?

—¿Cómo?

Apartó la mirada de su hija y se volvió de nuevo al hombre que tenía sentado frente a ella en la mesa.

Él iba en silla de ruedas y la barba le hacía parecer mayor; en cualquier caso Magnus Kaiser no se parecía en nada a Yannick. Ni remotamente.

Caesar era, sin duda, veinte años más joven, llevaba el pelo más largo y más rubio y, pese a su discapacidad, parecía más ágil. Sin duda, antes de su accidente, debía de haber sido un auténtico fanático del deporte.

—Sí, disculpe. Hasta hace unos días, mi hija pasó por un momento muy malo. Tras la muerte de su padre, apenas comía, bebía poco y sufría constantemente de pesadillas. Para mí es un milagro que ahora se encuentre tan bien.

—Lo entiendo.

Caesar removió su café con leche.

Algo debía de rondarle por la cabeza, de lo contrario nunca le habría pedido con tanta insistencia que se reunieran. Sin embargo, en los últimos días, Klara había estado tan ocupada con abogados, declaraciones y su mudanza que no había tenido ocasión de encontrarse con él. Ahora que ya estaba claro que ella no iba a tener que ir a prisión hasta que empezara el juicio (y que, según su abogado defensor, Robert Stern, era bastante improbable que tuviera que hacerlo si ella se atenía a su declaración de legítima defensa), había hallado por fin la calma para ocuparse del trasfondo del crimen de Jules. Y había accedido a reunirse.

—¿Dónde estábamos? —le preguntó a Caesar.

—Le había hablado de mi sospecha. Como ya le he dicho, yo era amigo de Dajana. Hubo un tiempo en el que estuvimos a punto de ser pareja, pero ella eligió a Jules, lo cual, en sí, no fue realmente un problema. No, al menos, después de un tiempo. Seguimos siendo buenos amigos.

—¿De veras?

—Muy buenos amigos en términos de confianza. Hablábamos de todo. También de sus problemas con Jules.

—¿Qué tipo de problemas?

—Ella me habló de su sospecha. Temía que Jules estuviera involucrado en algo ilegal.

Nervioso, se pasó el dedo índice por un punto de cutícula desprendida en su pulgar.

—¿En qué en concreto?

Caesar frunció el ceño.

—No quiso soltar prenda al respecto. Y eso me hizo recelar. Por lo general, nos lo solíamos contar todo. Pero en este asunto se andaba con rodeos. Tenía que ver con el padre de Jules. Y con otras mujeres.

Había dejado de juguetear con el pulgar; sus manos ahora habían dado con una servilleta en la mesa que podían arrugar.

—Yo no acababa de entenderlo. En cualquier caso, Dajana me puso la mosca detrás de la oreja. Jules había cambiado. Él siempre había sido diferente a los demás. Callado, melancólico. Su trabajo en el teléfono de urgencias le estaba pasando factura. Era incapaz de dejar sus casos de lado, se llevaba el trabajo a casa. En una ocasión, tuve que llevarle en coche a una dirección, a la casa de una mujer a la que su marido le había pegado una paliza. Él quería ver cómo estaba, si estaba bien. Si se había separado.

—¿Lo había hecho?

—No. Perdió la cabeza por completo. Solo vimos a los dos, al hombre y la mujer, a través de la ventana de la cocina. Jules quería llamar a la puerta y darle una paliza al tipo, me costó mucho impedírselo. —Sonrió con tristeza—. Entonces yo no iba sentado en esto de aquí.

Klara tomó un sorbo demasiado largo de su chai latte, que aún estaba muy caliente.

—No pretendo ser grosera, pero ¿por qué me cuenta todo esto? Casi todo ya lo sé gracias a la prensa. De hecho, usted ya prestó declaración ante la policía.

Él asintió y miró avergonzado a la mesa, como si tuviera la respuesta escrita en el plato con la ración de tarta que no había tocado.

—He venido a disculparme —dijo en voz baja.

—¿Por qué?

—Creo que esto no habría llegado tan lejos si yo hubiera hablado antes.

Volvió a levantar la cabeza.

«¿Está llorando?».

—Me gustaría haberla avisado, señora Vernet.

Klara ladeó la cabeza, se apartó un mechón de pelo de la frente e insistió:

—¿Usted podría haberme avisado?

—Es una larga historia.

Era evidente que Caesar buscaba encontrar las palabras apropiadas. Finalmente admitió:

—Tras el suicidio de Dajana, hice algunas averiguaciones. Como ya le he dicho, teníamos una relación de mucha confianza. Yo sabía la contraseña de su ordenador y fue así como pude abrir su buzón de correo electrónico desde mi portátil. Dajana tenía guardada la nota de suicidio, que luego copió a mano, a modo de borrador.

—¿Y bien?

—Que en ella sale su nombre.

«¿Mi nombre?».

La conversación era tan inusual y exigía tanta atención que Klara se había olvidado de vigilar a Amelie a cada minuto, un descuido que entonces compensó.

En ese momento la niña volvió la mirada hacia ella y le dedicó una sonrisa desdentada.

—Por favor, no me odie por lo que hice —oyó que decía Caesar, y se volvió de nuevo hacia él—. Jules es, era, mi mejor amigo. Aunque con los años fue cambiando y volviéndose cada vez más amargado. Durante su infancia pasó por experiencias muy malas. Tuvo que presenciar cómo su padre pegaba y maltrataba a su madre, hasta que un día ella les dejó a él y a su hermana con ese maníaco.

Por primera vez Caesar cogió el tenedor de postre e incluso

lo hundió en la ración del Bienenstich, pero no hizo ningún ademán de ir a comer.

—Él me había hablado de su síndrome de cuidador y de por qué trabajaba en el 112. Puede que también le viniera de ahí su odio hacia las mujeres que permitían que les hicieran esas cosas sin oponer resistencia.

—¡Y que él asesinaba! —musitó Klara, dirigiendo una mirada hacia Amelie, que, por suerte, estaba ajena a su conversación.

En concreto, los días 8 de marzo, 1 de julio y 30 de noviembre. Como posteriormente había averiguado la prensa al informar del caso, se trataban de fechas importantes para las feministas alemanas: el día internacional de la mujer, el 8 de marzo; la fecha de modificación del Código Penal del 1 de julio de 1997, a partir de la cual la violación en el matrimonio había pasado a ser delito en Alemania; y la introducción del sufragio femenino, que en ese país se produjo el 30 de noviembre de 1918.

—¿Qué dice la carta? —le preguntó a Caesar.

—¿Me promete que no me odiará?

—¿Qué razón me podría dar usted para hacer eso?

Caesar suspiró.

—Debí haber ido a la policía. Pero pensé que tal vez aquello no eran más que fantasías de una perturbada. A fin de cuentas, justo antes de morir, Dajana había estado ingresada en un psiquiátrico por paranoia. ¿Hasta qué punto podía tomarme en serio aquello?

Sin que él lo supiera, Caesar evocó un recuerdo en Klara.

Ella misma había utilizado una formulación similar cuando le preguntó a su abogado defensor si de verdad debía prestar declaración ante el tribunal.

«¿Hasta qué punto se van a tomar en serio mi testimonio? Es bien sabido que participé en un experimento en un hospital psiquiátrico».

Caesar siguió jugueteando con el tenedor en el pastel y continuó con su confesión:

—Intenté averiguar si realmente había algo de verdad en eso. Entonces le pedí a Jules si podía encargarse de mi turno en el teléfono de acompañamiento.

—¿Cómo sabía que me llamaría?

—No lo sabía. Pero le enseñé dónde encontrar los números de las personas que habían llamado varias veces. Y también dónde estaba un archivo con indicaciones respecto a preocupaciones, miedos y otras informaciones adicionales que facilitan la conversación al acompañante.

—¿Y usted contaba con que me llamaría?

«¿Fui el señuelo de Caesar?».

—Yo contaba con que no lo hiciera. Pero sobre las diez de la noche rastreé mi portátil; tengo un software para eso, por si me lo roban. Y ¡bingo! Jules no estaba en casa. Pedí un taxi adaptado para que me llevara a Lietzensee, que era de donde venía la señal del GPS. Cuando vi su apellido, Vernet, en el timbre, me quedé de piedra. Entonces supe con certeza que algo no iba nada bien.

Una pausa.

Klara no se atrevía a moverse por un temor irracional a hacer algo que inquietara tanto a ese hombre nervioso que tenía delante que dejara de hablar.

—Así pues, subí en el ascensor. Quería enfrentarme a él, preguntarle qué hacía en un piso ajeno.

—¿Pero tuvo miedo?

—Sí. —Era evidente que aquello lo avergonzaba—. Tal vez suene infantil, pero la luz de la escalera no funcionaba. Y, de pronto, me sentí muy indefenso.

—¿Así que se dio la vuelta y se marchó?

—Sí. El taxi me estaba esperando. Al llegar a casa, me di cuenta de que había perdido el móvil. Sin embargo, no estaba seguro de si estaba frente a la puerta de su casa o en otra parte. Desde el fijo, me llamé de vez en cuando, con la esperanza de que me lo hubieran robado y de que Jules no se hubiera apropiado de él. Incluso envié un mensaje de texto desde mi segundo teléfono al ladrón exigiéndole que me lo devolviera.

—¿Pero no llamó a la policía?

—No. Y todavía hoy no me lo perdono. —Se aclaró la garganta, incómodo—. Fue una cobardía, lo sé. Me comporté como un niño que espera que el mal desaparezca con solo mirar hacia otro lado.

—Usted no quería aceptar que su amigo era capaz de cometer esos asesinatos.

Él asintió.

—Era demasiado monstruoso. Simplemente, increíble. Tal vez lo entienda si lo lee por sí misma.

Caesar se apartó de la mesa y rebuscó en su cartera. Klara fue a protestar diciendo que ella pagaría la cuenta, pero entonces se dio cuenta de que él dejaba un sobre junto a la taza.

—Por favor, no me odie —repitió.

Al punto, se dio la vuelta y se encaminó hacia la salida.

Klara lo miró mientras se iba. Lo contempló mientras esperaba que un cliente le abriera la puerta y al poco rato desapareció de su vista desplazándose con su silla de ruedas por la Knesebeckstraße.

Se aseguró de que Amelie siguiera ocupada con sus dibujos. Palpó las hojas que contenía el sobre, sintiendo el corazón acelerado y los dedos sudorosos.

A continuación, tomó un último sorbo del vaso de agua que había pedido para acompañar a su chai latte.

Finalmente, abrió el sobre y leyó la carta de despedida de Dajana.

67

Mi querido Jules:

Me gustaría que todo hubiera sido de otro modo. Y que yo nunca lo hubiera sabido. Ojalá mis sospechas no se hubieran confirmado nunca. Pero he reconocido tu letra, esa curva divertida con la que terminas el 2. El adorno en el 1, como de un caballito de mar. Tú eres el Asesino del Calendario. Tú anotas la fecha en las paredes de tus víctimas.

¿Te acuerdas de nuestro primer beso?

Cuántos años maravillosos le siguieron.

¡Cómo me gustaban tus cartas, que siempre me sorprendían! Debajo de la almohada, en la nevera, entre mis prendas de deporte. En la guantera. Me hacía gracia que siempre las firmaras con una fecha, como un contrato. Básicamente, quería creer que habíamos hecho un pacto de verdad, aunque nunca llegamos a casarnos. A pesar de que nunca llegaste a abandonar el piso donde creciste. Decías que no podías vivir más ahí por los malos recuerdos que tenías de tu infancia, pero sé que de vez en cuando te tomabas un descanso ahí y que no lo habías vaciado. Durante todos los años que has vivido conmigo. Porque necesitabas tu libertad. Ahora ya sé para qué lo usabas y la mente no me alcanza para entenderlo.

Al principio, temí que en Pestalozzistraße te citaras con otras mujeres. A fin de cuentas, sé de tu carácter tan servicial y bondadoso. Y que las llamadas de emergencia, sobre todo de mujeres, no se te quitaban de la cabeza, que te preocupaban.

Tú mismo me contaste que, a veces, al terminar tu turno, te acercabas en coche a la casa de las mujeres que habían llamado para ver si todo iba bien. Porque no soportabas el vacío que seguía a la llamada de emergencia, ni la incertidumbre sobre el final de la intervención.

¡Ah, ojalá me hubieras sido infiel! Los celos me habrían resultado mucho más fáciles de soportar que lo que tu padre me contó. A pesar de esa monstruosidad, pese a todo, aún dudo de mí misma y me pregunto si tal vez yo no tuve algo de culpa. Al fin y al cabo, fueron los celos los que me llevaron a perseguirte. Y así encontré las prendas ensangrentadas que creías poder limpiar en secreto en el lavadero. Esas diminutas gotas rojas en el esmalte que encontraron su camino desde tu mano al lavabo, que no limpiaste lo bastante bien antes de acostarte conmigo después de tu «turno de noche».

Y entonces vi la foto en el periódico, la sangre en las paredes, la fecha de la muerte que el Asesino del Calendario dejaba para sus víctimas, y reconocí tu letra. A pesar de todo, lo admito, estuve a punto de lograr cerrar los ojos a la verdad gracias a la terapia en Berger Hof. Te diste cuenta de mi cambio de carácter, te creíste la mentira de que sufría síndrome del trabajador quemado por los niños y el estrés que tu trabajo también provocaba en mí. ¡Qué fácil fue convencerte de que necesitaba una cura en un psiquiátrico! ¿Acaso necesitabas tiempo para tus fechorías? Les dije a los terapeutas de Berger Hof que sufría de paranoias. Porque resulta más fácil creer una mentira que vivir con la certeza de amar a un asesino.

Sin embargo, tu padre puso fin de manera brusca a mi autoengaño cuando vino a visitarme a la clínica. Yo esperaba que me trajera pruebas de tu inocencia, porque, sí, lo admito, lo puse tras tu pista, Jules. Lo que yo no podía saber es que él no necesitaba investigar nada. Creí que las fotografías que me trajo de tu cama también le habían escandalizado. ¡Qué equivocada estaba! ¿Os reísteis de mi ingenuidad? ¿O tal vez él actuó sin consultarte cuando me contó la verdad? Espero que fuera esto último, porque no logro quitarme de la cabeza la sonrisa pérfida que se le grabó en la cara cuando me dijo que tenía que ser muy valiente.

Que erais un equipo y que matabais juntos.

Sé que disfrutó con mi dolor y mi impotencia. Aún hoy siento mi aturdimiento cuando me tomó de la mano y me llevó junto a la ventana de la clínica, a sabiendas de que nadie me creería, ya que era una paciente mentalmente inestable. Sin embargo, es posible que creyera que yo os podría entender. Que teníais un buen motivo para castigar a las mujeres que regresaban voluntariamente con sus verdugos. Tu padre, muy contento de sí mismo, me mostró a una joven, una paciente como yo, que estaba sentada en el parque, ensimismada. Se llamaba Klara Vernet...

—¿Flores?

Klara se sobresaltó tanto que golpeó con las rodillas la parte inferior de la mesa de la cafetería.

—¿Qué? —le espetó al vendedor ambulante, que no podía haber escogido un momento más inoportuno para tenderle un ramo de rosas.

—¡No!

Klara no logró ser amable. Por lo general, sentía compasión por esos pobres desdichados que debían entregar sus escasos ingresos a algún cabeza de familia mafioso. Se aseguró de que aquel encapuchado que olía a tabaco no importunara a Amelie, esperó a que saliera arrastrando los pies con sus zapatillas de deporte sin cordones, tras no haber tenido suerte, y volvió a leer el último párrafo de las revelaciones desasosegantes que Dajana había escrito en las últimas y desesperadas horas de su vida.

Tu padre, muy contento de sí mismo, me mostró a una joven, una paciente como yo, que estaba sentada en el parque, ensimismada. Se llamaba Klara Vernet, y la había escogido para que fuera su próxima víctima. Al parecer, su marido Martin la maltrataba sexual y psicológicamente, y, sin embargo, ella no lo abandonaba. Y eso a pesar de que, ironías del destino, tenía tanto miedo que hacía años que tenía guardado entre los contactos de su móvil el número del servicio telefónico de acompañamiento. Habíais fijado el 30 de noviembre para su muerte. Igual que para vuestra primera víctima en común.

Desde que he vuelto de la clínica estoy completamente fuera de mí, pero tú no te has dado ni cuenta. Tu mente ya no está conmigo; estás enfrascado en la batalla contra tus propios demonios. Para Valentin y Fabienne sigues siendo un padre amoroso, pero para mí solo eres un envoltorio sin alma, si bien eso al menos lo tenemos en común.

Tu padre y tú habéis escogido una fecha para Klara Vernet; yo, por mi parte, también he elegido un día para mí. Hoy.

Sé que nunca me harías daño. Eso y saber que aún te quiero, a pesar de todo, hace que seguir viviendo me resulte insoportable. Tal vez solo contigo lo podría haber conseguido. Tal vez podría haber sometido a esos demonios siniestros que te habitan, quién sabe. Pero ¿con tu padre como mentor del mal de tu parte? Imposible. Eso está más allá de mis fuerzas, de mi imaginación y de mis ganas de vivir.

Adiós, querido Jules. En cuanto firme esta carta, me voy a cortar las venas. Tal vez consiga llamarte una última vez al 112 antes de que las fuerzas me abandonen. Oír por última vez tu voz, la que antes me daba apoyo, confianza y esperanza. Quizá, si te encuentro en el trabajo, podré aferrarme a ella, para que me acompañes en mi último viaje.

Probablemente nadie excepto tú leerá esta carta. Pero, si alguien lo hace, seguro que pensará: «¿Cómo puede una madre abandonar a sus hijos con un asesino?».

Estoy segura de que incluso tú emplearías este argumento si te hubiera contado mi intención. Y puede que, al mirarte a los ojos, yo flaqueara y perdiera la fuerza para llevar a cabo mi decisión.

Sin embargo, sé que debo hacerlo. Los niños siempre estuvieron más cerca de ti que de mí. Y, desde que me he convertido en una ruina emocional, están aún más distantes conmigo. Me siento infinitamente agotada, pero a la vez igual de furiosa contigo. Yo sé que mi muerte te castigará. Sé cuánto me quieres. Y cuánto sufrirás con mi suicidio. Tal vez —esa es mi esperanza— esta conmoción te devuelva al camino correcto, vetado para mí por siempre en esta vida. Y entonces, lo sé, serás un buen padre para los niños, igual que siempre has sido un buen marido para mí.

Te quiero mucho, a pesar de todo.

DAJANA

68

Llevaba un rato con la mirada perdida sobre la primera página de la carta cuando la cuchara que tenía sobre el platillo empezó a tintinear. Klara, mentalmente aún atrapada por completo en el mundo morboso que las palabras de Dajana habían dibujado para ella, necesitó un momento para comprender que esas vibraciones en la mesa las estaba provocando su móvil.

—¿Diga?

—¿Qué tal está, Klara?

Con las primeras palabras de esa persona, la temperatura de la cafetería bajó hasta igualarse a la que reinaba en el exterior, en la calle. De manera intuitiva, Klara cogió su bufanda, que había colocado en la silla junto a ella. Al mismo tiempo, se aseguró de que su hija estuviera bien.

—¿Jules?

Ese nombre, que en otro tiempo le había parecido tan hermoso que se lo habría podido dar a otro hijo suyo, le resultaba tan odioso que sentía náuseas con tan solo pronunciarlo.

—No voy a molestarla por mucho tiempo, tranquila. Ni tampoco voy a volver a llamarla. Esta será definitivamente nuestra última conversación.

Además de la bufanda, Klara cogió también su chaqueta de plumas y salió a la puerta de la cafetería, sin perder de vista a

Amelie a través de la cristalera de la ventana, que iba del suelo al techo.

—Voy a llamar a la policía.

Sus palabras quedaron envueltas en una nube de aire, como el vapor de un cigarrillo electrónico. Hacía poco menos de cero grados, pero el escalofrío mental que sentía era mucho mayor.

—No siempre llega rápido cuando se la necesita.

—Ah, sí, se me olvidaba. Usted es el Asesino de Emergencias.

Desde que la prensa supo quién era el responsable de aquellos crímenes, a Jules le conocían por ese apodo.

—Lo digo por experiencia, porque esa noche yo mismo intenté pedir ayuda. Creí que su hija estaba amenazada. Preferí entregarme a poner en peligro a una niña.

Klara saludó con la mano a Amelie a través de aquel cristal que acababan de limpiar y parecía un escaparate; la había buscado un momento con la mirada, pero se quedó tranquila al ver que su mami estaba al teléfono fuera de la cafetería.

—¡Oh, qué gesto tan noble! Sin embargo, usted era el único peligro para Amelie. ¡Forcejeó con el canguro!

—Leo el periódico, Klara. Lo sé. Y siento mucho lo de Vigo. Obtuve la llave de la guantera del coche de su marido, porque sabía que el último sábado de cada mes siempre llegaba a casa muy tarde.

«Después de sus fiestas en Le Zen. O en el "corral"», pensó Klara, y se preguntó cuántas sesiones de terapia necesitaría antes de que pudiera hablar abiertamente por primera vez de aquello con un tercero.

—Yo no sabía nada de ningún canguro. Cuando llegué, seguramente él debía de haber estado durmiendo en el cuarto de invitados.

Klara resopló con desdén.

—¿Acaso creyó que yo dejaría a mi hija sola sin nadie que la vigilara?

—¿Es que ya se le ha olvidado? Usted quería abandonarla para siempre —replicó Jules. El recuerdo de sus intentos fallidos de suicidio tuvo un efecto descorazonador para Klara.

De hecho, durante la conversación telefónica de esa noche, Jules no se había equivocado en su suposición. Básicamente, todos sus intentos de suicidio habían sido gritos de socorro pusilánimes. Desde el salto fallido desde la zona de escalada, hasta el intento inútil de intoxicarse con los gases de escape del coche.

Una embarazada empujaba un cochecito por la calle y se detuvo frente a una tienda de ropa premamá.

«Desde el punto de vista estadístico, una de cada cuatro mujeres sufre violencia doméstica. Por lo general, la situación suele empeorar durante el embarazo, porque el hombre se siente aún más inútil», le vino a la cabeza a Klara mientras la miraba.

«Me pregunto si ella también tendrá miedo de volver a casa».

Volvió a mirar a Amelie, que estaba sentada sobre una pierna y cuyo único problema en ese momento era de qué color pintar el tronco de la palmera de la isla.

—¿Qué quiere? —le preguntó a Jules.

—Aclarar algo.

—No hace falta. He leído la carta de despedida de Dajana.

—Así que Caesar le ha dado una copia. Me lo temía.

Klara sacudió la cabeza y bajó la voz, a pesar de que un grupo de jóvenes provenientes de la estación del S-Bahn empezaron a gritar en ese momento.

—Está usted más enfermo de lo que creía. —Asqueada, Klara dijo apretando los dientes—: ¿Asesinato en equipo? ¿Con su padre?

—No exactamente. Apenas tengo nada en común con mi padre. A él le encantaba martirizar a la gente, a mí no. Él quería asustar a las mujeres; yo quería ayudarlas.

—¿Matándolas?

Los jóvenes habían visto en el parque de juegos contiguo a la cafetería un lugar donde ensayar sus cánticos futbolísticos. En realidad, era solo para niños hasta diez años, pero, a juzgar por sus gritos, a esos gamberros les daba completamente igual.

—Enseñándoles que hay que actuar. Mostrando a las víctimas que hay un modo de salir de ese atolladero. Y, sí, para eso había que ejercer presión. Por eso el ultimátum. Me alegra que ahora mis motivos salgan a la luz. De otro modo, las mujeres no lo entenderíais.

—¿Qué hay que entender en lo de no matar?

—Pero si eso es exactamente lo que hacen las mujeres como usted, Klara. ¿Qué cree que habría sido de su hija si usted no se hubiera liberado? Habría aprendido un modelo. Es decir, que es perfectamente normal que papá pegue, martirice y humille a mamá. Que el único camino es el suicidio. Y así usted habría convertido a Amelie en la siguiente víctima.

Klara se interrumpió, enojada porque Jules, al exponer su retorcida visión del mundo, había desviado el foco de atención hacia una triste verdad. Ella también había aprendido el papel de víctima de sus padres. ¿Qué habría sido de ella si su madre hubiera tenido la fuerza para enfrentarse a su marido?

—Seguro que ha oído hablar de mi hermana Rebecca.

—No concede entrevistas —respondió Klara.

—Si concediera, tendría que contar a los periodistas lo mucho que sufrió a causa de la debilidad de mi madre. Mamá nunca hizo nada contra mi padre. Se lo permitió todo. De este modo Becci aprendió, ya de manera consciente o inconsciente, que ese era el papel natural de la mujer: soportar callada y sumisa la supremacía del hombre. Si mi madre no se hubiera marchado en su momento, hoy mi hermana sería tan víctima como usted, Klara. —Jules se corrigió de inmediato—: ¡Como lo fue usted! No sabe el gran logro que ha hecho usted al quitar del medio a Yannick.

—¡A su padre! —masculló Klara, saludando cariñosamente a Amelie. Se tranquilizó al ver que esta se volvía a inclinar sobre su obra de arte—. ¡Su cómplice a la hora de matar!

—Error. Mi padre solo fue un oportunista.

Klara se interrumpió.

—Espere un momento. ¿Él nunca mató?

Oyó que Jules chasqueaba la lengua despectivamente.

—Era demasiado cobarde para eso.

—¡Pero no lo entiendo! ¿Cómo sabía entonces que usted era el Asesino del Calendario si no se lo dijo?

Jules exhaló aire con fuerza y luego dijo:

—Un día en el piso debajo del mío hubo una inundación. Yo estaba en el trabajo y no me localizaron. El vecino llamó asustado al conserje. Este sabía que mi padre había vivido allí un tiempo y que consta como copropietario. Así que lo llamó. Mi viejo, el muy cotilla, llamó a un cerrajero y aprovechó la situación para ver cómo vivía yo.

—¿Y fue así como descubrió la cama de agua?

«Y su horripilante contenido».

—No se molestó ni en mencionarlo, y actuó como si todo fuera completamente normal. De todos modos, estoy seguro de que examinó todo mi piso y encontró debajo de la cama la carpeta con la documentación.

—¿Fotografiaba usted a sus víctimas?

Klara sintió ganas de vomitar.

—Solo la fecha en la pared.

—¡Solo! —gimió.

—En realidad, Klara, usted debería entenderme. He visto cientos de casos como el suyo. Una y otra vez, recibía llamadas de mujeres pidiéndome ayuda, pero cuando se la enviaba, se quedaban con sus maridos. Se dejaban golpear, maltratar, violar, matar. Quise sentar un precedente, redimir a las afectadas, sacarlas del papel de víctimas. Me parece que, en su caso, lo he conseguido.

—Realmente está usted desquiciado.

—Bueno, tal vez tenga usted razón. Aun así, estoy seguro de que estoy mucho más sano que mi padre. Toda su vida disfrutó maltratando a las mujeres. Le encantaba hacerle daño a mi madre, tanto física como psicológicamente. El terror que ella sentía era para él como una droga, y esa adicción no le abandonó ni siquiera tras su muerte. Se corría de gusto viendo extinguirse la felicidad de la mirada de una mujer. Cuando notaba que sus palabras y sus hechos acababan con cualquier atisbo de felicidad en ella.

«Como conmigo», pensó Klara. «Se acostó conmigo primero para mostrarme luego que me había metido en la cama con un monstruo».

—Le mintió para envenenar su alma, Klara. Igual que mintió a Dajana, llevándola con ello a la muerte.

Klara se rio burlona.

—Oh, ¿cree usted que su novia habría afrontado mejor la situación de haber sabido la verdad, que usted era el único responsable de los asesinatos del calendario?

—Sí. De hecho, es lo que Dajana escribió de forma expresa en su carta de despedida. Si la ha leído con atención, seguro que se habrá dado cuenta de que en el fondo nunca tuvo la intención de quitarse la vida. Como usted, Klara.

—¿Cómo sabe usted eso?

—¡Antes quería llamarme otra vez! Porque sabía que mi voz la detendría.

Klara asintió inconscientemente. ¿Cómo lo había dicho Jules en una ocasión? «Estaba desesperada, pero al final sus ganas de morir no eran tan fuertes como su amor de madre».

Entonces ella no lo había entendido, pero aquella noche esas palabras también le sirvieron.

—Con o sin llamada de ayuda. Aunque yo estuviera equivocado en este punto, Dajana seguiría con vida —continuó Jules—. Mi padre es el único culpable. Si no le hubiera contado esas mentiras a Dajana, nunca habríamos llegado a eso. Mi mujer no se habría cortado las venas. Mis hijos no habrían muerto.

—Pero usted seguiría siendo un asesino.

Jules volvió a respirar con dificultad, pero estuvo de acuerdo con ella.

—Así es. Soy un asesino. Pero esa noche la salvé, Klara.

—¿Permitiendo que me encontrara con su padre?

Jules la había manipulado como a una marioneta haciéndola bailar con hilos invisibles. Le había hecho creer que iba a casa de Caesar, cuando, en realidad, la había hecho ir a su propio piso.

«¡Maldita sea! Si incluso me dejó las puertas abiertas».

—Impedí que se quitara la vida, Klara.

—¿Para que, en lugar de ello, el majadero de su padre lo pudiera intentar? —Ella apretó los dientes y masculló—: El muy cabrón intentó apuñalarme.

—No estoy seguro de que hubiera sido capaz de hacerlo. Se lo repito: mi padre no asesinó a ninguna mujer. De todos modos, admito que esa noche lo provoqué por completo. Me hice el tonto. Fingí que no sabía que él era un oportunista y que se había hecho pasar por Yannick ante usted. Al guiarlo a Le Zen, prácticamente hice que mi padre se investigara a sí mismo.

—¿Para martirizarlo?

Lo admitió y luego añadió:

—Y para que cometiera un error.

—¡Azuzándolo contra mí!

—Sí, pero no le dejé por completo indefensa ante él.

Klara asintió.

—¡Usted confiaba en que utilizaría la daga de la pared!

—Y que, por una vez en la vida, se superaría a sí misma, sí.

«La cama de agua. La daga japonesa. La gabardina de Tannberg destrozada por las balas. Su cuerpo, que primero se dobló y luego se desplomó como una chimenea reventada».

Los recuerdos de los últimos minutos que pasó en el piso de Jules le vinieron a la mente como fotografías mostradas a la pared con un proyector. Y, como entonces, el pulso se le aceleró, y el miedo se instaló en su pecho con una presión plomiza.

—¿Y si no le hubiera matado? Si me hubiera limitado a regresar a casa para despedirme de Amelie una vez más… —susurró Klara.

Jules continuó su línea de pensamiento:

—Entonces la habría matado.

Ella gimió. Con esas palabras Jules le confirmaba las sospechas que más la angustiaban, las que la perseguían todas las noches hasta que se dormía. ¡La había estado acechando en su propia casa!

—No me habría gustado hacerlo. Pero solo así se habría podido romper la línea. No podía permitir que Amelie se convirtiera también en una víctima.

Klara volvió de nuevo la vista hacia el café, y entonces Amelie le hizo señas para que regresara a ver su dibujo a medio terminar, así que Klara volvió a entrar.

—En algún momento, su hija tendrá edad suficiente para saber que su madre es una heroína que no se deja avasallar por los hombres, y que sabe llevar las riendas. Aunque, claro, habría preferido que usted misma se deshiciera de su marido al momento. En todo caso, yo ya me ocupé de eso por usted.

Klara se volvió a quitar la bufanda y la chaqueta, la cara le ardía como el fuego por el cambio repentino de temperatura. La camarera la miró por si quería algo, pero Klara, sonriendo, le indicó con un gesto que, de momento, no necesitaba nada más. Excepto, tal vez, un sistema para identificar las llamadas del hombre bautizado como el Asesino del Calendario.

—Considérelo como un regalo de mi parte —dijo Jules—. Usted sabe que Martin merecía morir.

—Nadie lo merece —objetó Klara con poco entusiasmo—. Va a tener que rendir cuentas por eso.

—Ya lo hice. Con Dajana perdí el sentido de mi vida.

Klara apretó los dientes con rabia y masculló:

—Usted está mal de la cabeza, y lo sabe, ¿verdad? Pretende venderme sus perversiones como una ayuda cuando, en realidad, me ha utilizado de herramienta.

—Error. Me he limitado a acompañarla a la puerta. Usted sola decidió cruzar el umbral.

—Es usted un monstruo.

—Por favor. —Jules soltó una risita—. De todos los hombres de su vida, probablemente en los últimos tiempos yo he sido el más inofensivo.

Klara se echó a reír de forma histérica, lo que le valió una mirada inquieta de las dos mujeres de la mesa de al lado, que sintieron que les interrumpía la charla.

—¿Inofensivo? —dijo. En ese momento deseó volver a salir corriendo de la cafetería, donde al menos habría podido gritar—. ¡En su cama guardaba trozos flotantes de cadáver!

—Pero no eran trofeos, sino recordatorios. Mi madre estaba ahí para recordarme siempre mi plan.

—¿Su madre?

Klara cerró los ojos, y de nuevo unos huesos flotaron en la sala de recuerdos de su conciencia, que estaba rellena de agua sanguinolenta. Volvió a estar echada en la cama de agua, y de nuevo sintió náuseas al pensar en lo que había hecho ahí encima con Yannick, y por primera vez supo a quién habían pertenecido los huesos que tenía debajo.

—Creí que su madre...

«No», se corrigió mentalmente. Por supuesto que en su momento no había huido. Ella fue la primera víctima de Jules. Porque su madre no se había enfrentado a su padre.

—Durante años guardé sus restos enterrados en nuestro jardín, y solo más tarde di con un lugar mejor para ellos —dijo Jules—. ¿Entiende ahora lo cerdo que era mi padre?

—De tal palo, tal astilla.

—Se equivoca. —Jules la contradijo de forma rotunda—. Yo no soy un mentiroso como él. Se pasó la vida de mentira en mentira. Hasta su muerte. Él temía que usted me contara algo por teléfono que lo delatara. Resultaba casi cómico cómo, presa del pánico, intentaba que yo dejara de hablar con usted. No dejaba de pedirme que colgara. Me decía que usted era una mentirosa, una desequilibrada de la que no había que creer nada.

Klara asintió en silencio. Eso no debió resultar muy difícil para Hans-Christian Tannberg. Al fin y al cabo, había estado ingresada en una clínica psiquiátrica.

—Al final, no se le ocurrió nada mejor que presentarme a Caesar como sospechoso.

—Para desviar su atención de él —señaló.

—Sí, ridículo. No tengo ni idea de cómo pretendía salir bien parado con eso, puede que no tuviera ni idea de qué hacer. Improvisó, pero en algún momento no supo cómo continuar y solo le quedó una opción.

—Tenía que atraparme —dedujo Klara.

—Exacto —corroboró Jules—. Por eso se fue directamente a mi casa cuando le dije que usted iba a ir ahí.

Klara negó con la cabeza. Una cosa tenía que reconocerle a Jules. Había sabido organizar con habilidad esa partida del gato y el ratón con dos jugadores que nunca supieron quién era el gato y quién el ratón. A regañadientes, tenía que admitir la genialidad perversa que escondía ese plan. Jules la había puesto en una situación de la que solo una persona podía salir vencedora: el propio Jules. Si ella no se hubiera defendido de Hans-Christian Tannberg y hubiera sido asesinada por él, Jules se habría encargado de que su padre fuera encarcelado por los demás asesinatos. Klara tenía la certeza de que aquella noche Jules no quiso mandar a la policía a Pestalozzistraße para rescatarla a ella, sino para que Hans-Christian fuera detenido en flagrante delito como el Asesino del Calendario.

—Ahora ya sabe toda la verdad, Klara.

Como si de una señal se tratara, ella volvió a abrir los ojos. Nada había cambiado a su alrededor. La camarera seguía detrás del mostrador, las mujeres hablaban, su hija pintaba.

—¡Que siga usted bien! —Jules se despidió con una fórmula anticuada.

Algo en Klara le gritaba que colgara de inmediato y arrojara el móvil a la papelera, pues el aparato había sido contaminado por esa conversación. Otra voz interior la obligó a amenazar abiertamente a Jules:

—Ya sabe que haré todo lo que esté en mi mano para que lo atrapen y lo castiguen.

—Por supuesto que lo sé. Si algo aprendió usted esa noche es que hay que defenderse de los hombres.

Soltó una risa, y en su voz sonó un extraño orgullo.

—¿Va a seguir matando? —preguntó Klara.

—¿Va a seguir tomando el chai latte o ya se ha enfriado?

Klara palideció. Clavó la mirada en la taza, y vio que hacía tanto rato que no bebía que la espuma ya había desaparecido.

—¿Dónde está? —preguntó ella mirando a su alrededor.

Además de Amelie y de las dos mujeres, solo había otros dos clientes en la cafetería, sentados algo alejados de ella, cerca de los lavabos. Un hombre solo, pequeño, con la voz muy aguda. En ese momento hablaba con su acompañante cuando Jules le dijo:

—Mire a su lado, en el asiento desocupado.

Klara volvió la mirada a la derecha. El corazón se le paró un instante al ver allí una rosa.

—Es mi regalo de despedida. A partir de ahora, voy a ser su acompañante invisible.

En ese momento se oyó la campanilla de la puerta de la cafetería y entró un hombre alto y ancho de hombros.

—Bueno, eso es todo por hoy —se despidió Jules antes de colgar—. Su amigo acaba de llegar.

69

—Parece como si con este frío se te hubiera helado la sangre. —El hombre se echó a reír y le dio a Klara un beso sonoro en la frente. Cuando estaba con ella intentaba disimular un poco su acento berlinés, pero no siempre lo lograba.

—¡Hendrik! —gritó Amelie muy contenta, levantándose de un salto de su rincón de pintura para encaramarse en esa mole de hombre como si fuera un castillo hinchable.

En los brazos de Hendrik, apoyada en su pecho voluminoso, la pequeña de siete años parecía una muñeca frágil de porcelana, «que, de hecho, es lo que es», pensó Klara, obligándose a dibujar una sonrisa mientras tiraba la rosa debajo de la mesa.

Klara regañó a su hijita diciéndole que no debía ser tan impetuosa, pero Hendrik volvía a moverse como si el agujero limpio de bala estuviera ahí desde hacía décadas y no solo unas pocas semanas, como si nunca lo hubieran operado de urgencia. Su recuperación había progresado con una rapidez increíble, aunque Klara sabía que seguía tomando analgésicos a diario.

—¿Me has traído algo? —quiso saber Amelie, y él, como siempre que la veía, se sacó del bolsillo un regalito. Aquel día era una bolsa de polvillos efervescentes, que pronto se esparcirían por el vestidito de Amelie y el suelo de la cafetería. La pequeña, radiante, corrió hacia el mostrador para luego volver a sentarse en su mesa de pintura con un vaso de agua.

—Se te parece tanto, Klara.

Hendrik sonrió mientras miraba a Amelie. Klara sintió una leve punzada, como cada vez que la llamaba por su nombre. La fatídica noche de su encuentro en el aparcamiento, ella se extrañó de que él lo supiera. Por supuesto, lo había sabido por Martin. Ese cerdo la había «subastado» usando su nombre de pila verdadero.

—¿Y con quién hablabas por teléfono? —quiso saber Hendrik dejándose caer sobre el asiento.

—No seas tan cotilla.

Klara se sentía a gusto en presencia de ese hombre extraordinario que se ganaba la vida desnudándose ante mujeres desconocidas. Aunque, como él decía, «solo hasta los calzoncillos».

—Era mi abogado —mintió Klara. Ya le contaría luego a Hendrik su charla con Jules, cuando la niña estuviera dormida y ella, de nuevo, no pudiera pegar ojo. Nada mejor para no dormir que un pasado lleno de zozobras.

—A ver, guapas, ¿qué planes tenemos para hoy? —preguntó Hendrik, que, como Klara había aprendido en el curso de las últimas semanas, consideraba superfluas las pausas en la conversación y los minutos de silencio. Sin embargo, debía reconocerle el mérito de que hubiera accedido a una cita con él, ya que, si no la hubiera convencido de un modo tan intenso, nunca lo habría hecho.

Empezó ya cuando lo visitó por primera vez estando él aún postrado en la cama del hospital. Klara quería disculparse por lo que había hecho; él se mostró muy vivaz y habló por los codos. A ella todavía le parecía una pesadilla que la pistola que ella sostenía en la mano se disparara y le diera a él.

«¿Por qué llevabas la pistola cargada?», le había preguntado cuando se volvieron a encontrar, y él, con su cara encantadora de granuja, casi con tono lastimero le había respondido: «Por los hombres celosos. Ya sabes, soy stripper. Y muchas veces me han salido al paso tíos que querían saber por las malas si sus mujeres se habían salido de madre durante una despedida de soltera. Así que me agencié una pipa para ir más tranquilo».

También por su «seguridad» siempre se dejaba puesto el disfraz después de su actuación «hasta que llego a casa. Para que nadie me vea la cara y me ataque en el garaje».

Era consciente de que aquello era más que una paranoia y una exageración desmesurada. Básicamente Hendrik era un tipo excéntrico y bastante tímido que compensaba su inseguridad entrenando con presas, poses eróticas y un arma poderosa que jamás había pretendido usar. A causa de una condena anterior (durante tres años había «olvidado» declarar impuestos sobre su volumen de negocio), le habían retirado el permiso de tenencia de armas. Por ello y por la custodia indebida del arma, iba a tener que responder de nuevo ante el juez. Todo aquello se lo había confesado a Klara mientras tomaban el «cafecito de reconciliación» en la cafetería del hospital.

«Sí, mentí. La pipa era auténtica. Pero te tomé por una lunática que andaba dando tumbos de noche por el bosque y que pretendía robarme el coche. No quería ni que se te pasara por la cabeza blandirla, así que te dije que era falsa».

Klara se inclinó hacia delante, le acarició la manaza, que todavía no había acariciado de forma íntima, por la simple razón de que era demasiado pronto para que tal cosa ocurriera, si es que alguna vez ocurría, y le preguntó:

—¿Lo has encontrado?

Hendrik asintió y sacó el sobre. Era el segundo hombre que ponía un sobre encima de su mesa en esa cafetería, solo que el de Hendrik era mucho más grueso.

—¿Cuánto hay? —preguntó él.

—Mucho.

Le había pedido que sacara el dinero de la caja fuerte de la casa de Lietzensee. Del piso en el que nunca más en su vida volvería a entrar.

—Deben de ser unos diez mil euros.

Era el «dinero para juegos» que Martin guardaba en casa.

Hendrik silbó entre dientes.

—Guau, ¿para qué necesitas tanta pasta con tanta urgencia?

Klara miró por la ventana los arcos del S-Bahn en Savignyplatz, que apenas se distinguían a lo lejos.

—Ahora vuelvo —murmuró Klara y se levantó.

Le pidió al atónito Hendrik que vigilara un momento a Amelie y se dirigió hacia la salida.

—¿Adónde vas? —dijo él, y ella le sonrió mientras se daba la vuelta.

—Intento hacer lo imposible.

«Reparar el daño causado».

—Quizá lo consiga.

Klara salió a la calle, al aire frío de enero, y pensó entonces que posiblemente «quizá» era a la vez la palabra más cruel y esperanzadora de la tierra.

Se acercó con cautela al campamento nocturno del vagabundo que yacía sobre su colchón empapado, observándola con espanto desde debajo de una lona de plástico. Una mirada que le hizo comprender que el miedo y el dolor nunca se pueden rectificar una vez infligidos a otra persona.

«Pero quizá es posible hacer que aquel recuerdo resulte un poco más llevadero».

«Quizá», pensó Klara, y cogió el sobre para dárselo al profesor, en cuyos ojos tristes se veía algo parecido a la esperanza.

Si no se equivocaba.

«Quizá».

Sobre mi novela

Berlín, 1 de abril de 2020

A pesar de la fecha, esta no es, por desgracia, una broma del Día de los Inocentes: escribo estas líneas en un momento en el que yo, junto con millones de personas, estoy inmerso en una historia real de suspense llamada COVID.

Mi cabeza está a reventar ante la avalancha de información con la que llevo atiborrándome desde hace varias semanas. Anteayer, mi móvil me anunció que el tiempo medio frente a la pantalla la semana pasada fue de ¡ocho horas y veinte minutos al día! (¡Esto es, tres impresionantes minutos más que nunca!).

En este mismo instante, el telediario en directo anuncia que Italia prolonga la prohibición de salida del país hasta el día 13 de abril; Lufthansa ha enviado a 87.000 empleados a trabajar en jornada reducida; en Panamá solo se permite salir a la calle por separado a los hombres y las mujeres; y el número de fallecidos en EE. UU. a causa del virus de la COVID-19 ha aumentado hasta los 4.000. En Alemania se han registrado 69.346 infectados y tenemos 774 muertos. Estamos a día 1 de abril. Y ahora mismo, nadie sabe cómo acabará esto.

Pero hay esperanza. Y si usted ahora está leyendo estas líneas, es que mi esperanza ya es una realidad. Ahora mismo, a las 10.37 de la mañana, hora de Berlín, no tengo ni idea de si *Camino a casa* se podrá publicar puntualmente en otoño. Por supuesto, en estos momentos hay problemas mucho más acuciantes que la fecha de publicación de una novela de suspense psicológico. En todo caso, si ahora la sostiene en sus manos, significa que las imprentas siguen trabajando. Que las cadenas de suministro no se han colapsado por completo. Y que la venta de libros, de alguna forma, continúa existiendo. (Y si lee el libro en formato electrónico, es que por lo menos internet sigue funcionando, que también es algo).

Hace unos momentos la dpa, la agencia alemana de prensa, me ha hecho una entrevista; me han preguntado si el escenario en el que nos encontramos no sería una buena base de partida para una novela de suspense. Mi respuesta ha sido rotunda: «¡No!».

A menudo en el pasado se me ha criticado porque los hechos que narro en mis libros no parecen reales. Hay quien sostiene que algunos crímenes son poco plausibles y que solo son producto de mi imaginación. A esto hoy en día respondo: «¡Por suerte!».

Escribo para entretener. Y para eso no quiero sacar provecho del sufrimiento real en el mundo describiéndolo al detalle. Nunca he entendido por qué, a los ojos de los llamados críticos, sería deseable que un marido afligido, por ejemplo, al leer pensara: «¡Qué bien documentado, señor Fitzek! ¡A mi esposa ese asesino en serie la mató exactamente con esa crueldad!».

A continuación, me han preguntado por qué leemos historias aterradoras. En vista de la catástrofe actual, ¿no sería mejor ocuparse de algo «superficial»? (Sea lo que sea lo que eso signifique).

También aquí he respondido con un no y he aprovechado la oportunidad para aclarar un malentendido importante. La gente a la que no le gusta la literatura de suspense a menudo no entiende en absoluto cómo es posible que alguien se recree con la muerte. Este punto de vista es erróneo en sí mismo: ¡la buena literatura de suspense gira siempre, sobre todo, en torno a la vida!

Incluso antes de la COVID, muchos lectores de mis libros han tenido que enfrentarse a terribles embates del destino. Lo sé por los muchos escritos que recibo en fitzek@sebastianfitzek. de. (Mis disculpas si no siempre puedo responder a todo el mundo).

Si sobrevivir por los pelos a un accidente de coche, superar por fortuna una enfermedad grave o perder demasiado pronto a un familiar cercano tiene algo de esperanzador, entonces es constatar que cada revés del destino nos lleva a reflexionar sobre el precioso valor de la vida.

¡Cuántas cosas daba por sentado antes de la COVID! Ir al cine, salir de compras con los amigos, ir a comer a un restaurante italiano, las vacaciones de verano en Grecia, jugar al tenis...

Este desastre —y esta es la única buena noticia— ha reordenado mis prioridades. Me he dado cuenta, por ejemplo, de lo fantástica que puede llegar a ser una comunidad *online*, pero lo que es mucho más importante es mantener un contacto real con mis semejantes.

Una buena historia de suspense nos enfrenta a un peligro inventado y de este modo entrena nuestra empatía. Al final, también nos hace pensar en nosotros. ¿Cómo actuaríamos en una situación extrema?

Según mi tesis, la violencia, que en esta novela desempeña un papel importante, nos arranca la careta. Y créanme, todos y cada uno de nosotros lleva una. Ya nuestro modo de vestir y nuestro peinado nos enmascaran. (Yo, por ejemplo, disimulo mis michelines con camisas holgadas y llevo un corte de pelo que impide que mis entradas no parezcan pistas de aterrizaje. Bueno, eso espero, por favor, no destruyan mi ilusión). Sin embargo, frente a una catástrofe, estamos «desnudos». Ya no tenemos tiempo para grandes discursos y planes a largo plazo. Tenemos que actuar, y además, de inmediato. Por eso se dice que una crisis siempre saca lo mejor y lo peor de las personas. Seré más concreto: la crisis destapa a la persona. Nos muestra su verdadero yo. Por eso me gusta someter a situaciones extremas a mis protagonistas y siento un placer diabólico viendo cómo se debaten. Sin embargo, todo ese placer desaparece para mí cuando la situación extrema de la ficción empapa la realidad. Entonces, en mi opinión, ya no vale como caldo de cultivo para el entretenimiento.

Como tantas veces ocurre, por desgracia, con la COVID, la sentencia antigua de un escritor ha demostrado ser cierta: la realidad es más grotesca, brutal y extraordinaria que la ficción. A menudo, los escritores debemos alterar la verdad auténtica, para que la mentira ficticia resulte creíble.

Hablando de la verdad:

¡El servicio de acompañamiento telefónico existe! Si tiene ocasión, eche un vistazo en www.heimwegtelefon.net (en alemán). Como ya se ha explicado anteriormente, los acontecimientos y procedimientos en torno al «teléfono de acompañamiento» que aparecen en esta novela solo son fruto de mi imaginación. Me he tomado además algunas libertades artísticas en lo referido al funcionamiento y la tecnología de este servicio. Por ejemplo, el teléfono de acompañamiento de verdad es un servicio para todas las personas; en cambio el «mío» está especializado en llamadas de mujeres.

Agradecimientos

Para que mi imaginación no se pierda entre mi portátil y el nirvana, también en este libro me han tenido que ayudar muchas personas a las que quiero dar las gracias. (¡Y debo hacerlo! No se creerían cómo se ponen algunos solo porque he olvidado mencionar su nombre en estas páginas. En 2007 me ocurrió esto con un buen amigo, y todavía hoy le cuesta hincar la rodilla ante mí para saludarme).

Lo sé: a pesar de que no soporto los agradecimientos en otros libros, los míos resultan jodidamente largos. Me parece estúpido que al final tenga que perder el tiempo con nombres que no me dicen nada a mí como lector. Pero, para que ustedes vean cuántas personas participan en la creación de un libro y no torpedearles con nombres desconocidos, de nuevo voy a tomar un camino intermedio (algo más largo). Esta vez presentaré brevemente a las personas implicadas para que sepan quién hay detrás.

Dicho esto, doy las gracias de todo corazón a las siguientes personas:

Carolin Graehl y Regine Weisbrod
Los fotógrafos tienen una frase hecha para las sesiones fotográficas: «Genial, estupendo. Fabuloso… Pero vamos a repetir la fotografía». Así son los comentarios de mis dos supereditoras, Carolin

y Regine, después de recibir mi primer borrador de manuscrito, me escriben: «Un primer borrador muy emocionante. Solo tenemos unas doscientas cincuenta preguntas para usted». Otra vez, ambas han hecho que este libro sea una obra mucho mejor.

Doris Janhsen

Aunque no dice nada y se lo guarda para sí, a mi editora le fastidia tener que esperar un mes para tener algo que leer, pues antes debo resolver las doscientas cincuenta preguntas planteadas. Eso, al menos, es lo que dice Doris. Puede que también le alegre tener ese tiempo de respiro para mantener en marcha Droemer Knaur haciendo que no haya un hogar editorial mejor para un autor como yo.

Josef Röckl

Quien crea que los financieros siempre tienen que ser secos y juiciosos se equivocará con Josef. Y, al mismo tiempo, tendrá razón. En las fotos oficiales para la prensa, es la encarnación de la circunspección que cabe esperar de un director comercial que devora balances con la fruición que otros hacen maratones de series. Pero cuando después del trabajo se quita la americana durante una comida informal de la editorial, su alegría de vivir es tan contagiosa como... (bueno, en las circunstancias actuales, mejor dejar a un lado comparaciones referidas a contagios, ¡ya me entienden!).

Sibylle Dietzel, Ellen Heidenxeich y Daniela Meyex

De hecho, deberían tener agujetas de tanto llevarse las manos a la cabeza porque siempre que escribo a la editorial «Tengo una idea para el libro», eso implica mucho trabajo extra para el equipo de producción. Me acuerdo bien del libro infantil *Pupsi & Stinki*, que quise que contuviera un cojín de pedos, lo cual hizo que, al final, toda la editorial tuviera que probar montones de esos cojines para comprobar su «calidad» (no hubo ninguno que diera la talla). Ya se trate de una numeración al revés, notas adhesivas entre las páginas o envoltorios de regalos, ¡ellas lo hacen posible!

Bettina Halstrick
Con Giraffenladen, su propia agencia de marketing para libros y autores, se independizó y, aun así, no logró librarse de mí. Bueno, su excelente trabajo le desbarató los planes.

Hanna Pfaffenwimmer
Si de ella dependiera, yo leería en todas las librerías de Alemania, Austria y Suiza. Y si el año tuviera 5.500 días, la jefe del equipo de eventos de Droemer estaría encantada de organizármelos todos. Pero, por desgracia, también escribo libros... (Lo siento, Hanna, es una mala costumbre, ni idea de cuándo la adquirí).

Steffen Haselbach
En su tarjeta de visita dice director editorial de Ficción. En mi móvil está como «Mr. Magic» porque siempre se las arregla para dar con títulos de lo más brillantes. Por ejemplo, *Der Insasse* es mérito suyo, y ahora *Camino a casa*. Los que se estarán diciendo: «Buenoooo, tampoco puede ser tan difícil, y estos títulos no son taaaaaan extraordinarios» nunca se han pasado horas devanándose los sesos sobre un título que no sea muy manido, pero tampoco demasiado raro y, sobre todo, que no haya sido usado. (Los padres que buscan nombres para sus hijos saben a qué me refiero).

Helmut Henkensiefken
Su agencia se llama ZERO, pero su equipo y él son exactamente lo contrario. Desarrollan las mejores portadas de libros de Alemania, y no solo para mis obras. Para mí, Helmut es un héroe desde que consiguió por primera vez hacerme una foto que incluso a mí me gustó. (Me considero tan fotogénico como un monstruo de las profundidades marinas).

Katharina Ilgen
Aún no he visto a la directora general de Marketing y Comunicaciones en algún momento en que no esté riéndose. (Quizá debería dejar de meterme la chaqueta en los pantalones durante las reuniones). Es más que un placer que ella me atienda con tanta profesionalidad y simpatía.

Monika Neudeck
En la Feria del Libro la reconocerá porque me abre paso entre la multitud hacia mi próxima cita: con el ímpetu de un portero del club berlinés Berghain, y con una complexión tan atlética que verla me recuerda a mi bono de diez sesiones del gimnasio, que aún no he utilizado. Como Katharina, también ella está siempre de buen humor, por agitado que sea el bullicio que las dos provocan de manera deliberada.

Antje Buhl
Otra candidata dinamita de la editorial, aunque su fuerza explosiva se parece más a la del uranio enriquecido. (Ya veo que va a ser difícil dar un giro positivo a esta asociación). Lo que quiero decir en realidad: es increíble el extraordinario nivel de ventas que logra cada año. Utilizando un chiste de Chuck Norris: cuando ella tose, el coronavirus sale corriendo.

Barbara Herrmann y Achim Behrendt
Adoro el sentido del humor de nuestras autoridades, sobre todo el de la Agencia Tributaria alemana, que anunció una auditoría fiscal a la empresa que me gestiona (Raschke Entertainment) en medio de la locura absoluta provocada por la COVID. (Esto es, exactamente en el momento en que nadie debía salir a trabajar si no era absolutamente imprescindible y cuando las empresas veían amenazada su existencia; sobre todo, las dedicadas a la organización de grandes eventos). De no haber empleado todas mis dotes de persuasión con Barbara, ella, cumplidora como es,

se habría saltado la cuarentena y, junto con Achim, habría salido a buscar toda la documentación necesaria.

Micha y Ela Jahn
Sospecho que ambos odian a Papá Noel tanto como una madre amiga mía que me dijo que estaba infinitamente enfadada con ese —cito— «¡hipócrita!». Su justificación: mientras ella se deja la piel para conseguir para sus hijos los mejores regalos, él «se lleva todo el mérito, sin hacer realmente nada». De igual modo me temo que son pocos quienes, al encargar un regalo en fitzekshop.de, saben que el paquete es empaquetado y llevado a correos en persona por Micha y Ela.

Sabrina Rabow
Su labor en comunicación y relaciones públicas es tan fantástica como guapo es su perro Ole. Y si vieran ahora una fotografía de él, sabrían que no hay mayor halago. No puedo más que recomendar a todo el mundo su asesoramiento perfecto, inteligente, sensible y estratégico. (A menos que sea un escritor de novelas de suspense psicológico y quiera hacerse famoso. ¡Largo! ¡Hasta ahí podíamos llegar!).

Manuela Raschke
Mi mejor amiga, y mi sparring (no en el deporte, ese sería su marido Karl-Heinz, aunque él preferiría llamarme «víctima del sparring»), mánager…, hay muchos nombres que la definen. Para mí, lo más importante es que siempre puedo confiar en ella para cualquier cosa. Y hablando de ello: oye, hace tiempo que no me contestas las llamadas. ¿Por qué tengo las cuentas bloqueadas y a tu nombre? ¿Y por qué tu dirección está ahora en las Islas Caimán?

Sally Raschke y Jörn Stollmann
Si lee alguna publicación mía en las redes sociales, es que antes ha pasado por la mesa de Sally. No hay cuidado, yo escribo todos

mis textos, pero mi talento para la técnica es el mismo que el de un pez para cortar leña. De todos modos, gracias a todos los vídeos en directo durante el confinamiento, cada vez entiendo mejor Instagram. En todo caso, ni de lejos tan bien como Sally, que, junto con Stolli, da forma, sentido e imagen a mi actividad *online*.

Además de encargarse del mantenimiento del sitio web y de muchas otras actividades, esta no es, por supuesto, su única labor, del mismo modo que Stolli no solo se dedica a pegar dibujitos graciosos bajo mis textos de Facebook, sino que también tiene otras misiones esenciales para la supervivencia, como regar las plantas a diario, sacar la basura y quitar el polvo de los libros. A veces, si su agenda de locos se lo permite, desarrolla ideas para portadas, juegos y libros infantiles.

Franz Xaver Riebel

Es el típico berlinés. En otras palabras: vive en Prenzlauer Berg y no nació aquí. Nació en Baviera. A pesar de ello, ha logrado aprender alemán como lengua extranjera, lo cual le permite escrutar minuciosamente mis textos.

Angie Schmidt

No hay evento sin Angie. Esto no significa que te la puedas encontrar en todas las fiestas que se celebran en Berlín, aunque tampoco lo descartaría. (Me paso el día con el culo en la silla y es raro que salga los fines de semana a bailar con el torso desnudo en locales de música tecno, no puedo valorar la conducta festiva de otros ciudadanos de la capital). ¡Aquí yo me estoy refiriendo a mis encuentros con los lectores!

Christian Meyer

Christian Meyer es para mí lo que el Servicio Secreto es para los presidentes. No, no es que los escritores necesitemos guardaespaldas. A fin de cuentas, no somos *influencers* que atraen a miles de adolescentes a una sesión de firmas en el supermercado. (Ya que estamos: ¡Ahora mi champú seco *Writer's Delight* está un 20 por ciento más barato con el código de descuento «Fitzi»!). Pero sí, llevo décadas disfrutando de su compañía. Sin él, nunca superaría los largos trayectos entre distintos encuentros con lectores.

Roman Hocke
Un músico me confesó hace poco que en sus contratos con las discográficas no solo se negocian los derechos de sus canciones en Alemania y en el resto del mundo, ¡sino también los derechos en el universo! No es broma. Tal vez sea por si alguien alguna vez pone una emisora de radio en Marte. Al oír cosas así, al mejor agente literario del mundo (¡qué digo, del universo!) se le nublan los ojos y piensa en renegociar los contratos de todos sus autores. (Pero, por favor, Roman, no te olvides de sacar en mi caso al planeta extrasolar 51 Pegasi b. Quiero ir algún día ahí, en cuanto tenga cincuenta años luz de vacaciones).

Pegasi, conocido también como Dimidio, también podría ser una idea para hacer una salida de empresa con tu maravilloso equipo, gracias al cual la agencia literaria AVA Internacional es importante en todo el sistema solar: Claudia von Hornstein, Susanne Wahl, Markus Michalek y Cornelia Petersen Laux.

Sabine y Clemens Fitzek
«Fitzek, Fitzek…, ese nombre me suena ¿sabe?», murmuró la enfermera que me puso una inyección de depósito de vitamina D en enero. (Mi médico afirmó que mi carencia de vitaminas era comparable a la de las víctimas de un secuestro en una mina de carbón que duró tres años; es curioso el tipo de pacientes que tiene el hombre).

En una escala de vergüenza del uno al diez, me vi catapultado al nivel doscientos al ver que ese día llevaba los peores calzoncillos que tengo. Nunca antes había tenido que bajarme los vaqueros durante una visita rutinaria sobre mis valores tiroideos. ¿Y tenía que ser precisamente ante una lectora?

Pero mientras intentaba convencer a la enfermera de que la similitud de nombres era solo una coincidencia, me preguntó: «¿No será usted pariente de Sabine Fitzek, la famosa neuróloga?». Respondí con alivio: «Sí. Soy su marido, el neurorradiólogo. Mi mujer y yo siempre ayudamos a mi hermano a documentarse para sus libros. (Lo siento, Clemens, esa enfermera cree ahora que en nuestra familia tú eres ese tipo que lleva la ropa interior vieja y con agujeros).

Linda Christmann
Hablando de familia. Describir cómo ella ha enriquecido mi vida de un modo tan inconmensurable en tan poco tiempo va más allá incluso del alcance de una trilogía de Jojo Moyes. Ya en sí resulta admirable que no se inmute ante mi mirada de enojo cuando me acosa con preguntas ingeniosas sobre el primer borrador para las cuales no tengo respuesta, tales como: «¿Hay motivos especiales en la infancia para que los adultos ejerzan violencia doméstica?». O: «¿Hay clases para saber cómo actuar como Papá Noel en un evento?». O: «Cariño, ¿por qué siempre subes de nuestro sótano con las manos ensangrentadas?».

Regina Ziegler
Lo imposible no existe. Si alguien vive según este lema, esa es la primera y más exitosa productora cinematográfica de Alemania, a quien debo mucho más que el rodaje de *Cut Off* y la versión cinematográfica de *Pasajero 23*. Por ejemplo, las mejores Königsberger Klopse (albóndigas) del mundo, que espero que estén también ahí la próxima vez que me des tus ingeniosos consejos tras la primera lectura del manuscrito.

Bueno, el departamento de producción acaba de llamar y me dice que no malgaste tanto papel y que me limite a mencionar a las personas que no sean tan importantes para mí. Marcus Meier y Thomas Zorbach de vm-people, por favor, no os sintáis aludidos.

Entre los cometidos de estas personas, que entre otras cosas son corresponsables del marketing de Fitzek, se incluye también permanecer agazapados en mitad de la noche en un solar abandonado de la Deutsche Bahn, entre residuos industriales y de la construcción, detrás de un baño móvil que ha sido transportado en carretilla al descampado más horripilante, para que el telón de fondo del tráiler del libro de suspense psicológico sea perfecto. (De verdad, tengo que concluir. Cuanto más escribo estos agradecimientos, más me pregunto por qué siguen trabajando conmigo).

Por último, como siempre, doy las gracias a todas las personas maravillosas del sector del libro, de las bibliotecas y de la organización de festivales y eventos. En estos momentos, prácticamente tenéis todos los motores parados y eso a pesar de que, a mis ojos, sois más relevantes en el sistema que cualquier otro sector del mundo. En vez de papel higiénico y pasta, la gente debería acaparar cultura. ¡Espero de verdad que nuestros supermercados de alimento intelectual reabran muy pronto!

¡Cuídense mucho!
Hasta el próximo libro

Saludos,

Sebastian Fitzek
Berlín, 7.4.2020, 13.44 h.

(Sí, es cierto, he dedicado seis días para escribir estos agradecimientos. Ya ven ustedes el trabajo que supone. Ni siquiera he podido terminar todas las temporadas de *Juego de tronos*...).